中國語言文字研究輯刊

十 三 編

許 錟 輝 主編

第 3 冊

《說文解字注》「亦聲」疏證

何 家 興 著

花木蘭文化事業有限公司

國家圖書館出版品預行編目資料

《説文解字注》「亦聲」疏證／何家興 著 -- 初版 -- 新北市：

花木蘭文化事業有限公司，2017〔民 106〕

序 4+ 目 2+156 面；21×29.7 公分

（中國語言文字研究輯刊 十三編：第 3 冊）

ISBN 978-986-485-228-4（精裝）

1. 説文解字 2. 研究考訂

802.08　　　　　　　　　　　　　　　　　　106014699

ISBN-978-986-485-228-4

9 789864 852284

中國語言文字研究輯刊

十三編　　第 三 冊　　　　　ISBN：978-986-485-228-4

《說文解字注》「亦聲」疏證

作　　者　何家興
主　　編　許錟輝
總 編 輯　杜潔祥
副總編輯　楊嘉樂
編　　輯　許郁翎、王　筑　美術編輯　陳逸婷
出　　版　花木蘭文化事業有限公司
社　　長　高小娟
聯絡地址　235 新北市中和區中安街七二號十三樓
　　　　　電話：02-2923-1455／傳眞：02-2923-1452
網　　址　http://www.huamulan.tw 信箱 hml 810518@gmail.com
印　　刷　普羅文化出版廣告事業
初　　版　2017 年 9 月
全書字數　143412 字
定　　價　十三編 11 冊（精裝）　台幣 28,000 元

《說文解字注》「亦聲」疏證

何家興 著

作者簡介

何家興，男，安徽無爲人，1981 年 9 月出生，博士，副教授，碩士研究生導師；研究方向爲出土文獻和古典文學。現爲濟南大學出土文獻與文學研究中心專職研究員，陝西師範大學文學院博士後科研人員；先後在《江漢考古》、《考古與文物》、《中華文史論叢》、《中國國家博物館館刊》、《中國文字學報》、《中國文字研究》、《簡帛》、《古籍研究》等刊物發表論文二十多篇，主持多項省部級課題。

提　要

　　《說文解字》是一部全面運用六書理論說解文字的著作。在說解過程中，許慎又引入了「亦聲」。其後，「亦聲」引起了人們的廣泛注意，並且得到不斷的豐富和發展。《說文解字注》被公認爲闡發、研究《說文》的權威著作。段《注》對《說文》的闡發是多方面的，對「亦聲」的修改和補充頗多。本書窮盡搜集了段《注》增改的近 600 例「亦聲」，闡述段《注》「亦聲」的表述方式，全面總結了段《注》的「亦聲」理論；確立判斷「亦聲」的標準和範圍，闡明了亦聲字的類型及其產生途徑，明確「亦聲」與「形聲」、「轉注」的異同，闡述「亦聲」與「右文」說、同源字之間的關係，客觀評價了段《注》「亦聲」的得與失；結合文字學的研究成果，追溯亦聲字的歷時演進，並且考察共時的諧聲同源情況，對段《注》「亦聲」進行辨正。

序

党懷興

學術史的研究，應當立足於對古代文獻的全面研究，發掘第一手資料。發掘第一手材料，一切從材料出發，離開了文獻資料，任何研究都是虛的，是站不住腳的。我從跟隨趙誠先生讀碩士到隨王寧先生讀博士，老師們一直都在這樣教導我們。老師們是這麼教導學生的，他們也是這麼做的。如趙誠先生的《中國古代韻書》，是對古代韻書的專門研究。《二十世紀甲骨文研究述要》《二十世紀金文研究述要》是對二十世紀甲骨學、金文學學術史進行的系統總結。王寧先生在《我與中國的傳統語言文字學》一文中論述「小學」研究時明確指出：「一進入這個學科的門兒，從打基本功起，就得不斷地讀書。或從第一手材料裡找到解讀疑難字詞的證據，或從第一手材料裡歸納總結語言文字的規律。這個掌握第一手材料的過程，無論如何不能跳躍，也不能減少。這門學科和急功近利、風頭主義的浮躁風氣，永遠是格格不入的。能守著這個專業堅持到底的人，應該既是養成了踏踏實實治學態度和讀書習慣的老實人，又是對民族文化有真正的感情，富有高度責任感，從而能用一顆火熱的心為之獻身的智勇者（《學林春秋三編》）。」為了研究二十世紀漢字改革的幾次大運動，王先生連續三天往返於北師大與國家檔案館之間，翻閱原始材料，耙梳清理，從而得出了令人信服的頗有影響的結論。王先生曾說，翻一翻近年出版的幾種語言學史、文字學史等，我們會發現，這些著述大多轉用他人的材料，並未發現什麼新的材料。往

往一條書證、一個例字、幾個句子，輾轉於多部著述中，細心的讀者就會發現
這些材料的始發掘者爲誰，而轉引者大多不著轉引自何處。所不同的是，後出
者往往是「集前輩語言學史著述之大成」，採集各家，當然，明眼人一看便知。
眞正有價值的學術史研究成果都是那些老老實實、紮紮實實從第一手材料出
發，做條分縷析工作的學者取得的。這是學術史的原創性研究，是當今學術史
研究中最薄弱的，是必須加強的。原創材料的收集是辛苦的，必須坐冷板凳，
認眞讀書，但這是學術發展的一個基本條件，這是我們應當謹記的。

　　學術史的總結，宜從斷代研究開始。學術史的斷代研究亟待加強，特別是
曾經被忽視了的時代。這樣才能理清學術發展的脈絡。宋元明學術史的研究是
一直被忽視的時代，被曲解了的時代，理清這一時代的學術家底，並梳理與前
後時代的學術發展脈絡，才能寫出高水準的通代學術史。多年來我一直致力於
漢語言文字學史的斷代研究，已經出版的《〈六書故〉研究》《宋元明六書學研
究》是這方面的成果，正在整理出版《清代六書學研究》。現在濟南大學出土文
獻與文學研究中心任專職研究員的何家興學弟，是我校的在站博士後，多年來
也致力於斷代學術問題研究，參與了我主持的國家社科基金項目《清代六書學
研究》，重點研究《說文解字注》的「亦聲」問題，花木蘭文化出版社即將出版
他的《說文解字注「亦聲」疏證》一書，這是他多年潛心治學的結果，我樂於
推介。

　　《說文解字》是第一部全面運用六書理論說解文字的著作。在說解過程中，
許愼有一套自己的理論體系，有特定的說解術語。如一般認爲書中凡言「從某
從某」的都是會意字，「從某某聲」的都是形聲字，但書中也有會意兼形聲的，
如「貧，財分少也，從貝從分，分亦聲」。這一類「亦聲」的字，後來學術界簡
稱爲「亦聲字」，並引起了人們的廣泛注意，歷代有許多學者在研究這一問題，
取得了豐碩的成果。清人段玉裁的《說文解字注》（簡稱「段《注》」）被公認爲
闡發、研究《說文》的權威著作，王念孫稱之爲「自許愼之後千七百年來無此
作矣!」（《說文解字注・序》）段《注》對《說文》的闡發是多方面的，段氏對
「亦聲」的修改和補充頗多。何君此書窮盡搜集了段《注》增改的近 600 例「亦
聲」，在對學界「亦聲」問題梳理的基礎上，系統闡述了段《注》「亦聲」的表
述方式，全面總結了段《注》的「亦聲」理論；確立判斷「亦聲」的標準和範

圍，闡明了亦聲字的類型及其產生途徑，明確「亦聲」與「形聲」、「轉注」的
異同，闡述「亦聲」與「右文」說、同源字之間的關係，客觀評價了段《注》
「亦聲」的得與失；結合文字學的研究成果，追溯亦聲字的歷時演進，並且考
察共時的諧聲同源情況，對段《注》「亦聲」進行辨正。何君的研究是系統而深
入的，其作的出版將有益於漢語言文字學史的研究。如其追溯亦聲字的歷時演
進，對亦聲字進行分類並分析其產生的途徑，使讀者對亦聲字的前世今生有了
一個深刻的理解。如：

　　我們從例表中可以清晰地看出，亦聲字多爲諧聲偏旁引申義的分化字，字
義多與聲符相近。例如「構，蓋也。此與冓音同義近。冓，交積材也…」「仰，
舉也。與卬音同義近。古卬仰多互用…。」亦聲與聲符音義完全的情況也是存
在的，例如「薾，華盛。𣱶部曰：麗爾猶靡麗，薾與爾音義同…」「寔，正也。
正各本作止…寔與是音義皆同…」我們認爲「音義皆同」應該是異體的關係。

　　這一研究交代清楚了爲什麼「亦聲」之聲還表義的道理。當然，作者也指
出：

　　從共時來看，亦聲字與聲符之間意義關係十分複雜，有的是聲符的本義，
有的是引申義、假借義、比況義、形象義等；諧聲同源也很複雜，有些諧聲系
統具有層次性、多向性等特點。

　　因此，我們對待不同的問題，必須選擇不同的視角。當然，對一個亦聲字
作出全面分析，必須靜態與動態分析相結合。

　　這都是非常正確的觀點。何君在後面的疏證中，對段《注》「亦聲」字參照
甲金文以及相關典籍文獻逐一進行考證，取得了好的成績，這與其有正確的理
論指導是分不開的。

　　何君在研究中不僅總結出了段《注》「亦聲」的價值，還羅列出了其「望文
生義」「據小篆形體而誤釋」「盲目尊許」等不足，這是實事求是的做法。當然，
在個別地方，作者對段《注》的「亦声」問題的研究還需繼續，如作者认爲「亦
聲」系統是十分複雜，主要包括兩類：會意類、形聲類。形聲字而有意，謂之
聲兼意，聲爲主也。會意字而有聲，謂之意兼聲，意爲主也，舉段《注》例如
「從艸采聲，此舉形聲包會意。古多以采爲茱。」「「輬，車跡也…輬之言從也，
有所從來也，又可從是以求其質也，輬古字只作從…從車從省。大徐有聲字非

也，此以會意包形聲。」同樣的情況，段氏把一個歸入形聲類，一個歸入會意類，何君在研究中也指出：段《注》也模糊地對待這種分類，例如「盛，黍稷在器中以祀者也…從皿成聲。形聲包會意也，小徐本無聲字，會意兼形聲也。」段氏的模糊處理，說明「亦聲」的分類問題他也不好處理，而這也正是今天學者們爭論而莫衷一是的問題。這都是需要我們繼續探討的問題。希望今後對此繼續深入研究。

目

次

第一章 「亦聲」概述

　　漢字的產生已有幾千年的歷史。任何事物的產生和發展都有其內部規律，漢字也是如此。人們對漢字內部規律的關注由來已久。「六書說」就是最早的關於漢字構造系統的理論。唐蘭先生認爲「六書是戰國末年的文字學理論。」〔註1〕許愼最早給其下定義，並舉出例字：「周禮八歲入小學，保氏教國子，先以六書。一曰指事。指事者，視而可識，察而可見，上下是也。二曰象形。象形者，畫成其物，隨體詰屈，日月是也。三曰形聲。形聲者，以事爲名，取譬相成，江河是也。四曰會意。會意者，比類合誼，以見指撝，武信是也。五曰轉注。轉注者，建類一首，同意相受，考老是也。六曰假借。假借者，本無其字，依聲託事，令長是也。」〔註2〕《說文》是一部全面運用六書理論說解文字的著作。在說解過程中，許愼又引入了「亦聲」。「亦聲」首見於《說文·一部》「吏」字條：「吏，治人者也。从一从史，史亦聲。」其後，「亦聲」引起了人們的廣泛注意，並得到不斷的豐富和發展。

　　有清一代，《說文》之學大盛。其中，《說文解字注》被公認爲闡發、研究《說文》的權威著作。王念孫稱贊道：「千七百年來無此作矣！」〔註3〕段《注》

〔註1〕唐蘭：《中國文字學》，上海古籍出版社，2003年3月，第59頁。

〔註2〕許愼：《說文解字·序》，中華書局，1963年12月。

〔註3〕段玉裁：《說文解字注·序》，上海古籍出版社，1981年10月。

對《說文》的闡發是多方面的，對「亦聲」的修改和補充頗多。《說文》（大徐本）明確標出了亦聲 212 例。段《注》以顯性表述和隱性表述的方式又標明「亦聲」近 600 例。

第一節　「亦聲」的由來

　　許慎的「六書說」一直被當作漢字結構分析的經典理論，是對漢字結構系統的初步認識和概括。任何事物的產生和發展都要經歷一個逐漸完善的過程。「六書說」並非至善至美，一直以來也受到了人們的質疑，同時也不斷地得到豐富和完善。特別是二十世紀以來，陳夢家、唐蘭、裘錫圭等先生先後提出了各自「三書說」。「六書說」受到了越來越多褒貶不同的評價。其實，許慎已認識到「六書說」的欠缺，在《說文》說解中已有所反映。我們認為 212 例「亦聲」是對「六書說」強有力的補充。「亦聲」首見於《卷一・一部》：「吏，治人者也，從一從史，史亦聲。」「亦聲」是對「六書說」的突破，同時也開創了兼書說的先河。

　　《說文》「亦聲」的表述方式有以下幾種：

　　（1）從 A 從 B，B 亦聲〔註4〕：

　　　　「吏，治人者也，從一從史，史亦聲。」《卷一・一部》

　　　　「禮，履也，所以事神致福也，從示從豐，豐亦聲。」《卷一・示部》

　　（2）從 AB，B 亦聲：

　　　　「珥，也，從玉耳，耳亦聲」《卷一・玉部》

　　　　「茉，耕多艸，從艸耒，耒亦聲」《卷一・艸部》

　　（3）從 A 從 B 會意，B 亦聲

　　　　「喪，亡也，從哭從亡會意，亡亦聲。」《卷二・哭部》

　　另外，還有一例較特殊「從重 B、B 亦聲」，「兮，分也，從重八，八、別也，亦聲。孝經說曰故上下有別。」（《卷二・八部》）我們發現《說文》對亦聲字的訓釋很有特點，主要是聲訓。其中，諧聲為訓佔很大比例，212 例中有 71 例是諧聲為訓，約占 34%。如：

〔註4〕A、B 表合體字構件，亦聲字多有兩個構件組成。

「禬，會福祭，从示从會會亦聲。周禮曰禬之祝號。」《卷一・示部》

「城，以盛民也，从土从成，成亦聲。」《卷十三・土部》

從《說文》對「亦聲」的表述，我們可以初步界定：亦聲字由兩個或兩個以上的組成構件（如 AB），其中 B 既表意也表音，具有雙重職能；在很多情況下，AB 和 B 具有同源關係。

第二節　亦聲字的產生

亦聲字的歷史極其悠久，甲骨文中已有亦聲字的存在。例如「◆劓刵刖。」（《德瑞荷比所藏一些甲骨錄》S121）劓、刵、刖是三種肉刑。劓是割鼻子，刵是截耳，刖是斷足。卜辭中已有這幾種刑罰。「𦕁」可分析爲从刀从耳，耳亦聲。「乙亥卜爭貞：重邑、竝令葬我於出自？一月。」（合 17171）「葬」之初文作「囧」，象人埋坑中而有「𣎵」（「𣎵」是「茻」的初文。）薦之，其中「𣎵」既是形符又是聲符。上古，「𣎵」在陽部崇紐，葬在陽部精紐，「𣎵」「葬」音近，「𣎵」兼有表音作用。甲骨文中常見的「之」字，「出」从「止」从「一」，表示離開一個地方前往他處。《爾雅・釋詁》「之，往也。」古音「之」、「止」皆在章紐之部，聲韻全同，因此「止」兼有表音作用。「之」應分析爲「从一从止，止亦聲。」

「亦聲」系統是不斷發展、變化著的。西周、春秋時期的金文中也有很多亦聲字。例如「命」，甲骨文中「命」「令」皆作「𠱠」，金文始分化爲二字。「命」條下，段《注》「令亦聲」十分正確。另外，金文中「佃、伍、媾」等都是亦聲字。戰國文字中也有很多亦聲字，例如璽印文字中的「聚、姻」等。《說文》明確標明了 212 例「亦聲」，是對「亦聲」第一次系統整理。徐鉉的新附字中明確標出了 12 例「亦聲」（「謎、腔、晬、罠、儈、低、債、價、儆、魖、艷、涯」）。例如：「謎，隱語也，从言迷，迷亦聲。」「腔，內空也，从肉从空，空亦聲。」有些亦聲字具有頑強的生命力，進入了現代漢字系統，並成爲常用字，如「娶、授、命、謎、腔」等。

由此可見，亦聲字歷史極其悠久、生命力十分旺盛，伴隨著漢字構形系統的演進不斷地發展變化著。

第三節　亦聲研究綜述

　　許慎開創了「亦聲」條例。其後，「亦聲」研究引起了人們的極大興趣。從文字學史來看，清代是傳統小學的頂峰時期。周秦是文字學的萌芽時期，人們開始對漢字的起源、構造進行著遐想與推測。《説文》的誕生標誌著文字學的正式創立。而後，魏晉－元明時期，文字學則走進了一段悠長的低谷，呈現消沉的局面。〔註5〕傳統文字學以《説文》爲中心，清代的《説文》研究形成了一種專門學問——「説文學」。根據《説文解字詁林》所附《引用諸書姓氏錄》統計，從清初到清末，研究《説文》並有著述傳世者多達 203 人，校著者 50 餘家。其中，「《説文》四大家」爲其佼佼者。一直以來，人們對「亦聲」的探討多圍繞《説文》而展開。清代是《説文》研究的頂峰時期。因此，我們以清代爲古代「亦聲」研究的分界線。

（一）清代以前學者的研究

（1）對亦聲的補充和修正

　　南唐二徐在「説文」學史上佔有很重要的地位。《説文》成書之後，經過數百年的輾轉傳寫，又經唐朝李陽冰篡改，以致錯誤遺脫、違失本眞，早已失去了它的本來面目，特別是對形聲字的刪改最爲嚴重。錢大昕認爲：「二徐刊《説文》，既不審古音之異於今音，而於相近之音，全然不曉，故於從某某聲之語，往往妄有刊落。」〔註6〕我們今天所看到的《説文》就是二徐的校改本。「鉉等雖工篆書，但形聲相從之例不能悉通，增入會意之訓，不免穿鑿附會。如《説文》『代』取『弋』聲，徐以『弋』爲非聲，疑兼有『忒』音，不知『忒』亦從『弋』聲也；『絰』取『至』聲，徐以爲當從『姪』省，不知『姪』亦從『至』聲也。」徐鍇偏重以會意說解，是《説文繫傳》的一大特點。「江河四瀆，名以地分；華岱五嶽，號隨境異。逶迤峻極，其狀不同，故立體於側，各以聲韻別之。六書之中，最爲淺末，故後代滋益多附焉。」〔註7〕他認爲不同事物由聲韻的不同予以分別，忽略了聲同義近、聲近義通等現象。當發現形聲字聲符兼義時，常刪去聲字，用會意強加分析。由於古音學不甚明瞭，他們不能站在聲義

〔註5〕黃德寬、陳秉新：《漢語文字學史》，安徽教育出版社，2006 年 8 月，第 38 頁。

〔註6〕錢大昕：《十駕齋養新錄》，江蘇古籍出版社，2000 年 5 月，第 55 頁。

〔註7〕徐鍇：《説文解字繫傳·序》，中華書局，1998 年 12 月。

同源的高度，瞭解形聲字產生的主要途徑，對會意形體中的表音成分，以及形聲字中的聲符示源現象不能作出準確判斷。

「亦聲」開創了兼書說的先河。宋代鄭樵對兼書說大加推衍。他在《通志·六書略·六書序》中指出：「一曰象形，有象形而兼諧聲者，則曰形兼聲；有象形而兼會意者，則曰形兼意。…二曰指事，指事之別，有兼諧聲者，則曰事兼聲；有兼象形者，則曰事兼形；有兼會意者，則曰事兼意。…五曰諧聲，…有諧聲兼會意者，則曰聲兼意。」〔註8〕其中，「形兼聲」和「聲兼意」兩類，是對「亦聲」的補充和修正。「聲兼意」一類共373字，其中有很多在《說文》中稱作「亦聲」的，如「禮、祏、字、琥、娶、婚、姻、仲、政」等字。可見，鄭樵的「亦聲」範圍擴大了。

宋末戴侗對「亦聲」的理解和認識相當深刻。他主張六書推類之說，「六書推類而用之，其義最精。昏本爲日之昏，心目之昏猶日之昏，或加心與目焉，嫁娶者必以昏時，故謂之昏，或加女焉；熏本爲煙火之熏，日之將入其色亦然，故謂之熏。《楚辭》猶作纁黃，或加日焉。帛色之赤黑者亦然，故謂之熏，或加糸與衣焉。飲酒者酒氣酣而上行，亦謂之熏，或加酉焉。」〔註9〕我們發現，戴侗已經注意到聲符的示源功能，並進行了局部的系聯，與「右文」說相得益彰。他的這段闡述精闢而深刻，至今仍具有一定的指導意義。

（2）對「亦聲」根源的探求

「宋人各家主張略如上文所說，其弊在於略舉一二例而不明言其理。迨及清代學者始論及音聲訓詁相通之理。」〔註10〕我們認爲這一評價有失公允。宋人戴侗對聲符兼義現象已從音義同源的高度作出了精彩的闡述。《說文》只標出了亦聲212例，沒有像「六書」那樣明確界定，也沒有探討其產生的根源。宋代，鄭樵最早開始探究亦聲字的產生根源。他認爲有些「亦聲」的形符是後加的產物。「淵亦作𣶒，《說文》：『回水也，从水象形。左右岸也，中象水貌。』臣按：水復加𣶒，是爲形兼聲。」「滷，籠五切，西方鹼地也。鹵象鹽形，今以爲聲。」其他如「雲、雷」等字，《六書故》注曰：「臣按，古雲作云，雷作回，皆象其形…

〔註8〕党懷興：《宋元明六書學研究》，中國社會科學出版社，2003年12月，第222頁。

〔註9〕何添：《王筠說文六書相兼說研究》，吉林文史出版社，2000年12月，第11頁。

〔註10〕沈兼士：《沈兼士學術論文集》，中華書局，2004年5月，第85頁。

後人借雲爲云日之雲，回爲回施之回，故於雲、雷復加『雨』以別。」〔註11〕我們發現，鄭氏開始運用文字動態發展的觀點探究亦聲字的來源。宋末戴侗對「亦聲」根源的論述已經達到了相當的高度。他在《六書故・六書通釋》中說「夫文，生於聲音者也，有聲而後形之文，義與聲俱立，非生於文也。」「夫文，聲之象也；聲，氣之鳴也，有其氣則有其聲，有其聲則有其文…非文則無以著其聲。」〔註12〕戴氏對語言和文字關係作出了正確揭示，從聲義同源的角度推論文字的孳乳分化，闡述「亦聲」產生的根源。這一結論是相當深刻而精闢的。

　　《說文》的問世形成了漢語文字學的一個高峰。東漢以後，由魏晉延至元明，中國歷史發展了約一千五百年。這一時期，漢語文字學陷入了一段消沉的局面。人們多傳承和祖述《說文》，但也不乏創見。鄭樵、戴侗在「六書」的具體闡釋上，大膽地提出了一些新穎、精闢的見解，對「亦聲」的研究頗具深度。另外，「右文說」的提出也是這一時期的一個亮點。洪誠先生認爲：「楊泉不依《說文》，認爲這三個字同有臤聲，同取臤義。物質堅固叫堅、緊，德行堅定叫賢。這種解釋的觀點，跟宋朝的『右文說』是一致的。」〔註13〕「宋代主張『右文說』的還有張世南、王觀國。如王觀國說：『盧者，字母也。加金則爲鑪，加火則爲爐，加瓦則爲甒，加目則爲矑，加黑則爲黸，凡省文者，省其所加之偏旁，但用字母，則眾義該矣。』王觀國不說『右文』而以聲符爲字母，其實質是一樣的。」〔註14〕「右文說」對語言文字的聲義關係有所發明，揭示了「聲符含義」的現象，是對傳統形聲觀念的突破，對「亦聲」研究推動較大。

（二）清代學者的研究

　　清代是小學研究的頂峰，「說文」學得到了前所未有的發展。清代，有人認爲讀遍天下書，不讀《說文》猶未讀也。其中，「說文四大家」推闡《說文》各

〔註11〕詳見党懷興：《宋元明六書學研究》，中國社會科學出版社，2003 年 12 月，第 222 頁。

〔註12〕詳見何添：《王筠說文六書相兼說研究》，吉林文史出版社，2000 年 12 月，第 11 頁。

〔註13〕洪誠：《中國歷代語言文字學文選》，江蘇人民出版社，1982 年 4 月，第 267 頁。

〔註14〕黃德寬、陳秉新：《漢語文字學史》，安徽教育出版社，2006 年 8 月，第 91 頁。

有側重，他們對「亦聲」均有論及。〔註15〕

（1）對「亦聲」的補充和修改

許愼開創了「亦聲」條例，然而「亦聲」的界定和範圍卻是模糊的。龍宇純先生認爲：「亦聲意義既不顯豁，又無明顯界說；雖有標準而不能遵守，遂使人有漫無標準的感覺。」〔註16〕人們對事物的認識是一個逐漸深入的過程。不同的學者根據已有的認識，不斷對「亦聲」作出新的補充和修正。

段玉裁堪稱「說文四大家」的巨擘。段氏用語言學的觀點分析文字的形音義，其中又以音韻爲骨幹，進行訓詁。他注重形音義綜合研究，三者互求，擴大了《說文》「亦聲」的範圍。臺灣學者弓英德在《段〈注〉說文亦聲字探索》中，對段《注》涉及到的「亦聲」條目作了詳細統計。他認爲段氏於《說文》正文中改爲「某亦聲」的有十八字，於注中增曰「某亦聲」的有四十二字，於許書形聲字注明爲「形聲包會意」的有一百三十二字，「形聲中有會意」的有二十一字，「形聲亦會意」的有一字，「形聲見會意」的有二字，「形聲關會意」的有一字，「形聲賅會意」的有一字，共得二百一十八字。〔註17〕另外，沈謙士《右文說在訓詁學上之沿革及其推闡》一文，分析段氏之書曰：「段玉裁注《說文》，倡以聲爲義之說，以爲古人先有聲音而後有文字，是故九千字之中从某爲聲必同是某義。」〔註18〕他將段《注》中「从某得聲之字兼有某義」的現象，列成表格，共得六十八條。其實，段氏也用隱性方式表述了很多「亦聲」（下文有詳細的討論）。

王筠《說文釋例》對亦聲字作了專門論述〔註19〕：「言亦聲者凡三種：會意字而兼聲者，一也；形聲字而兼意者，二也；分別文在本部者，三也…實亦聲而不言者亦三種：形聲字而形中又兼聲者，一也；兩體皆義皆聲者，二也；說義已見，即說形不復見者，三也。會意字之从義兼聲者爲正，主義兼聲者爲變。若分

〔註15〕 胡娟、鍾如雄：《〈說文〉四大家的「亦聲」觀》，《燕趙學術·2012 年秋之卷·語言學》，第 51～56 頁。

〔註16〕 詳見何添：《王筠說文六書相兼說研究》，吉林文史出版社，2000 年 12 月，第 204 頁。

〔註17〕 詳見何添：《王筠說文六書相兼說研究》，吉林文史出版社，2000 年 12 月，第 200 頁。

〔註18〕 沈兼士：《沈兼士學術論文集》，中華書局，2004 年 5 月，第 95 頁。

〔註19〕 馬瀟瀟《〈說文釋例〉六書理論研究》，內蒙古師範大學碩士學位論文，2009 年；王丹：《〈說文句讀〉亦聲字研究》，寧夏大學碩士學位論文，2013 年。

別文則不然，在異部者概不言義，在本部者概以主義兼聲也。」〔註20〕他把亦聲字分爲三類：一類爲意兼聲，一類爲聲兼意，一類爲分別文；並且，注意到了漢字的內部聯繫，揭示漢字孳乳演變的某些規律，提出了「分別文」「累增字」等概念。其中的「取—娶」（分別文），「氐—派」（累增字）都是亦聲字。在《說文解字句讀》中，他闡發條例，揭示義理，提出「亦聲」字「聲義相備」條例。例如：「祐」，王注：「當用聲義相備之例。」〔註21〕「政」，王注：「義聲互相備。」〔註22〕

朱駿聲沒有明確闡發「亦聲」，在《說文通訓定聲》中常把會意、形聲字直接增改爲「某亦聲，某亦意」。《六書爻列》中羅列了337個「亦聲」，比大徐本多了一百多個。桂馥對《說文》「亦聲」字未作系統研究，但發明「亦聲」條例，「吏」下云：「從史，史亦聲者，當言『史聲』，後人加『亦』字，凡言亦聲者，皆從部首之字得聲，既爲偏旁，又爲聲旁，故加『亦』聲，『史』不從部首得聲，何言亦聲？」〔註23〕這種觀點大大縮小了「亦聲」的範圍。

（2）「亦聲」的界定及其產生根源

何添先生認爲「考亦聲一詞，最先詮釋者，厥爲小徐，《繫傳》吏字下注云：『凡言亦聲，備言之耳，義不主於聲，會意。』是以爲亦聲者，實爲會意字，非有取於聲也。」〔註24〕我們認爲段玉裁第一次明確詮釋了「亦聲」，「凡言亦聲者，會意兼形聲也。凡字有用六書之一者，有兼六書之二者。」「禛，此亦當云，從示從眞，眞亦聲。不言聲者，省也。聲義同源，故諧聲之偏旁多與字義相近。此會意形聲兩兼之字致多也。《說文》稱其會意，略其形聲；或稱其形聲，略其會意；雖則省文，實欲互見，不如此，則聲與義隔。又如宋人《字說》，只有會意，別無形聲，其失均誣矣。」〔註25〕段氏第一次明確地從聲義同源的高度，論述了亦聲字分化、孳乳的根源。王筠對「亦聲」有系統的理論闡發，將

〔註20〕王筠《說文釋例》，北京：中華書局，1987年12月，第54頁。

〔註21〕王筠《說文釋例》，北京：中華書局，1987年12月，第4頁。

〔註22〕王筠《說文釋例》，北京：中華書局，1987年12月，第107頁。

〔註23〕桂馥：《說文解字義證》，中華書局，1987年7月，第2頁。

〔註24〕徐鍇：《說文解字繫傳》，中華書局，1987年10月，第3頁。

〔註25〕分別見於段《注》「吏」「禛」字條。

亦聲分爲四類，其中的分別文，即由源字遞增形符而產生，是同源孳乳下的文字分化的產物；然而，他又認爲亦聲字當起於聲符的本義，不應取引申義，這樣又大大簡化了諧聲聲符的表義情況。桂馥只承認從部首得出的亦聲字才符合許書體例，其他都是後人所加，那麼，《說文》亦聲字將大大減少。

在「說文四大家」中，我們認爲段氏對「亦聲」的界定比較科學，理論頗具高度，將「亦聲」研究大大推進。

（三）二十世紀學者的研究

二十世紀是一個學術融合的時代。西方語言學理論逐漸介紹到中國，在西方語音學的推動下，古音學構擬和重建得到了極大發展，爲詞源學研究奠定了語音基礎；同時，甲骨文、金文的大量出土，人們注重追溯形體、探究語源，不斷地糾正《說文》的誤解。「亦聲」的研究也取得了很大的進步。

亦聲字歷史悠久、生命力旺盛，是漢字系統中較特殊的一類。隨著漢字構形系統的不斷調整，亦聲字也在不斷發展變化。這類特殊的漢字引起了不少當代學者的關注，主要圍繞「亦聲」存在與否、「亦聲」的界定和範圍、產生方式及原因、「亦聲」與「右文說」、同源分化之間的關係。〔註26〕

（1）「亦聲」存在與否

有些學者否定「亦聲」的存在。馬敘倫先生在《說文解字六書疏證》中認爲「亦聲」字，要麼爲會意字，要麼爲形聲字。〔註27〕梁東漢先生認爲：形聲字的聲符代表的是其所記錄的詞的語音，而聲符本身與所記錄的詞的意義沒有必然的聯繫，《說文》裏所說的「某亦聲」的字，或爲「義兼聲」、「聲兼義」，或爲「會意兼形聲」、「形聲兼會意」，很多都是有問題的，其原因在於聲符本身不一定含有意義；同時，還認爲，許慎的錯誤在於不明白語言和文字的關係，不知道聲符在很多情況下只是一個單純的記音符號，從而往往把聲符誤當做義符，進而又認爲義符又是聲符。〔註28〕他認爲形聲字的聲符的功能就是標記讀音，跟意義沒有必然聯繫，因此「亦聲」之說不能成立。高明先生也對「亦聲」

〔註26〕孫建偉：《20世紀以來的「亦聲」研究綜述》，《寧夏大學學報》，2012年第2期。

〔註27〕馬敘倫：《說文解字六書疏證》，上海書店，1985年，第10頁。

〔註28〕梁東漢：《漢字的結構及其流變》，上海教育出版社，1959年2月，第142頁。

說持否定態度，在《中國古文字學導論》中專門論述了對「亦聲」的看法：總體上來看，形聲字的聲符與字義沒有必然聯繫；不過，由於形聲字的數量巨大，難免會有一些形聲字的聲符與字義相同或相近，但這多屬偶然所致，切不因此可稱之爲「亦聲」或「會意兼形聲」。同時，高先生還將「亦聲」與聲訓等「以音求義」相區別。〔註29〕

當然，多數學者還是肯定「亦聲」在漢字發展史上的價值。楊樹達先生較早研究「亦聲」現象，見於《積微居小學金石論叢》、《形聲字聲中有義略證》（附論中國語源學問題）等論著。〔註30〕楊氏研治《說文》，「能吸收歐洲的語源學，能利用新出土的古文字，還能融匯入語法、修辭、文化的內容。」〔註31〕他對「亦聲」說的探求源於閱讀章太炎的《文始》，「初讀章君《文始》，則大好之，既而以其說多不根古義，則又疑之。」〔註32〕他強調：「蓋文字之未立，語言先之，文字起而代言，肖其聲則傳其義。中土文書，以形聲字爲夥，謂形聲字聲不寓義，是直謂中土語言不含義也。」〔註33〕楊氏極力贊同形聲字聲符帶義的，認可「亦聲」說的合理性。臺灣學者龍宇純先生在《中國文字學》中專門論述了「亦聲」，明確指出懷疑「亦聲」字的學者是絕對錯誤的。〔註34〕他還從語言與文字相互關係的角度，論述了「亦聲」存在的根本原因，並將文字現象分爲兩類：與語言全然無關者，比如「化同現象」〔註35〕；與語言無法分割者，比如文字的引申義，即「亦聲」。龍先生認爲，從文字與語言的關係角度而言，任何兩個字，如果彼此有音義雙重關係，則二者在語言上具有「血統淵源」；如果甲字同時從乙處獲得聲義，則甲語「孳生」於乙語。因此，只要語言有孳生現象，就存在文字「亦聲」現象的可能。〔註36〕此外，還有一些學者主張「亦聲」存在的價值。李蓬勃先生認爲，「亦聲字在漢字發展史上具有獨特的地位與價值，它既有別於

〔註29〕高明：《中國古文字學通論》，北京大學出版社，1996 年 6 月，第 51～52 頁。

〔註30〕楊樹達：《形聲字聲中有義略證》，《清華大學學報》，1934 年第 2 期。

〔註31〕張標：《20 世紀說文學流別考論》，中華書局，2003 年 9 月，第 72 頁。

〔註32〕楊樹達：《積微居小學金石論叢·自序》，中華書局，2007 年 8 月。

〔註33〕楊樹達：《積微居小學金石論叢·自序》，中華書局，2007 年 8 月。

〔註34〕龍宇純：《中國文字學》，五四書店有限公司，2001 年，第 310 頁。

〔註35〕龍宇純：《中國文字學》，五四書店有限公司，2001 年，第 276 頁。

〔註36〕龍宇純：《中國文字學》，五四書店有限公司，2001 年，第 311 頁。

聲訓，也不同於一般的同源字。這個術語在文字學上也理應保留並予以重視，它不應再局限在『說文』學的領域，而應代表貫穿漢字歷史發展的一種特殊文字現象。」〔註37〕李先生非常精闢地點出「亦聲」存在的價值與理由。

（2）「亦聲」的界定、歸屬和範圍

關於「亦聲」的界定，歸結起來，主要有以下幾類。第一類，從同源字角度解釋其性質，認爲「亦聲」字本質上是同源字，「亦聲」字的聲符字具有示源的功能。王力先生認爲，「在漢字中，有所謂會意兼形聲字。這就是形聲字的聲符與其所諧的字有意義上的關連，即說文所謂亦聲，亦聲都是同源字。」〔註38〕王鳳陽先生也認爲「會意兼形聲字就是我們說的同源形聲字」。〔註39〕李國英、章瓊兩位先生認爲「實際上所謂『亦聲』字是聲符具有示源作用的形聲字，即聲旁字和形聲字是源字和孳乳字之間的關係。如『娶』是『取』的孳乳字」。陳曉強先生認爲「亦聲」的本質即爲形聲字聲符同時兼有標音功能和示源功能的反映。〔註40〕王力、王鳳陽兩位先生指出「亦聲」字的同源字本質，而李國英、章瓊、陳曉強則進一步認爲「亦聲」字不但是同源字，並且「聲」是用來指示整字的詞源意義的。還有一些學者從合體字的偏旁功能角度界定，認爲「亦聲」字是指合體字中以聲符表義的字，如吳澤順、李蓬勃、李瑾、吳東平、季素彩等。吳澤順先生認爲，「所謂亦聲字，是指漢字合體字中主要以聲符表義的字」。〔註41〕李蓬勃先生認爲，「亦聲字反映的是合體字中一個偏旁兼有表義、標音雙重功能的文字現象，它介於會意和形聲之間」。〔註42〕裘錫圭先生則從亦聲字產生的過程來界定，認爲「如果在某個字上加注意符分化出一個字來表示這個字的引申義，分化出來的字一般都是形聲兼會意字」。〔註43〕

「亦聲」歸屬主要探討亦聲字與會意字、形聲字的關係。有些學者在形聲和會意之間選擇；有些則跳出會意、形聲的範圍，歸於象形文字體系。

〔註37〕李蓬勃：《亦聲字的性質與價值》，《語文建設》，1998 年第 7 期。

〔註38〕王力：《同源字典》，商務印書館，2002 年 10 月，第 10 頁。

〔註39〕王鳳陽：《漢字學》，吉林文史出版社，1989 年 12 月，第 516 頁。

〔註40〕李國英、章瓊：《說文學名詞簡釋》，河南人民出版社，1994 年 8 月，第 37 頁。

〔註41〕吳澤順：《說文解字亦聲字論》，《吉首大學學報》，1986 年第 1 期，第 73～80 頁。

〔註42〕李蓬勃：《亦聲字的性質與價值》《語文建設》，1998 年第 7 期，第 42～46 頁。

〔註43〕裘錫圭：《文字學概要》，商務印書館，1988 年 8 月，第 175 頁。

　　馬敍倫、季素彩、吳東平、沙宗元等人將「亦聲」字歸於會意字。〔註44〕
馬敍倫認爲「許書會意字有兼聲，無可疑者。然其方法有二：一則別取一字爲
此字發聲之用，此爲發聲用之字與此字之意，絕無關係。……一則即於會意字
中取其一部分兼爲發聲之用。此爲發聲之一部分，一方與其他各部分負共同發
生此字意義之責任，一方又獨立而負發生此字聲音之責任。如『禮』，從示從
豐，會盛玉凵中以事神爲禮之意，而豐又爲禮之所以得聲。」〔註45〕馬敍倫在《說
文解字研究法》的出版說明中提到，「因爲《疏證》經過多次修改，所以這書的
內容和《疏證》在有些地方有點出入。例如，『六書』各有它的定律，但沒有一
書兩兼的，這書裏有會意兼聲的話，這些地方應該依照疏證」。他是將「亦聲」
字歸入會意一類的，不過他在後期改變了早先對於「六書」兼書說的看法，即
他早期認爲「亦聲」是會意兼聲的，而後期認爲「亦聲」就是會意字。〔註46〕
季素彩認爲，「亦聲」是指表意漢字的某一個形符兼有聲符的功能，即在會意字
中取其一部分兼爲表聲之用。

　　有些學者將亦聲字歸入形聲字，如王力、王鳳陽、裘錫圭、黃永武、李國
英、章瓊、陳曉強等學者。除黃永武之外，諸家的觀點已經引述，主要談談黃
永武先生的看法。黃先生認爲，「凡形聲字多先有聲符，形符爲後加」，他列舉
了幾個《段注》認爲是「會意包形聲」的字，比如「茁」、「睡」、「瞑」、「耕」、
「笙」等字，並認爲這類字的聲符必定是先於這些字而存在，如此「始與語先
於文，文先乎字之進程相合。」〔註47〕他還認爲，像這樣的一類字，多本爲形
聲字，只是「後人竄改聲字，致使『六書』訛亂，段氏未加諟正，而反謂會意
可兼形聲。」〔註48〕在黃永武先生看來，「亦聲」是屬於會意的，且不存在兼聲
之說。此外，李國英先生認爲，在區分源字轉化爲聲符的形聲字與會意字時，
因形聲字中具有示源功能的聲符與字義發生關係，便難以判斷到底是形聲還是

〔註44〕吳東平：《說文解字中的亦聲研究》，《山西師範大學學報》，2002 年第 3 期，第 145
　　　　～148 頁；沙宗元：《文字學術語規範研究》，安徽大學出版社，2008 年 10 月，第
　　　　232～233 頁。

〔註45〕馬敍倫：《說文解字研究法》，華聯出版社，1967 年，第 90 頁。

〔註46〕馬敍倫：《說文解字研究法》，華聯出版社，1967 年，第 90 頁。

〔註47〕黃永武：《形聲多兼會意考》，文史哲出版社，1964 年，第 24 頁。

〔註48〕黃永武：《形聲多兼會意考》，文史哲出版社，1964 年，第 24 頁。

會意，不過它們二者還是有本質區別的。此類形聲字以源字爲核心，累加符只是輔助成分，而會意字的兩個或數個符沒有主次之分。〔註49〕從李先生的觀點來看，至少《說文》中的絕大多數「亦聲」字屬於他所說的「源字轉化爲聲符的形聲字」一類。

　　還有一些學者認爲：一部分亦聲字歸於會意，一部分則歸於形聲。朱宗萊在《文字學形義篇》中提出「會意兼聲例」和「形聲兼會意例」。「會意兼聲」類「亦聲」字不入形聲在於其意爲重，而「形聲兼會意」入爲形聲在於其聲爲重。

　　有些學者認爲亦聲字屬於兼書，同時歸於形聲和會意。持這一看法的學者有章太炎、陳夢家、吳澤順、何添等。章太炎先生認爲「蓋形聲之字，大都以形爲主，聲爲客，而亦有以聲爲主者。《說文》中此類甚多，如某字從某，某亦聲，此種字皆形聲而兼會意者也」。〔註50〕章太炎先生將形聲字分爲兩類：一類是純形聲，聲符與字義沒有關係；一類是「亦聲」，形聲而兼會意。陳夢家先生認爲，許愼所說的「亦聲」就是「這個字既爲會意又爲形聲。」〔註51〕吳澤順先生認爲，「亦聲」字歷來被認爲是會意兼形聲字，「兼」是說「亦聲」字既具備會意字的特點，同時也具備形聲字的特點，是兩者相結合的統一體。〔註52〕何添先生也認爲，「亦聲」字大體可以分爲聲兼義和意兼聲兩類。〔註53〕此外，蔣伯潛先生認爲，「（會意）又有表聲的部分，不但表聲，而且兼取其義者。一方面是會意，一方面也可以說是形聲」。〔註54〕即蔣先生認爲，「亦聲」可以歸爲會意，也可以歸爲形聲，但都不是典型的會意字或形聲字，而是「會意變例」或者「形聲變例」。與上面學者的看法不同，馬敘倫、李國英、陳曉強明確反對「亦聲」爲「兼書」說。陳曉強在把「亦聲」字歸入形聲字的同時，明確反對「會意兼形聲」說，他認爲形聲字與會意字的構形方式、原理各不相同，因此漢字中不存在會意兼形聲這樣的構形方式。

〔註49〕李國英：《小篆形聲字研究》，北京師範大學出版社，1996年3月，第16頁。

〔註50〕章太炎：《國學略說》，上海文藝出版社，2001年1月，第8頁。

〔註51〕陳夢家：《中國文字學》，中華書局，2006年7月，第102～103頁。

〔註52〕吳澤順：《說文解字亦聲字論》，《吉首大學學報》，1986年第1期，第73～80頁。

〔註53〕何添：《王筠說文六書相兼說》，吉林文史出版社，2000年12月，第203頁。

〔註54〕蔣伯潛：《文字學纂要》，中正書局，1952年，第68頁。

還有些學者提出亦聲字既不歸於會意也不歸於形聲，認爲是介於會意形聲的一類。李蓬勃先生即持這種觀點，他認爲「亦聲字反映的是合體字中一個偏旁兼有表義、標音雙重功能的文字現象，它介於會意和形聲之間」。〔註55〕在李蓬勃看來，「亦聲」字既不屬於會意類，也不屬於形聲類，而是會意形聲之間的一類，有其獨特的性質。他同時認爲，由於「亦聲」的特殊性質，《說文》在說解時，除一般釋義外，還用一些特殊的表達方式來闡明聲符與字義的關係。

蔣善國先生則將亦聲字歸於象形文字體系。他認爲，在「亦聲」的歸屬問題上，有人將之歸入形聲字，也有人將之歸入會意字，歸類的標準是聲義成分的多少。聲音成分多的歸入形聲類，叫做聲兼義；意義成分多的歸入會意類，叫做意兼聲。不過聲義成分的多寡在實際操作中不好把握，即便把握準確了，如果聲義成分相當的話，也不好歸類。況且，聲音和意義時或相連。《說文》中的「亦聲」字，大徐多歸於會意，小徐多歸於形聲，這說明「亦聲」字同時具有會意字跟形聲字的資格。他還認爲，段氏的「凡言亦聲者，會意兼形聲也。凡字有用六書之一者，有兼六書之二者是也」很好地揭示了「亦聲」字的分類標準。他同時認爲，「亦聲」字是漢字由象形文字演進到標音文字的一種過渡形式，是在象形文字基礎上形成的，而純形聲字則是在「亦聲」字的因素上形成的。故而「亦聲」字屬於象形文字體系，純形聲字則屬於標音文字範疇了。〔註56〕從上面蔣先生的看法我們可以知道，他基本上是同意兼書說的，但由於兼書說在具體歸類上不好把握，因而他繞開了傳統的歸類法，轉而從文字發展體系入手，將「亦聲」歸於象形文字體系。

「亦聲」的範圍指究竟哪些字屬於「亦聲」字。學術界從兩個角度著眼：從說解的形式入手，從說解的內容入手。以說解形式入手分析的有吳澤順等人。吳澤順先生認爲《說文》的「亦聲」字實際上包括三種類型：其一爲《說文》明言「某亦聲」的字，比如「吏，治人者也。從一從史，史亦聲」；其二爲部分說解形式與會意字相同的字，比如「佼，合也。從人從交」；其三爲部分說解與形聲字相同的字，比如「祐，助也。從示右聲」。儘管後兩類《說文》沒有明言其爲「亦聲」，但吳先生認爲，它們在本質上跟第一類的性質是相同的。

〔註55〕李蓬勃：《亦聲字的性質與價值》，《語文建設》，1998 年第 7 期，第 42～46 頁。

〔註56〕蔣善國：《漢字的組成和性質》，文字改革出版社，1960 年，第 96～97 頁。

原因在於它們都「含有一個既表義又表音的成分」。他同時認為，「亦聲」字按形聲字的說解方式說解是可以的，因為「亦聲」字的聲義都來源於其聲母，聲母既表音又表義。從說解內容入手的，以李蓬勃為代表。他在綜合分析了前代說文家對「亦聲」範圍的看法之後認為，前代說文家幾乎都面臨一個為難的處境，即在維護《說文》原來體例的時候縮小了「亦聲」字的範圍，但又不得不承認在《說文》所認定的「亦聲」字外還有大量性質相同的字需要納入。他認為，在今天的學術高度上，我們不應該再去揣摩許慎的體例與標準，而應該將其放在漢字音義關係的大範疇中剔除誤解者、增補缺漏者，而且範圍也不應局限於《說文》一書，應該把後代符合條件的字也容納進去。他進一步認為，「亦聲」字都是同源字沒錯，但不能說都是同聲符的同源字，而是形聲字的聲符與整字同源。在這樣的前提下，他又提出他所認可的「亦聲」字的範圍：一是會意造字兼取聲；二是原字本義或引申義的孳乳分化字；三是為專用假借字的引申義造的分化字。他還為此類「亦聲」字取名為「廣義亦聲字」。

（3）產生原因及方式

關於亦聲字的產生原因，學者們主要從語言對文字制約和從文字本身發展規律的兩個角度展開。前者的代表為吳澤順、李蓬勃等，後者以陳曉強等人為代表。吳澤順先生認為「亦聲」產生的原因有三：其一，「亦聲」是社會、語言不斷發展的結果；其二，「亦聲」是人們的認識能力不斷提高的結果；其三，詞義分化是「亦聲」產生的直接原因。前兩條都可以稱為「亦聲」產生的外部原因，第三條則為內部原因。吳先生在闡述「亦聲」與同源字的關係時，曾引用段玉裁的「聲與義同源，故諧聲之偏旁多與字義相近，此會意形聲兩兼之字致多也」一說，強調段氏此言揭示了「亦聲」字產生的一個原因，部分「亦聲」字的產生是因為其聲義同源，故以原字作為聲符，新添加義符而成。比如「婚」字，即是在「昏」字上加注義符「女」而成的，而「昏」為「婚」之聲符，同時揭示了「昏」、「婚」二字的同源現象。後來，李蓬勃、胡文華等學者主要就「亦聲」產生的內部原因進行了更深入的研究。李蓬勃先生認為《說文》中的亦聲字在先秦大多只作為聲符字，是分化造字才變為亦聲字的。與上面幾家的研究思路不同，陳曉強先生則另闢蹊徑，從文字發展自身規律的角度探究「亦聲」字產生的原因。〔註57〕他從

〔註57〕陳曉強：《說文亦聲字研究》，《甘肅聯合大學學報》，2007 年第 5 期，第 63～68 頁。

王鳳陽先生制約文字發展的兩條規律入手，認爲亦聲字既是文字表達律、區別律、經濟律綜合作用的結果，同時也是它們三者綜合作用的「最優組合的結果」；並借用王寧先生關於早期形聲字產生途徑的觀點，提出「亦聲」字產生的具體原因有二：因強化某字之義而造、因分化某字之義而造。〔註58〕

關於「亦聲」的產生方式，學術界大致有以下兩類意見。第一，由於原聲母一字多義，故需添加不同的形符予以區分，比如「喬」分化出「僑」、「橋」等字。這種區多因母字所記錄詞義過多，除本義外，還可以有引申義、假借義等，爲了減輕母字的負擔，可以爲本義、引申義、假借義全都造專字或僅爲部分義項造專字。吳澤順先生即持此種看法，不過他還認爲，「亦聲」字還可以在假借義的基礎上進一步孳乳，即聲母假借爲其他詞之後，在聲母假借義的基礎上又分化出一系列新詞，比如他舉的「京」字。其本義爲「人所爲絕高丘」，字音稍變，假借表示「薄」、「不純」等義，於是孳乳出「涼」等字。他認爲，「亦聲」字可以在孳乳字的基礎上次孳乳，構成一個多層次的孳乳關係。對於這種孳乳關係，李國英先生在其《小篆形聲字研究》一書中亦有相關論述。〔註59〕第二，爲了強化某個字所記錄的意義，就需要添加某些形符部件，以適應漢字形義統一的特徵。即陳曉強先生提出的「強化亦聲字」。此類現象又可以分爲兩類：一是直接在某個聲母字上添加形符構成；一是某個同源字在漢字使用中勝出，取代了原來的母字，比如「屚」。《說文》的解釋爲「屋穿水下也」，這個解釋應該是造意，而其實義當爲一切水漏。後來出現「漏」字，但「漏」字的本義是滴漏，其滴水的過程與「屚」字相似。不過在後來的發展過程中，「屚」字爲「漏」字所取代，即段氏所謂的「漏行而屚廢矣」。雖《說文》「漏」下未言「屚」亦聲，但段玉裁在「漏」下卻以「韻會而更考定之」爲「屚」亦聲。

（4）「亦聲」與聲訓、「右文」說、同源字

二十世紀以來，很多學者關注「亦聲」與聲訓、「右文」說、同源字之間的關係。趙克勤先生認爲「聲訓不是一般地訓釋詞義，主要是根據聲音來推求語

〔註58〕王鳳陽：《漢字學》，吉林文史出版社，1989 年 12 月，第 814～829 頁；王寧：《漢字構形學講座》，上海教育出版社，2002 年 3 月，第 7～9 頁。

〔註59〕李國英：《小篆形聲字研究》，北京師範大學出版社，1996 年 3 月，第 31～36 頁。

源。」〔註60〕本質並非釋義，而是探源。盧新良先生對亦聲字的聲符與整字的關係進行了考察，認爲古代典籍中常用聲符字來訓釋整字，比如《論語·顏淵》：「政者，正也。」《孟子·盡心》：「征之爲言正也」《釋名》「澗、間也」等。他認爲這一類聲訓材料與「亦聲」有相同的性質，即在訓釋詞義的同時，又對詞源進行了探究。

「右文」說與「亦聲」之間的關係十分密切。很多學者認爲「右文」說是在「亦聲」說的啓發下，繼承併發展了「亦聲」說。趙克勤先生在談到「右文說和亦聲字」時認爲，「右文」說不僅受到聲訓的影響，同時也受到亦聲字的啓發才創造出來的，「因此可以說，右文說是亦聲字的繼承、發展和提高。」〔註61〕呂俐敏先生認爲亦聲字是「右文」說得以建立的基礎，「右文」說的發展離不開亦聲字。儘管許愼時代沒有提出「右文」說，但不代表他們沒有意識到聲符表意的事實。在分析那些介於形聲和會意之間的字的時候，多採用「亦聲」分析法。〔註62〕在《說文亦聲字的考察》一文中，她將許愼分析的介於形聲與會意之間的字分爲顯性亦聲字與隱性亦聲字兩類，並認爲在許愼的時代，「右文」說已經萌芽了，不過由於理論的自覺程度不高，沒有提出「右文」說這一名稱而已。盧新良先生則認爲，亦聲字與「右文」說是一脈相承的，二者均是在分析漢字構形的同時，注意探尋漢字語義源頭，注意漢字音義關係的分析。此外，吳澤順的《〈說文解字〉亦聲字論》，呂菲的《淺談〈說文解字〉中的亦聲字》等文章中，對「亦聲」說與「右文」說的看法與上所述相類。

「亦聲」對於「右文」說的產生至關重要，但二者有著明顯的區別。「亦聲」說的關注對象是單個的，不系統；「右文」說則是一種系統理論闡述。趙克勤先生認爲「亦聲」處理的對象是單個的、彼此沒有聯繫的現象羅列；「右文」說則把相同聲符的字聯繫起來分析，是一種理論的闡述，上升到了語言的高度。值得注意的是，吳澤順先生則認爲「右文」說沒能將亦聲系統從形聲系統中分離出來，也沒能具體分析每個聲符的意義範圍，從而導致「右文」說的片面性觀點；而「亦聲字」是「經過嚴格限定的科學概念」，排除了與聲母不同源的形聲

〔註60〕趙克勤：《古代漢語詞彙學》，商務印書館，1994 年 6 月，第 182 頁。

〔註61〕趙克勤：《古代漢語詞彙學》，商務印書館，1994 年 6 月，第 191 頁。

〔註62〕呂俐敏《〈說文〉亦聲字的考察》，山西大學碩士畢業論文，2005 年，第 36 頁。

字，便避免了片面性。在這樣的情況下，「亦聲字」便可以很好地揭示漢字的音義關係。

王力先生較早關注「亦聲」與同源字的關係，「在漢字中，有所謂會意兼形聲字。這就是形聲字的聲符與其所諧的字有意義上的關連，即說文所謂『亦聲』。『亦聲』都是同源字。」他列舉了「婢」、「祏」等《説文》明言爲「亦聲」的字。「有些字，《説文》沒有說是會意兼形聲，沒有用『亦聲』二字，其實也應該是『亦聲』」他舉了「詁」、「伍」等《説文》沒有直接標明「亦聲」的字。〔註63〕吳澤順先生認爲「從道理上說，亦聲字都應該是同源字」，並引用陸宗達、王寧二先生對同源字字形的分類，認爲亦聲字是同聲符的同源字。〔註64〕李國英、章瓊二先生認爲「實際上所謂『亦聲』字是聲旁具有示源作用的形聲字，即聲旁字和形聲字是源字與孳乳字之間的關係」。〔註65〕亦聲字體現了漢字形音義的密切關係，通過分析《説文》中的同源亦聲字，可以進行以聲符爲中心的同源字系聯，從而去構建漢字諧聲同源系統。

最近幾十年，有很多論著談及「亦聲」現象。總結吸收已有成果，是學術發展的必要前提之一。沈兼士的《右文說在訓詁學上之沿革及其推闡》、王力的《同源字典》、張博的《漢語同族詞的系統性與驗證方法》等，在考證一組字詞是否存在同源意義關係時，經常引用段《注》的「亦聲」理論及其說解。盧新良的《〈説文解字〉亦聲字研究》、呂俐敏的《〈説文〉亦聲字的考察》，在判定某字是否爲「亦聲」時，皆以段《注》爲主要參照。因此，我們認爲總結段《注》的「亦聲」理論、清理段《注》亦聲字，有利於漢語字族、詞源研究的發展，有利於理解漢字構形的歷時演進。

〔註63〕王力：《同源字典》，商務印書館，1997 年 6 月，第 10 頁。

〔註64〕陸宗達、王寧：《訓詁與訓詁學》，山西教育出版社，2005 年 7 月，第 370～375 頁。

〔註65〕李國英、章瓊：《説文學名詞簡釋》，河南人民出版社，1994 年 8 月，第 68 頁。

第二章　段《注》「亦聲」理論研究

　　段《注》由於受注疏體例的限制，沒有專門的章節闡述亦聲字的產生、分類等諸多問題；然而，在注解中經常探求著「亦聲」的界定、產生根源、亦聲的分類（如「吏」、「禛」、「犢」、「與」條注）。段《注》對待「亦聲」的態度十分謹慎，參考諸多版本，以不同的表述詮釋著對「亦聲」的理解。

第一節　段《注》「亦聲」的表述方式

　　《說文》沒有對「亦聲」作出界定。一直以來，「亦聲」的界定標準以及範圍都是籠統的。學者們對「亦聲」的表述也很不一致。《說文通訓定聲》中就有「從某從某某亦聲、從某某聲某亦意」等不同表述。儘管段《注》認爲「凡言『亦聲』者，會意兼形聲也」，在具體注解中，並非只用「會意兼形聲」這一種表述。段《注》「亦聲」的表述極其豐富，粗略統計約 30 種。

　　段《注》認爲《說文》「亦聲」的範圍應該擴大。有些亦聲字許慎沒有標明，究其原委，有二：① 省文。「禛」下注「說文或稱其會意，略其形聲，或稱其形聲，略其會意，雖則省文，實欲互見」；② 奪漏。「颿」下注「此當云從馬風，風亦聲，或許舉聲包意，或轉寫奪漏，不可知也。」段《注》根據自己對「亦聲」的理解，並且廣泛參考了《繫傳》《廣韻》《玉篇》等字書韻書，對《說文》「亦聲」作出修改和增補，擴大了《說文》「亦聲」的範圍。對「亦聲」的

表述，段《注》主要採用顯性和隱性兩種方式。顯性表述指明確表述某字爲「亦聲」，如「某亦聲」、「形聲包會意」、「形聲兼會意」、「會意包形聲」等；隱性表述則通過諧聲類推、詳說聲符之義，「之言」例等隱約方式表述出某字「亦聲」。

（一）顯性表述

（1）形聲包會意，此類數量最多，共 137 例。

如：《一篇·艸部》「菜，艸之可食者。菜字當冠於苣葵等字之上。從艸采聲此舉形聲包會意。古多以采爲菜。」

（2）某亦聲，共 128 例。

如：《三篇·言部》「諰，思之意。《廣韻》曰：言且思之。疑古本作言且思之意也。《方言》『而又思之。』故其字從言思…從言思會意思亦聲。思亦二字今補。」

（3）形聲中有會意（包括「形聲中包會意」，共 33 例。

如：《十二篇·手部》「拯，上舉也，出休爲拯。從手丞聲。易曰。拯馬壯吉。撜，拯或從登…丞登皆有上進之意。形聲中有會意。經典登作升，皆假借字。升之本義實於上舉無涉。」

（4）會意包形聲，共 26 例。

如：《六篇·木部》「枖，木少盛皃。《周南》「桃之夭夭。」毛曰：桃、有花之盛者，夭夭，其少壯也…按夭下曰：屈也。屈者，大之反，然屈者，大之兆也，故枖從夭。從木夭聲。聲疑衍文，以會意包形聲也。《詩》曰：桃之夭夭…」

（5）會意兼形聲，共 15 例。

如：《一篇·艸部》「藕，扶渠根。《釋草》其根藕。…凡花實之莖必偕葉莖同出，似有耦然。故下近蕅，上近花莖之根曰藕…從艸水會意禺聲今訂之乃從艸從耦，會意兼形聲。」

（6）形聲兼會意，共 4 例。

如：《十二篇·女部》「娺，短面也。《淮南書》曰：聖人之思脩，愚人之思叕。高注叕，短也。《方言》䫯，短也。注：踸䫯，短小皃。娺篆蓋形聲兼會意。從女叕聲。」

另外，還有「舉形聲關會意也」（如「悝」下注）共 3 例，「此以聲苞意」（如「諸」）3 例，「會意中有形聲也」（如「緊」）3 例，「此於形聲見會意」（如「蘸」）1 例，「舉形聲賅會意也」（如「厥」）1 例，「此舉聲以見意也」（如「燠」）

1 例，「云某聲，包會意」（如「刉」）2 例，「从某某，兼形聲」（如「室」）1 例，「凡形聲多兼會意」（如「嫠」）1 例，「形聲亦會意也」（如「給」）1 例，「會意亦形聲也」（如「繰」）1 例，「則形聲可兼會意「（如「袷」）1 例，「亦是會意」（如「歲」）1 例，「是某亦會意」（如「遷」）2 例，「亦會意亦形聲」（如「裁」）1 例，「故字从某某，而取某聲」（如「順」）1 例，「說會意之旨，而形聲在其中。」（如「蝨」）1 例。有時，段《注》也會使用多種顯性表述，例如「寷」下「此以形聲包會意，當云从宀豐，豐亦聲也。」「春」下「屯亦聲，會意兼形聲」等。

段《注》對「亦聲」的態度很謹慎，往往在參照其他典籍的基礎上，作出界定，例如「漏」下「依《韻會》而更考定之如此。」「類」下「《廣韻》引無聲字」等。有時，段《注》在界定的結論前，加「蓋、疑」等推斷之詞，例如：「窳，短面也。《淮南書》曰：聖人之思脩，愚人之思叕。高注叕，短也。《方言》孨，短也。注：蹶孨，短小兒。窳篆蓋形聲兼會意。从女窳聲」「彭，清飾也。清飾者，謂清素之飾也…从彡青聲。按丹部曰：彤者，丹飾也，从丹，彡、其畫也。疑此當云彭，青飾也。从青、青亦聲。蓋謂以青色飾畫之文也，彤不入彡部，彭不入青部者，錯見也」等。

（二）隱性表述

（1）詳說聲符之義，此類 123 例。

如：「婗，順也。順者，理也。尾主於順，故其字从尾。按此字不見於經傳。《詩》、《易》用疊疊字，學者每不解其何以會意、形聲，徐鉉等乃妄云當作婗，而近人惠定宇氏从之…从女尾聲。讀若媚。」

（2）「之言」例，一般採用「亦聲字之言聲符也」的形式，探求字義的由來，以及聲符本字，此類 31 例。

如：「匯，器也。謂有器名匯也。…按匯之言圍也，大澤外必有陂圍之，如器之圍物。古人說淮水曰：淮，圍也。匯从淮，則亦圍也…从匚淮聲…」

（3）諧聲類推，歸納聲符之義，此類 3 例。

如：「璣，珠不圓者。各本作也。今依《尚書音義》，《後漢書》注作者。凡經傳沂鄂之幾，門槷謂之機，故珠不圓之字从幾。从玉幾聲。」

（4）「凡某聲之字皆訓某義」，「於某聲知某義」等，共 27 例。

如：「娠，女妊身動也。凡从辰之字皆有動意。震，振是也…从女辰聲。《春秋傳》曰：后緡方娠…一曰官婢女隸謂之娠…」

另外，段《注》還標明聲符與亦聲字疊韻、某亦聲字古只作聲符等隱性方式，推斷亦聲字，例如「璱，玉英花相帶如瑟弦也…从玉瑟聲。詩曰：璱彼玉瓚。詩大雅作瑟。箋云瑟，潔鮮兒。孔子曰：璠與，近而視之瑟若也。《韻會》引作瑟。彼則引詩爲發明从瑟之意。」「祐，助也。古只作右。从示右聲。」這種情況共 3 例。

通過分析段《注》的表述方式，我們知道了段《注》的「亦聲」研究尚處於探索階段。他的很多「亦聲」理論顯現於這些表述之中。

第二節　段《注》「亦聲」理論

關於文字的產生和發展，段玉裁具有明確的系統觀和歷史觀。他說：「許君以爲音生於義，義著於形。聖人之造字，有義以有音，有音以有形。學者之識字，必審形以知音，審音以知義。」〔註1〕「小學有形，有音，有義，三者互相求，舉一可得其二。有古形，有今形，有古音，有今音，有古義，有今義，六者互相求，舉一可得其五。」〔註2〕這些觀點貫穿於段氏的《說文》研究，體現了段氏對漢字形音義系統之間關係的透徹把握，並指導著他的「亦聲」研究。

沈兼士詳細梳理了段《注》的「從某聲必同是某義」條例，總結了六十八條，歸納爲六大類。「雖不能盡《說文》所載形聲字聲義貫串之情形，但段氏對右文之發凡起例，即此已可觀其梗概。」〔註3〕沈氏的《右文說在訓詁學上之沿革及其推闡》是訓詁學史上不可多得的力作，對「右文說」研究、「亦聲」研究影響深遠，爲我們總結段《注》「亦聲」理論奠定了一定的基礎。

（一）亦聲字聲符有假借

關於聲符假借說，一般學者都知道楊樹達研究最精，可以追溯至章太炎的研究。事實上，我們發現段玉裁已深知此理。例如，「鏢」下注「金部之鏢，木

〔註1〕段玉裁：《說文解字注》，上海古籍出版社，1981 年 10 月，第 764 頁。

〔註2〕王念孫：《廣雅疏證·序》，中華書局，2004 年 1 月。

〔註3〕沈兼士：《沈兼士學術論文集》，中華書局，2004 年 5 月，第 94 頁。

部之標，皆訓末，藨當訓艸末。」又於「犥」下注「黃馬髮白色曰驃，票麃同聲，然則犥者，黃牛髮白色也。《內則》『鳥麃色。』亦謂髮白色。」段氏認為「鏢、標、藨」，從票得聲，有「末」義；「犥麃」從麃得聲，並有白義。而馬部的「驃」，從票聲，字義則取麃聲之白義。所以，將「驃」字與「犥麃」並列，並且強調「票麃同聲」。雖然沒有說出聲符假借，但已隱含其中。另外，段《注》常用「之言」例闡述事物得名之由，同時也探求聲符本字。例如，「軌」下注「軌從九者，九之言鳩也、聚也，空中可容也。」段氏明瞭聲符「九」為假借。按「鳩」有聚義，經傳常見。上古「鳩」屬幽部見紐；「述」屬幽部群紐，韻部相同，聲紐皆為牙音。《說文》「述，斂聚也。」我們認為蓋「述」為本字。「襋」下注「襋，衣領也⋯從衣棘聲。棘之言亟也。領為衣之亟者，故曰襋。《詩》曰：要之襋之。」段《注》明確指出聲符本字「棘之言亟也」，並在亟下注「詩多假棘為亟。亟棘古書常互作。」可見，段氏已深知聲符假借。

（二）聲符孳乳的多向性

「更從票聲字有末義又有髮白色義觀之，而得一同聲母字其義不必盡同之啟示，惜段氏未暢言之。蓋其缺點在於僅隨意舉例，往往以偏賅全，尚少歸納之精神耳。」〔註4〕沈兼士分析得十分精當，批評得很客觀。我們知道聲符孳乳的情形十分複雜，有時產生多個諧聲系統。如從「票」聲之字分化孳乳出五組亦聲字。〔註5〕當然，關於聲母孳乳的多向性，段《注》還沒有十分明確的認識，經常使用「凡從某聲，皆有某義」之類的表述，簡化了聲符孳乳系統。但我們認為，正如沈兼士所指出的，段氏已經開始意識到聲符孳乳的複雜性。

（三）形聲多兼會意

從語言的發生來看，最初語言的音義是偶然的。一個詞在產生的初始一般多是單義，只概括反映某一類事物或現象。唯物辯證法認為客觀事物或現象之間存在著多種多樣的聯繫。人們認識新事物或現象時，往往會聯想到與該事物或現象在內在性質上，特別是外部特徵上某些相似。這種聯想使人們習慣用與

〔註4〕沈兼士：《沈兼士學術論文集》，中華書局，2004年5月，第95頁。

〔註5〕參看宵部「藨」字例釋。

之有關聯的那種事物或現象的名稱來指稱新認知的事物或現象，這樣就導致詞的初始義不斷引申，增加一些新的義位，使單義詞變成多義詞。秦漢之際，漢字的發展進入形聲時期。這時，爲區分一個詞既有聯繫又有差別的意義而創造新字成爲一種時尚。形聲字由義符與聲符兩部分構成，這種結構類型滿足了分化字在語義和語音方面要求。大量形聲字都是在已有文字上加注意符而形成的。「改造表意字爲形聲字以及從已有的文字分化出形聲字的途徑，主要就是以上這四種。由第三種途徑產生的形聲字爲數最多。」〔註6〕（第三種途徑就是增加意符）段氏沒有明確探求形聲字的形成途徑，但已經站在語言學的立場審視著漢字形音義之間的關係，從聲義同源的高度分析了「亦聲」的根源，「故諧聲之偏旁，多與字義相近，此會意形聲兩兼之字致多也」（「禎」條）。段《注》這種思想十分成熟，有大量的表述，「凡形聲多兼會意」（「蠻」條）、「凡字之義得諸字之聲者如此」（「總」條）、「夫形聲之字多含會意」（「池」條）、「皆於某聲知之」（「啙」條）等，這些認識相當深刻，能夠站在語言學的高度，解釋漢字的孳乳分化以及「亦聲」的產生。

（四）省聲兼義

漢字在使用過程中，爲了字形的美觀以及書寫簡便，常把形聲字的聲符或形符省去一部分。許愼對這種現象高度關注，據有學者統計《說文解字》原文的省聲字總共 326 個。〔註7〕（唐蘭先生認爲「凡可省者，一定原有不省之字。」現在很多學者否定了這種觀點。〔註8〕清代學者王筠認爲「形聲字而省也，其例有四：一則聲兼意也…」〔註9〕段《注》對省聲的探求，多從語源的角度闡發省聲兼義。段《注》吸收了《說文》省聲理論，並考證出多個省聲例「亦聲」，對《說文》省聲之旨多有闡發，例如「屔，反頂受水丘也。《釋丘》曰：水潦所止，泥丘。《釋文》曰依字又作泥…从丘泥省。不但曰尼聲，必曰从泥省者，說水潦所止之意也。泥亦聲。」、「甯，所願也。此與於部寍音義皆同。許意寍爲願詞、甯爲所願，略區別耳…从用寍省聲此不

〔註6〕裘錫圭：《文字學概要》，商務印書館，2003 年 5 月，第 156 頁。

〔註7〕馮玉濤、彭霞：《〈說文解字〉省聲字分析》，寧夏大學學報，2006 年第 3 期。

〔註8〕吳東平：《〈說文解字〉中的省聲研究》，《中南民族學院學報》，2001 年第 1 期；李敏辭：《「省聲」說略》，《古漢語研究》，1995 年第 2 期。

〔註9〕王筠：《說文釋例》，中華書局，1998 年 11 月，第 101 頁。

云窊省聲，云寧省聲，以形聲包會意。」段《注》據省聲兼義改訂《說文》，「綞，帛莫艸染色也…从糸戾聲按戾聲當作莫省，會意包形聲也。」同時，還主張省聲聲符具有可變通性，「鬌，髮墮也…鬌本髮落之名，因以爲存髮不剪者之名…从髟隋省聲。

（五）「亦聲」有重會意與重形聲兩類

　　王筠《釋例》分亦聲爲三類，「言亦聲者凡三種：會意而兼聲者，一也；形聲字而兼意者，二也；分別文之在本部者，三也。」王筠認爲：會意兼聲，則所重者在意；有形聲兼意，則所重者在聲；至於分別文，他認爲「字有不須偏旁而義已足者，則其偏旁爲後人遞加也。其加偏旁而義遂異者，是爲分別文；其加偏旁而義仍不異者，是謂累增字。」其分別文就是後起孳乳的加注形符類形聲字。何添先生認爲「其說（按王筠之說）不可謂不周至，是知亦聲字者，固兼兩書矣，此蓋本段玉裁之說，復擴而充之。」〔註10〕

　　誠然，何添先生之說甚確。形聲字而有意，謂之聲兼意，聲爲主也。會意字而有聲，謂之意兼聲，意爲主也。這種分類思想在段《注》中多有表現。《說文》中的形聲字，段《注》「亦聲」表述多爲「形聲兼會意，形聲包會意」；會意亦聲字多表述爲「會意兼形聲，會意包形聲」。例如，「菜，艸之可食者。菜字當冠於芑葵等字之上。从艸采聲此舉形聲包會意。古多以采爲菜。」「刵，斷耳也。刵見《康誥》《呂刑》，五刑之外有刵。軍戰則不服者殺而獻其左耳曰馘。《周禮》田獵取禽左耳以儌功曰珥。从刀耳，會意包形聲。」有時，段《注》也修改《說文》的形聲、會意，這也是基於對「亦聲」類型的思考。例如，「樅，車跡也…樅之言從也，有所從來也，又可從是以求其質，樅古字只作從…从車從省。大徐有聲字非也，此以會意包形聲。」「駉，牧馬苑也…从馬冋。各本有聲字，今刪。此重會意，冋亦聲…詩言牧馬在冋，故稱爲从馬冋會意之解…」「祫，大合祭先祖親疏遠近也。…从示合會意，不言合亦聲者，省文，重會意也…」然而，亦聲的分類具有一定的複雜性，段《注》還處於摸索階段。有時，段《注》也模糊地對待這種分類，例如「盛，黍稷在器中以祀者也…从皿成聲。形聲包會意也，小徐本無聲字，會意兼形聲也。」「窔，深抉也。抉之深故从穴。从穴抉。此以會意包形聲，小徐作抉聲，亦通。」

　　總而言之，他的這種分類思想具有重要的參考價值，推動了「亦聲」研究。

〔註10〕王筠：《說文釋例》，中華書局，1998 年 11 月，第 54～55 頁。

（六）聲符意義關係

對於聲符與亦聲字的意義關係，段《注》也作出了一些思考。段《注》認為「聲義同源」，「凡字之義得諸字之聲」，「故諧聲偏旁多與字義相近」。這些觀點十分正確。

我們從例表中可以清晰地看出，亦聲字多為諧聲偏旁引申義的分化字，字義多與聲符相近。例如「構，蓋也。此與冓音同義近。冓，交積材也…」「仰，舉也。與印音同義近。古印仰多互用…」亦聲與聲符音義完全的情況也是存在的，例如「薾，華盛。蚁部曰：麗爾猶靡麗，薾與爾音義同…」「寔，正也。正各本作止…寔與是音義皆同…」我們認為「音義皆同」應該是異體的關係。然而，從靜態的結構分析來看，「薾、寔」皆為亦聲字。段《注》對聲符相反為義的情況多有論述，「祀，祭無巳也。析言則祭無巳曰祀。從巳而釋為無巳，此如治曰亂，徂曰存，終則有始之義。《釋詁》曰：祀祭也。從示巳聲」「熄，畜火也…滅與蓄義似相反而實相成。止息即滋息也…」「婼，不順也。毛詩傳曰：若，順也。此字從若則當訓順，而云不順也。此猶祀從巳，而訓祭無巳也。從女若聲…」華夏民族發達的比況思維在亦聲字孳乳中也有反映。段《注》對此亦多論及，「幄，木帳也…《釋名》云：幄、屋也。以帛衣版施之，形如屋也。故許曰木帳。從木屋聲」「齯，老人齒…大齒落盡，更生細者，如小兒齒也。按毛詩作兒，古文他書作齯，今文也。從齒兒聲此形包會意。」「鯢，刺魚也…從魚兒聲。形與聲皆如小兒，故從兒，舉形聲關會意也。」

段《注》對亦聲字聲符意義關係的探討，頗具深度，啟迪著黃侃、劉師培、楊樹達、沈兼士等對這一問題的深入探究。

（七）關於皆聲亦聲字

漢字中有一類數量不大，但構形特殊的雙聲字。早在漢代，許慎已注意到這種現象。《說文》中，許慎指出含有雙聲符的字是「竊」和「盤」，裘錫圭對其作過辨正，並認為「總之，真正的二聲字是極少的，而且大概是由於在形聲字上加注音符而形成的。」〔註11〕段《注》認為形聲字「亦有一字二聲者」，〔註12〕並且提出了一種很特殊的雙聲亦聲字，「與」下注「舁、與皆亦聲」。對於「與」字構形，我們在釋例中作出了討論（魚部「與」條），否定了「舁、與

〔註11〕裘錫圭：《文字學概要》，商務印書館，2003 年 5 月，第 157 頁。
〔註12〕段玉裁：《說文解字注》，上海古籍出版社，1981 年 10 月，第 755 頁。

皆亦聲」。然而，段《注》開創了這一特殊亦聲字類型。這種情況很少見，但是確實存在的。例如「孳」字，我們認爲「茲」「子」上古皆屬之部精紐，「字者，言孳乳而浸多也。」字乃从宀子、子亦聲。按「茲、子」皆有「增益」之義（詳見之部「孳」條），此爲雙聲符字且雙聲符皆表義。我們知道在形聲化趨勢的推動下，戰國時期出現很多雙聲字、多聲字；然而，像「孳」這種雙聲符字且雙聲符皆表義的情況則甚罕見，但是這是一種客觀存在的特殊構形。段《注》提出的這種雙聲亦聲字豐富了漢字構形系統，揭示著漢字形音義關係的錯綜複雜性。

（八）「亦聲」系統是一個發展變化的系統

段玉裁具有明確的系統觀和歷史觀，常常從歷時的角度正確地分析漢字。我們知道漢字構形是一個歷時演進的系統。漢字構形處於動態的發展之中。對於聲符與亦聲字的歷時關係，段《注》明確指出其爲古今字的有 6 例，「騭，牡馬也…陟騭古今字…」（職部）「厚」條（候部）「顯」（元部）「蜎」（元部）「傷」（眞部）「枒」（魚部）。段《注》具有動態發展的眼光分析亦聲字的歷時構形。

段《注》分析「亦聲」並不僅僅局限在小篆的範圍，舉出了 4 例古文、籀文「亦聲」。何琳儀認爲「春秋以後，無論是六國、還是秦國的文字，都是由西周晚期整齊化的籀文發展變化而來。」「這表明籀文和古文是橫線時代關係和交叉地域關係的混合。換言之，秦文字和六國文字都是籀文的後裔，籀文也是戰國文字的遠祖。」〔註 13〕由此可見，段《注》將「亦聲」研究的範圍擴大到了戰國文字。例如，「孚，卵即孚也…从爪子…一曰信也。[illegible]古文孚。从禾，禾，古文伓，伓亦聲」。還有，「遲」（質部）「懼」（魚部）「唐」（陽部）。另外，還有 3 例或體「亦聲」，「暱」（職部）「鱷」（陽部）「亩」（侵部）。有學者認爲「其中的或體即是小篆的異體字。」〔註 14〕（按這種觀點可商榷）無論是異體字、俗體字或其他關係，段《注》都擴大了《說文》「亦聲」的範圍。

段《注》「亦聲」的表述十分紛繁，對於「亦聲」的研究尚處於探索階段。然而，他提出的諸多理論啓發著後人，至今仍對詞源、字族研究具有借鑒價值。

〔註 13〕何琳儀：《戰國文字通論》，江蘇教育出版社，2003 年 1 月，第 40 頁。

〔註 14〕鄭春蘭：《淺析〈說文解字〉或體之構成形式》，《語言研究》，2002 年特刊。

第三章 「亦聲」的界定及其相關理論問題

第一節 《說文》亦聲字簡述

在「『亦聲』的由來」一節中，我們簡述了《說文》「亦聲」的幾種表述方式。這一節，我們著重探討《說文》亦聲字的錯誤類型、產生原因等相關問題。「亦聲」條例是許慎創立的，我們先分析一下《說文》亦聲字的一些情況。《說文》共標明了 212 例「亦聲」，徐鉉增訂了 10 例。這 212 例「亦聲」有一些是錯誤的。

（一）《說文》「亦聲」錯誤例

《說文》在語言學史、文字學史上有著極高的地位，是傳統小學的寶藏。作爲中國第一部字典，它難免有一些不足之處。由於材料所限、古音知識的缺乏，《說文》中的亦聲字有不少是錯誤的。究其原因，有以下幾種情況。

（1）據小篆形體而誤釋

漢字經過了商周春秋戰國階段，到了小篆，很多形體已經訛舛。根據這些訛舛的形體說解漢字的音義，很容易出現錯誤。例如，「喪，亡也。從哭，從亡，會意，亡亦聲。」喪的甲骨文字形爲「米」，金文爲「坐」，小篆爲「喪」。甲骨文象有枝葉的桑樹，即桑字。于省吾認爲「由於商代已有絲織品，故以桑

爲採桑之本字，其以桑爲喪亡之喪者乃借字。」〔註1〕在卜辭中用爲人名地名，或假借爲「喪亡」之「喪」，到了金文變作☒，戰國文字開始變形音化从「亡」，小篆爲☒。可見，喪是一個獨體象形字，並非从哭从亡，亡亦聲的字。

（2）誤說純形聲字

《說文》：「鄯，鄯善，西胡國也。从邑，从善，善亦聲。」「鈴，令丁也。从金，从令，令亦聲。」「雊，雄雌鳴也。雷始動，稚鳴而雊其頸。从隹，从句；句亦聲。」我們認爲這幾例聲符根本不表義，顯然是錯誤的「亦聲」例。如，「雊」是個擬聲詞，模擬野雞的叫聲，許慎「雷始動，稚鳴而雊其頸。」純屬望文生義。「鄯善」是西域國名，應該是一個譯音詞，聲符「善」，肯定不表義的。

（3）釋義錯誤

許慎有的亦聲字釋義是明顯錯誤的。例如，「蟘，食苗葉者。吏乞貸則生蟘。从虫从貸、貸亦聲。《詩》曰：去其螟蟘。」這種說解純屬無稽之談。朱駿聲則認爲「按从虫貸聲」，顯然比較合理。〔註2〕

誠然，《說文》的亦聲字存在一些問題，但大部分還是正確的。分析總結《說文》亦聲字對「亦聲」的諸多理論探討不無裨益。

（二）亦聲字形成的動因及相關問題

「亦聲」系統是一個歷時演進的系統。亦聲字的產生原因是複雜的。有些亦聲字的產生，可能由於會意造字時，某一部件讀音與亦聲字偶合了，例如，「貧，財分少也。从貝从分、分亦聲。」錢貝分少了，會意貧窮之意。上古音，「分」爲文部幫紐，「貧」爲文部滂紐，聲韻極近，「分」兼表音了。然而，大量的亦聲字則是詞義引申下的字形分化，包括同源孳乳（兩者有一致的地方）；然而，有些亦聲字與聲符並非同源字，而是異體、正俗體的關係。

（1）分化母字

上古漢語中「一字數用」的現象十分普遍。這種情況影響表義的明確性。人們爲區分一個詞既有聯繫又有區別的意義而創造新字。其中，有的亦聲字爲

〔註1〕于省吾：《甲骨文字釋林》，中華書局，1999 年 11 月，第 76 頁。

〔註2〕朱駿聲：《說文通訓定聲》，中華書局，1998 年 12 月，第 216 頁。

了記錄母字引申義，例如，「禮，履也。所以事神致福也。从示从豐、豐亦聲。」「豐」字甲骨文象祭祀所用之器的形狀，後來以器名爲事名，引申有敬神，加「示」旁。有的爲語境義而造，例如，「釦，金飾器口也。从金从口、口亦聲。」「晛，日現也。从日从見、見亦聲。」張博先生認爲「這樣的分別字是形聲風氣影響下的強生分別，並不代表孳生詞。因爲詞義具有概括性，它並不是直接地、一一對應地反映客觀存在的每一具體事物或現象，而是經過人們的思維活動，對同類事物或現象的特徵加以概括而形成。具有概括性的詞義絕不會因爲詞出現的語境不同就立即分化。儘管在書面語中爲不同的語境義另造新字，但最終也沒有影響詞義眞正分化。」〔註3〕我們認爲她的觀點是十分正確的。這些爲語境義而造的亦聲字，有些是異體字的關係，在語言中它們應當是一個詞。有的亦聲字爲明確本義而造，例如，「酒，就也。所以就人性之善惡。从水从酉、酉亦聲。」「酉」字甲骨文象酒器之形，後被假借作地支，於是加「水」表示本字。有的爲記錄假借義，例如，「牭，四歲牛也。从牛从四、四亦聲。」「四」字本義不知，後假借爲記數字，後又在假借基礎指稱四歲之牛。有的強化本義而生，例如「派，別水也。从水从辰、辰亦聲。」「辰，水之斜流，別也。从反永。」這種情況本字未被假借，但造字理據逐漸淡化，後加「水」增強表義。

（2）同源孳乳

有些亦聲字則是由某一共同語源，孳乳而生，母字與亦聲字之間沒有引申的關係。它們在一個語源義作用下平行孳乳，例如，按「句」有「曲」義，孳乳出「拘，止也，从句从手，句亦聲。」「笱，曲竹捕魚笱也，从竹从句，句亦聲。」「鉤，曲也，从金从句，句亦聲。」「句」字與「笱」、「拘」、「鉤」之間是源字與孳乳字的關係，不存在引申的關係。段《注》對這一類也有闡述，例如，「凡从句之字皆曲物，故皆入句部。」（「胸」下注）「凡叚聲字多有紅義。」（「騢」下注）」等。「亦聲」系統來源十分複雜。同源孳乳、詞義引申下的字形分化是主要的動因。

另外，《說文》中的亦聲字系統中，音符與亦聲字歷時關係很複雜。有的是異體的關係，如「見、晛」；有的是正俗體的關係，如「離、魖（《說文箋識四種》焯謹按：『《說文》離，山神獸形。鈕云：魖即離之俗字，或作螭。』）

〔註3〕張博：《漢語同族詞的系統性與驗證方法》，商務印書館，2003年7月，第68頁。

〔註4〕」；有的是初文與後起字的關係，如「酉、酒」；有的是古今字的關係，如「受、授」（在「授予、給予」義位上，它們是古今字的關係。「授予、給予」古字作「受」）。亦聲字與聲符的意義關係也很複雜，有的是聲符的本義，「派」；有的是引申義，「禮」；有的是假借義，「牺」；有的是形象義，「齟（《說文》『老人齒如臼也。』）」；有的是比況義，「恖，多遽恖恖也。从心囱、囱亦聲。」（「囱，在牆曰牖，在屋曰囱，象形。」有孔隙多之義，比況心之亂，加「心」作「恖」）等。

　　《說文》212 例亦聲字中，有 1 例省聲亦聲字，「季，少稱也。从子从稚省，稚亦聲。」季字甲骨文作「𥝩」，金文、戰國文字、小篆形體基本一致。從字形來看，从禾从子。林義光認爲「禾爲稚省不顯。《說文》『稚亦聲』，是季與稚同音，當爲稺之古文，幼禾也。从子禾，古作季，引申爲叔季之季。」〔註5〕林義光認爲「季」是會意字。上古，季、稚皆屬質部。許慎是從語源的角度開始探求省聲兼義了。這種從省聲的角度探求亦聲聲符，無論正確與否，都是一種有益的探索。

　　總結《說文》亦聲字的情況，可以幫助我們更好的理解亦聲的原意，可以作爲我們界定亦聲的有益參考。

第二節　「亦聲」是一種中介現象

　　通過簡要介紹《說文》亦聲字的情況，我們參照段《注》亦聲字的研究，談談亦聲字——這一文字演變過程中的中介現象。

（一）亦聲字是漢字構形系統歷時演進的活化石

　　我們知道漢字構形是一個動態變化的系統。黃德寬先生認爲「從統計數據可以看出四種結構類型漢字分佈比例的變化，指事類型的漢字分佈從 4.29％降到 0.53％，象形類從 28.28％降到 2.07％，會意類從 37.50％降到 3.53％，只有形聲類從 29.10％上升到 93.87％…指事、象形和會意三類以形表意性質的構形方式所構成的漢字比例由甲骨文時期 70％多降到宋代 10％左右；與之

〔註 4〕詳見呂俐敏《〈說文〉亦聲字的考察》，山西大學碩士畢業論文，2005 年，第 27 頁。
〔註 5〕參見《漢語大字典》，湖北辭書出版社、四川辭書出版社，1992 年 12 月，第 426 頁。

相反，形聲構形方式的漢字其比例則從不足 30％增到 90％以上，此消彼長，相互補充。」〔註6〕很多亦聲字是歷時演變的產物，它們記錄著漢字構形系統的演進。我們同意段玉裁的觀點，「亦聲」可分爲兩類，即：「重會意類」和「重形聲類」。從它們的產生途徑來看，具有很大的不同（詳見下文「亦聲分類」）。形聲類有多種產生途徑，其中以在已有的文字上加注意符爲主要途徑。裘錫圭先生認爲「如果在某字上加注意符分化出一個字來表示這個字的引申義，分化出來的字一般都是形聲兼會意字。」「這些形聲字大概都是在母字上加注意符以表示其引申義的分化字，至少它們所表示的意義沒有問題是充當它們的聲旁的那個字的引申義。」〔註7〕我們知道秦漢之際，漢字的發展進入了形聲階段。這時，爲區別一個詞既有聯繫、又有差別的意義而創造新字成爲一種潮流。創造新字的一個重要途徑，正如裘先生所說，即在母字（可以是象形、指事、會意、形聲）的基礎上增加或改易形符。顯然，這些亦聲字的產生記錄著漢字形聲化的過程。

（二）亦聲字是文字發展過程中的中介現象

我們知道語言文字的發展具有漸變性、連續性的特點。語言現象中存在著大量的「非此即彼」與「亦此亦彼」的現象。這是一種客觀存在的中介現象。中介現象大量存在於自然界，人類社會和精神領域。例如，禽類爲卵生的非哺乳動物，獸類爲胎生的哺乳動物，但鴨嘴獸卻是卵生的哺乳動物；鴨嘴獸的存在模糊了禽與獸之間的界限。同樣，文昌魚的出現，打破了脊椎動物和無脊椎動物之間的明確界限。事物的非此即彼與亦此亦彼的存在，使得人類認識到必須重視中介現象，必須採用辯證的思維方法。因此，只有「非此即彼」的靜態觀念而無「亦此亦彼」的動態觀念，對待語言文字現象是無法很好地解釋某些語言文字現象的。

因此，我們認爲兼書說具有一定的合理性。兼書說是對中介現象的肯定。亦聲字兼有會意字、形聲字的某些特點。它是漢字構形系統中的中介現象。

〔註6〕黃德寬：《漢字構形方式的動態分析》，《安徽大學學報》，2003 年第 4 期。

〔註7〕裘錫圭：《文字學概要》，商務印書館，2003 年 5 月，第 175 頁。

　　通過瞭解亦聲字的這一屬性，我們必須要樹立靜態與動態分析相結合的視角。李孝定先生曾指出：「中國文字學的研究，有靜態和動態兩面，靜態研究的主要對象，便是文字的結構。」〔註8〕我們認爲亦聲字的研究，必須樹立靜態與動態分析相結合的視角。在界定亦聲字、聲符與亦聲字之間存在何種意義關係時，我們必須進行靜態結構分析；在探討亦聲字的來源、諧聲同源等情況時，我們必須進行歷時動態的分析，從而對亦聲字做出全面的認識。歷史上對「亦聲」的爭論可以說就是這種視角的缺失而造成的。

　　「亦聲」系統非常複雜。從歷時來看，它具有很強的歷史層積性。亦聲字與聲符有的屬於古今字關係，如「驚」等；有的屬於異體字關係，「暱」等。從共時來看，亦聲字與聲符之間意義關係十分複雜，有的是聲符的本義，有的是引申義、假借義、比況義、形象義等；諧聲同源也很複雜，有些諧聲系統具有層次性、多向性等特點。

　　因此，我們對待不同的問題，必須選擇不同的視角。當然，對一個亦聲字作出全面分析，必須靜態與動態分析相結合。

第三節　「亦聲」的判斷標準及範圍

　　「亦聲」的科學界定是深入系統研究的前提。對於「亦聲」的爭論，很大程度上，是由於「亦聲」的判斷標準、範圍不明確。歷來人們非常關注「亦聲」的歸屬，而忽視其界定標準。

（一）「亦聲」的判斷標準

　　我們認爲亦聲字是合體字中一個構件既表音又表義的漢字。判斷某字是否爲亦聲字，必須符合兩個標準：① 合體字 ② 一個構件既表音又表義。很多學者都提出了相似的觀點，但他們沒有詳細闡述、嚴格參照。

　　如上文所說，我們在界定亦聲字、聲符與亦聲字之間存在何種意義關係時，我們必須進行靜態結構分析。亦聲系統非常複雜。從歷時來看，它具有很強的歷史層積性。因此，我們必須拋開歷時關係的纏繞。一個合體字中只要一個構件既表音又表義，我們就斷定爲亦聲。有時，一個亦聲字是會意取象的，如「🐾」，

〔註8〕詳見黃德寬：《漢字構形方式的動態分析》，《安徽大學學報》，2003年第4期。

「◆劓刵刖。」（德瑞 121）劓、刵、刖是三種肉刑。劓是割鼻子，刵是截耳，刖是斷足。這是很形象的用刀割耳的畫面。上古，耳、刵皆屬之部日紐，聲韻相同，這就是會意類亦聲字。有時，聲符與亦聲字是古今字的關係，如「顯」從「㬎」聲，「㬎顯」皆有「光明」之義，即爲亦聲字。「日部㬎下曰：古文以爲顯字，由今字假顯爲㬎，乃謂古文假㬎爲顯也。此古今字之變遷。」（元部）有時，聲符是初文，「拯」字「從手丞丞亦聲。」（蒸部）「丞」是「拯」的初文。我們拋開歷時的關係，只要靜態結構分析的結果，符合一個構件既表音又表義，就是亦聲字。亦聲字與聲符語音要求在上古相同相近，意義關係則相同相近相關。

（二）「亦聲」的範圍

確定了「亦聲」的判斷標準，我們就可以明確它的範圍。人們討論亦聲字的歸屬問題，也就是在探索亦聲的範圍。有的學者認爲「凡亦聲字，本與形聲字無異也。」「所以，亦聲字就是形聲字。」「所謂亦聲字是聲旁具有示源作用的形聲字」；也有學者認爲「亦聲字是古漢字會意字的一個別支。」「《說文》還分析了一類兼聲的會意字。」有的把亦聲字歸屬會意字，有的歸屬形聲字系統，他們產生了分歧。

吳澤順先生第一次提出了「亦聲系統」，「據我初步統計，《說文》所定亦聲字共 202 個（其中少數應排除在外），第二類以會意字方式說解的共 107 個（據朱駿聲統計，《說文》會意字共 830 個），第三類以形聲字方式說解的在 1000 個左右，總數在 1300 個左右，約占形聲字、會意字總數的 15％，占整個《說文》字數的 14％。這樣就在漢字體系中構成了一個獨特而龐大的亦聲系統，儼然可以和形聲系統分庭抗禮。」〔註9〕他認爲「亦聲」系統應該是一個獨立的體系，而不依附於形聲、會意。諸多學者對漢字進行共時、靜態的分析歸納，得出了不同的結構類型。這些類型中沒有「亦聲」。一直以來，「亦聲」沒有受到重視，沒有自己明確的範圍。我們必須澄清：漢字構形方式與結構類型屬於兩個概念。「所謂構形方式，指的是文字符號的生成方式，也即構造漢字的方法⋯將不同的結構特徵的漢字予以歸納分類就概括出不同的結構類型，」〔註10〕前

〔註 9〕吳澤順：《〈說文解字〉亦聲字論》，《吉首大學學報》，1986 年第 1 期。

〔註10〕黃德寬：《漢字構形方式的動態分析》，《安徽大學學報》，2003 年第 4 期。

者是漢字的生成方式，後者就漢字結構類型的靜態歸納。我們認爲「象形、指事、會意、形聲」是漢字的四種構形方式。漢字結構類型有「象形、指事、會意、形聲、亦聲」。「亦聲」作爲一種獨立的結構類型，具有自己的結構特點。從構形方式來看，「亦聲」系統有兩種，即會意構形方式和形聲構形方式。從表意方式來看，會意字的表意方式主要有：「圖形式會意字、利用偏旁間的位置關係的會意字、重複同一偏旁而成的會意字、偏旁連續成語的會意字」。〔註11〕亦聲字中的會意類亦聲，主要採用「偏旁連續成語」的方式；形聲類則聲符記音，形符表示意義類屬，形聲類「亦聲」則多記載著語源義（聲符是一個與亦聲字有意義聯繫的音義結合體）。從產生途徑來看，亦聲字也具有自己的特點（詳見下文「亦聲字的產生途徑」）。

漢字構形方式是一個歷時演進的系統，「亦聲」系統也處於發展、變化之中。它是一個開放的系統。我們認爲「亦聲」系統應該具有獨立的範圍，必須從形聲系統中分離出來。形聲字中聲符表義的皆爲亦聲字。表義的情況很複雜，不一定專表語源義，「所謂亦聲字是聲旁具有示源作用的形聲字。」「亦聲字都是同源字。」這些觀點值得商榷。因爲《說文》與段《注》標明的亦聲字，很多是不存在語源關係的。例如，《說文》「酒，就也。所以就人性之善惡。从水从酉、酉亦聲。一曰：造也，吉凶所造也。」「酉、酒」之間是初文與後起字的關係。「見、睍」是異體的關係；「離、魖」是正俗體的關係；「受、授」是古今字的關係。段《注》中有很多爲語境義而造的異體字，例如「藂」，叢爲彙聚之意，造「藂」字專指艸叢生皃。在使用過程中，聲符「叢」漸漸代替了「藂」。「寠，大屋也。」豐有大義，屋之大加「宀」以明確字義。「得 行有所㝵也。」得字甲骨文中作「𧴩、𢔭」金文和戰國文字中這兩種形體並存，《說文》誤分爲兩字。這些都不是同源的關係。誠然，具有同源關係的亦聲字是「亦聲」系統的大宗。

亦聲字的範圍包括：所有的聲符兼義的形聲字，有表音構件的會意字。這種觀點基於對形聲字範圍的重新思考（詳見下文「亦聲與形聲」）。

〔註11〕裘錫圭：《文字學概要》，商務印書館，2003 年 5 月，第 122～138 頁。

第四節　亦聲字的分類及其產生途徑

（一）亦聲字的分類

　　段《注》認爲「亦聲」有重會意與重形聲兩類。王筠也有類似的看法。我們認爲這是十分正確的。「亦聲」系統是十分複雜，主要包括兩類：會意類、形聲類。

　　兩類亦聲字具有不同的特點。會意類具有以下幾個特點：（1）採用會意構形方式，（2）幾個構件地位相等，（3）以義位參與表意，（4）構件缺一不可。例如，「珥」、「刵」字，珥爲飾耳之玉，刵爲持刀割耳；「諰」爲言且思之。這些通過構件直接會合表意的，構件地位相等，與會意字構形十分相似。它們的構件關係密切，缺一不可，共同承擔著表意的任務。它們的數量不多，常常被看作會意字。

　　形聲類亦聲字則具有以下特點：（1）採用形聲構形方式，（2）以聲符爲主體，（3）多以義素參與表意，（4）構件的意義關係複雜（聲符爲亦聲字的本義、引申義、假借義、形象義、比況義）等，（5）從產生來看，形聲類則多是詞義引申與同源孳乳的產物。詞義引申，一般後加形符以強化字義。例如，「祐」字，從文字形體來看，甲骨文祐常作「ヨ、ア」金文常作「訇」。ヨ分化孳乳出ア、訇。我們認爲「ヨ」表示右手，加飾符「口」產生了「右」。「右」有助意，孳乳分化出「佑、祐」。這是詞義引申下的字形分化。「濃」爲「露多也。」「襛，衣厚皃。」《說文》「醲，厚酒也。從酉農聲。」「膿，腫血也。」段《注》「凡農聲之字皆訓厚。」這是同一語源義孳乳的一組同源字。

（二）亦聲字的產生途徑

　　我們已經分析了，同源孳乳、詞義引申下的字形分化是《說文》亦聲字產生的主要動因。「亦聲」系統處於歷時的演進之中。它的來源十分廣泛。不同類型的亦聲字的產生途徑是不同的。會意類「亦聲」多是採用會意造字時，某個構件與字音偶合了。這類亦聲字數量較少，且相對穩定。形聲類「亦聲」則是大宗。綜合《說文》、段《注》亦聲字的歷時演變，我們認爲亦聲字的產生主要有以下幾種途徑：

會意類	1、造字時某一構件與字音偶合，例如：「貧」。	
形聲類	2、母字基礎上加注形符	加注形符明確語境義，例如：「叢」。
		加注形符或改換原字的意符以明確引申義（如「祐」）、本義（如「酒」）、形象義（「欙」）、比況義（如「慁」）
	3、由同一語源孳乳分化而產生，例如：「濃」。	

第五節 「亦聲」與「形聲」、「轉注」

文字起源於圖畫。在圖畫的基礎上，人們逐漸用抽象的符號，或者用象徵等曲折的手法來表意。然而，這些都具有很大的局限性，無法滿足記錄語言的需要。「要克服表意字和記號字思維局限性所造成的困難，只有一條出路：採用表音的方法。」〔註12〕漢字也正是這樣發展的。「甲骨文中假借字最多，是商代文字中的主要因素。甲骨卜辭中假借字約在 70％以上，使用頻率更高。往往一片卜辭中，表形字只有幾個，多數都用假借字。」〔註13〕秦漢之際，漢字進入了形聲時期。關於形聲字的產生，裘錫圭是這樣闡述的，「形聲字起初都是通過在已有的文字上加注意符或音符而產生的，後來人們還直接用意符和音符組成新的形聲字。不過就漢字的情況來看，在已有的文字上加注意符和音符，始終是形聲字產生的主要途徑。」〔註14〕他的論述是十分正確的，並且提出了五條主要途徑：1、在表意字上加注音符；2、把表意字字形的一部分改換成音符；3、在已有的文字上加注意符；4、改換形聲字偏旁；5、直接用意符和音符組成。我們認為其中的第3、4、5 條途徑產生的形聲字有些屬於亦聲字。

《說文》「形聲者，以事為名，取譬相成。江河是也。」有學者認為「據此，所謂「以事為名」之「名」當指名號、名稱，即字音。這與「依聲託事」之說也相一致。後一句「取譬相成」自然指意符。因為「譬」者喻也，使人曉喻也。這與「比類合誼」也相一致。上個世紀 20 年代的文字學家顧實，就曾提出過類似的看法。（參見其《中國文字學》）」〔註15〕我們認為這種分析符合漢字發展的實際。甲骨文中假借達到了 70％之多，其時的漢字很多成了記音的符號。人們

〔註12〕裘錫圭：《文字學概要》，商務印書館，2003 年 5 月，第 4 頁。

〔註13〕劉又辛：《漢語漢字答問》，商務印書館，2000 年 6 月，第 74 頁。

〔註14〕裘錫圭：《文字學概要》，商務印書館，2003 年 5 月，第 7 頁。

〔註15〕白兆麟：《論傳統「六書」之本原意義》，《安徽大學學報》，2003 年第 3 期。

「以事爲名」，再根據不同事物的類屬，增加形符「取譬相成」。這些記音的符號增加形符後，成爲形聲字。這是許慎形聲字的本義。因此，真正的形聲字聲符是不表意的。臺灣龍宇純先生亦有類似的觀點，「依龍先生的分類，形聲字與轉注字的另一個區分原則是形聲字的聲符不兼義。龍先生在分析形聲字時，主張形聲字的聲符都是沒有意義的，只是用以標音的符號。」〔註16〕從亦聲字的產生途徑來看，裘先生的第4條改換形聲字的偏旁，「例如：振起的『振』引申而有賑濟的意思（《禮記‧月令》季春之月：『命有司發倉廩，賜貧窮，振乏絕。』也有人認爲這是『振』的本義），後來就把『振』字的『手』旁改成『貝』旁，分化出『賑』字來專門表述這種意義。」〔註17〕從探求語源的角度，這種情況可以視爲省聲例亦聲，屬於亦聲字的範疇。有一些「直接用意符和音符組成」的形聲字，例如「椅」「從木奇聲」，聲符仍表意，是語源義「依靠」孳乳而生。這樣的話，形聲字的數量將減少很多。但是，亦聲字與形聲化是一致的。它是伴隨著形聲化的發展而發展的。

（一）「亦聲」與「形聲」

它們都是形聲化的產物，都由聲符和形符組成。然而，它們之間有很大的不同。首要的區別是聲符表意與否。亦聲字聲符兼義；形聲字聲符不表義。其次，亦聲字表面上看和形聲字相同，實際上它們內部結構是不同的。形聲字是一個形符加一個聲符，構成一個聲義結合體，形聲字的類屬義由義符承擔，義符只能表示形聲字的意義類屬，如「松」「柏」「枝」等它們都與樹木有關；而亦聲字則包括兩個聲義結合體。亦聲字的聲母本身就是一個聲義結合體，再加上一個形符，構成第二個聲義結合體。例如「翹、蹺、磽」，這一組亦聲字都有「高」義（《說文》：「堯，高也。」）。其中的「堯」既是聲音系統，也是意義系統，二者重合於一體。而「頁、羽、山、馬、犬、走、言、足」則是與「堯」的意義密切相關的義類系統。

從產生動因、內部結構等方面來看，「亦聲」與「形聲」皆有著很大的不同。吳澤順先生認爲「亦聲字的產生，使漢字的音義關係結合得更加緊密，更加有

〔註16〕劉雅芬：《形聲字多元構造論析評》，漢字文化國際學術研討會，1998年8月。

〔註17〕裘錫圭：《文字學概要》，商務印書館，2003年5月，第156頁。

規律可循…陳兆年說:『中國文字以指聲爲本,而形聲之字,又當以此類(按指亦聲)爲其骨幹,脫離會意之羈絆,而形音表義。』陳氏雖未脫形聲之窠臼,但他對亦聲字的特點和作用,概括得還是十分精當的。亦聲字的產生和發展,雖不能像姜亮夫先生所說在形聲字之前,但至少可以說是和形聲字並駕齊驅的。」〔註18〕漢字「亦聲」系統的構建豐富了漢字的結構類型。

(二)「亦聲」與「轉注」

　　「轉注」一直是一個爭議頗大的難題。對「轉注」的說解多達幾十家,到目前爲止仍眾說紛紜。有的學者的轉注觀與「亦聲」聯繫緊密。白兆麟先生認爲「要想探明許愼之原意,只有採取『以許徵許』的原則。《說文敘》曰:『其建首也,立一爲端;……方以類聚,物以群分,……據形系聯,引而申之……畢終於亥。』又解說『會意』云:『比類合意,以見指撝。』據此,所謂『建類』之『類』,應當是『方以類聚』、『比類合誼』之『類』,也就是『事類』,即語詞意義的事類範疇。『一首』之『首』,即《敘》所言『建首』之『首』,也就是大致標誌事類範疇的部首字。因此,『建類一首』就是建立事類範疇,同一部首意符。所謂『同意』,指與部首意符所代表的類屬相同。『相受』即『受之』。如此說來,『轉注』之『轉』謂義轉即由詞義引申或者同假借而字義轉變;『注』謂注明,即注入部首意符以彰明原來字形的義類。孫詒讓於其《名原》云:『凡形名之屬未有專字者,則依其聲義,於其文旁詁注以明之。』此深得許氏之旨。故簡言之,轉注者即字義轉變而注入相關意符也。」〔註19〕依照他的這種觀點,很多亦聲字都是「轉注」了。臺灣學者龍宇純先生也認爲,形聲字中聲符兼義的都是「轉注」,「轉注字則在其注釋形符之前,固已由其聲符同行兼代,不過轉加形符於聲符之上,使成專字而已。故轉注一名,轉字有兩層意義,一則對形聲之以聲注形言,一則取其以形符轉而加諸聲符之上言。故形聲轉注之明,似相對而實不可易。」〔註20〕「依龍先生的分類,形聲字與轉注字的另一個區分原則是形聲字的聲符不兼義。龍先生在分析形聲字時,主張形聲字的聲符都

〔註18〕吳澤順:《《說文解字》亦聲字論》,《吉首大學學報》,1986 年第 1 期。

〔註19〕白兆麟:《論傳統「六書」之本原意義》,《安徽大學學報》,2003 年第 3 期。

〔註20〕引自劉雅芬:《形聲字多元構造論析評》漢字文化國際學術研討會,1998 年 8 月。

是沒有意義的，只是用以標音的符號。所以，如果一個由形符與聲符組合結構而成的文字，其聲符是具有意義的，那麼，這個字就一定是轉注字，而非形聲字。」〔註21〕

我們認為，這些「轉注」字靜態結構分析的結果，含有形符與聲符。其中聲符兼義的皆為亦聲字。

第六節 「亦聲」與「右文」說、同源字

亦聲字的研究與「右文」說、同源字關係十分密切。

（一）「亦聲」與「右文」說

沈括《夢溪筆談・藝文一》記載：「王聖美治字學，演其義以為右文。古之字書，皆從左文，凡字，其類在左，其義在右。如木類，其左皆從『木』。所謂『右文』者，如戔，小也，水之小者曰『淺』，金之小者曰『錢』，貝之小者曰『賤』，如此之類，皆以『戔』為義也。」王聖美的「右文說」與聲訓、亦聲字一脈相承，都是在分析漢字構形時，注意從語音的角度探尋漢字語義之源，注重漢字音義關係的分析。正如趙克勤先生指出的，「很明顯，右文說不僅是受聲訓的影響，也是受《說文》亦聲字啟發而創造出來的。只不過亦聲字只是單個的毫無聯繫的現象羅列，而右文說則是一種理論的闡述，而且是把相同聲符的字聯繫起來進行分析，並且提高了語源的高度。因此可以說是亦聲字的繼承、發展和提高。」〔註22〕「右文」說的原則是建立在形聲字的聲符既標音也表意的基礎上。也就是說，亦聲字的存在是「右文說」的理論基礎，「右文說」的發展是以亦聲字為濫觴的。回溯一下亦聲字的發展，我們就可以毫無疑問的得出這樣的結論。

亦聲字與「右文」說的不同之處在於：亦聲字著眼於單個字與其聲符字的關係；而「右文」說是從系統的觀點，分析一組同聲符諧聲字與其聲符的音義關係。有些亦聲字具有相同的聲符，並且具有共同的義素。例如《說文・句部》：「拘，止也。從手從句，句亦聲。」《說文》中「句」字的解釋與之呼應：「句，

〔註21〕劉雅芬：《形聲字多元構造論析評》漢字文化國際學術研討會，1998年8月。

〔註22〕李克勤：《古代漢語詞彙學》，商務印書館，1994年6月，第191頁。

曲也。」「拘、笱、鉤」與「句」皆含「曲」義，音近義通。這顯然已包含了「右文」說的成分。段玉裁認爲「按句之屬三字，皆會意兼形聲。不入手，竹、金三部者，會意合二字爲一字，必以所重爲主。三字皆重句，故入句部。」許愼對這三個字的歸部打破了全書的通例，不以形分而以類聚，說明許氏已注意到了形聲字聲符的特殊作用。另外，丩部收「鬮、糾」二字而不分載入「艸」部、「糸」部，「臤」部收「緊」、「堅」，辰部收「蜄」「侲」，「劦」部收協、勰、恊等，大概都有相同的用意。薛克謬先生在《論〈說文解字〉亦聲部首》一文中指出了 35 個這種特殊部首，全部是對「據形系聯」的突破。〔註23〕可見，許愼已經意識到了聲符表意，來嘗試聲符同源系聯了。這種做法與「右文」說如出一轍。「右文」說正是在這些特例的啓發下發展起來的。

（二）亦聲字與同源字

王力先生認爲「『亦聲』都是同源字。」〔註24〕我們認爲這一表述很不嚴密。「亦聲」作爲漢字的一種結構類型，是與「象形、指事、會意、形聲」並列的術語，不存在同源的問題。他的意思是「亦聲字都是同源字。」即使如此，這種表述也不準確，應當這樣表述「亦聲字：聲符」之間多存在同源關係。如前所述，亦聲字與聲符之間歷時的關係十分複雜，並非只有同源。但是，我們不能否認亦聲字與同源字之間的密切關係。從亦聲字的產生途徑中，我們知道很多亦聲字是同源孳乳的產物。

王力認爲「凡音義皆近，音近義同，或義近音同的字，叫做同源字。」〔註25〕我們知道判定同源字的標準是音和義，與字形無涉。然而，漢字具有它的獨特之處。人們在系聯同源時，常常從聲符入手，「所以對同一語源形聲字聲旁所表的考索在同源詞的系聯過程中便是一項十分重要的工作。因爲漢字的特點是義寄於形，這就決定考索中字形分析是必不可少的工作，因爲只有借助於字形分析才能有效地考證聲旁之本義，從而定其語根之所在，復據其語根之所在，定其諸詞之源屬，如此方可系聯出一個完整的同源群體。」〔註26〕在上古

〔註23〕薛克謬：《論〈說文解字〉亦聲部首》，《河北大學學報》，1990 年第 4 期。

〔註24〕王力：《同源字典》，商務印書館，1997 年 6 月，第 10 頁。

〔註25〕王力：《同源字典》，商務印書館，1997 年 6 月，第 3 頁。

〔註26〕董蓮池：《字形分析和同源詞系聯》，《古籍整理研究學刊》，1999 年第 6 期。

音理論體系及其資料欠缺的情況下，諧聲同源系聯具有一定的優勢，也符合漢字孳乳衍生的實際，「義衍同族詞多用諧聲關係字或同形字來記錄。用諧聲關係字記錄的義衍同族詞數量最多，其諧聲關係主要有三種…」〔註 27〕一個聲符常系聯幾個諧聲系統，包括幾十個亦聲字。亦聲字充分體現了漢字形音義的密切關係。我們分析《說文》、段《注》中的同源亦聲字，以聲符爲中心進行系聯，構建漢字中諧聲同源系統。這項工作有助於理解漢字孳乳分化的軌跡，有利於詞源、字族研究的深入發展。

第七節　段《注》「亦聲」研究的價值和欠缺

段《注》是一部體大思精的《說文》學著作，突破了單純校訂、考證的老路子，站在語言學的高度上，全面探討文字形音義的相互關係。他的學術價值是多方面的，正如郭在貽先生所說，「段氏治《說文》的特色及其卓越成就，不僅在於他『究其微旨，通其大例』（孫詒讓《札迻‧序》），對許書做了細密全面的校勘整理，更在於他通過對許書的注釋，提出並初步解決了一系列有關漢語音韻學、文字學、詞彙學、訓詁學的重大問題。他能初步運用歷史發展的觀點和一些科學的方法來研究語言現象。」〔註 28〕

（一）段《注》「亦聲」研究的價值

很多學者在探求語源、建立字族時，都吸收了段《注》的研究成果。可見，段《注》至今仍具有指導價值。總結段《注》的「亦聲」理論，可以幫助我們全面理解他的學術思想。亦聲字研究可以幫助校勘古籍、考釋古文字。亦聲字應用於漢字教學將會極大的推動漢字、漢文化的傳播。

（1）總結段《注》的學術思想

段《注》「亦聲」理論是其學術思想的重要組成部分。目前，很少有人對此進行系統闡述。我們認爲這是一種缺失。第二章中，我們總結了段《注》的八條「亦聲」理論。這些理論至今還閃耀著智慧的光芒，對詞源、字族研究具有

〔註 27〕張博：《漢語同族詞的系統性與驗證方法》，商務印書館 2003 年 7 月，第 47 頁。

〔註 28〕郭在貽：《〈說文段注〉與漢語詞彙研究》，《郭在貽文集（第一卷）》，中華書局，2002 年 5 月，第 297 頁。

借鑒價值。關於聲符假借的研究，很少有人提及段《注》的功勞。然而，「犥」條注「黃馬髮白色曰驃，票麃同聲，然則犥者，黃牛髮白色也。《內則》『鳥麃色。』亦謂髮白色。」其實，段《注》已經點出了「聲符假借」。他還深入形聲結構的內部，探求聲符孳乳的複雜性。在吸收《説文》省聲理論的基礎上，段《注》從語源的角度闡發省聲兼義，考證出多個省聲例「亦聲」。段《注》認為「亦聲」有重會意與重形聲兩類，比較符合亦聲字的實際。雙聲亦聲字的提出，豐富了漢字的構造理論。這些理論極大地推動了「亦聲」研究，是段《注》學術思想的重要組成部分。

（2）亦聲字與詞義比較、古文字考釋

沈兼士運用亦聲字比較字義，「上文所引黃承吉論右文之功用有云：『凡所遇古文注釋訓詁之字…於誤解之義，亦即可燭見而無所遁。更不至於先儒訓釋異同，輒貿貿然是非莫辨，以至兩存其說而無所宰制。』於此可見右文法之應用，裨益於校勘古書審訂字義者匪鮮。惟黃氏徒騰理論，未舉例證，慮不足以徵信…《説文》目部：『眈，目財視也。』段《注》：『財依廣韻作邪，邪當作衺。此與氐部覛音義皆同。財視非其訓也。氐者，水之衺流別也。』又糸部『紙，散絲也。』段《注》：『水之衺流別曰氐，別水曰派，血理之分曰衇，散絲曰紙。』桂馥《説文義證》：『釋詁，覛，相也。郭注，覛謂相視也。馥疑財為相之誤。』兼士按桂說不及段說得以聲為義之理。」〔註29〕另外，沈氏利用亦聲字校正了14例古書誤釋。他的論證十分精闢。可見，「亦聲」研究具有很強的實用性。

亦聲字還可以幫助考釋古文字。亦聲字作為一種方法即「亦聲」法，在古文字的考釋當中也具有重要作用。這一方法在郭沫若的古文字考釋中得到運用。比如在對「旆」「玺」等字的考釋中說：旆（吳彝）：「《周書·克殷篇》孔注：大白，旗名。旗色白故字為旆。以六書之義求之，當為从㫃白，白亦聲。」玺（師玺父鼎）：「从玉，从大，疑大亦聲。蓋玠圭之玠本字。」〔註30〕郭小武先生認為「『亦聲法』是《説文》因聲求義的主要方法之一」，「『亦聲法』給後人以極大的啓發，在漢字研究史上有很高地位，王聖美的右文說，朱駿聲的據聲系聯，都深受其影響」並且以「豐—禮」為例論證這一觀點，認為亦聲法在

〔註29〕 沈兼士：《沈兼士學術論文集》，中華書局，2004年5月，第155～156頁。

〔註30〕 引自季素彩：《論亦聲》，《河北師院學報》，1996年第3期。

考釋古文字過程中可以幫助搞清楚文字的來龍去脈，對所考釋文字能夠有一個全面系統的認識。對商周古文字考釋的影響在於「欲釋一字，免不了的步驟就是用『亦聲法』檢查它是否有其上源和下流的同族字。」〔註31〕

（3）亦聲字與漢字教學

亦聲字體現了漢字形音義的完美統一。我們認為亦聲字的整理、歸納，有利於漢字教學，可以輔助、加快漢字普及的進程。長期以來，人們都認為漢字難認難學難記。一部分原因是我們對漢字結構的思考不夠，沒有充分利用亦聲字在教學中的作用。例如，「娶，從女從取」，「取得女人」之義由構件「取」、「女」會合而成。很多會意類亦聲字，很富有趣味性，會調動人們對漢語漢字的興趣。利用亦聲字族（同源諧聲系聯），如「蟁、婚、闇、惛」皆從「昏」聲。《說文》「婚，婦嫁也。禮，取婦以昏時。婦人陰也，故從婚。從女從昏、昏亦聲。」「婦人陰也」受到了陰陽五行學說的影響，以昏時嫁娶乃與古代搶婚風俗有關。「闇，常以昏閉門隸也。從門從昏、昏亦聲。」與蚊子得名頗相似。「惛，不憭也。」「昏」引申有「不明」之意。「昏，日冥也。」通過簡單的分析，學生們能由一個聲符，認識了四個亦聲字。他們會更加理解漢字的系統性；同時，還從亦聲字中瞭解到中國古代的一些文化信息。因此，「亦聲」研究將極大推動漢字教學，推廣漢文化。在總結、參照段《注》亦聲字的基礎上，我們正努力制定亦聲字表，並進行教學試驗。這一項工作必須謹慎的進行，選擇一些可靠的「亦聲」字族。同時，需要說明的是，切勿讓學生陷入「右文」說的誤區。亦聲字可以加快學生的識字速度，幫助他們更好地揭示漢字的理據性、系統性。這一問題，目前還沒有人系統的研究、并付諸教學實踐。我們認為是可行的。

如前所述，亦聲字有利於詞源、字族研究的深入發展。段《注》的亦聲字可以增補《同源字典》，例如「衖里中道也…從邑共會意言在邑中所共。說會意之恉，道在邑中，人所共由，共亦聲。」上古，共為東部群紐，巷為東部匣紐，韻同聲近。「巷」下朱駿聲「按共亦聲。」《同源字典》「共」聲，收了「拱」、「拱」，我們認為「巷」字可增收。釋例中還有一些亦聲字可以增入《同源字典》。

〔註31〕郭小武：《〈說文〉「八法」疏證》，《文字學論叢》第一輯，吉林文史出版社，2001年8月。

（二）段《注》「亦聲」研究的欠缺

正如段《注》出版說明所指出的,「當然,段氏此書並非十全十美,是有其缺點、錯誤的。除了一般的封建觀點外,段氏之病在於尊許和過於自信。由於盲目尊許,就很難發現許慎本身的謬誤…讀者倘能參考《甲骨文編》《金文編》等書籍以讀此書,便可彌補這方面的缺陷。」〔註32〕這種評價是十分中肯的,提出的辦法也是可取的。段《注》有時望文生義說「亦聲」,當然,主要的原因是沒有利用新出的甲骨文、金文等資料。「亦聲」系統處於歷時的演進之中,我們要揭示聲符的本義以及亦聲字的歷時演變,必須追溯它們的原始形體。「這是因爲研究漢字的結構規律和演變規律,只有以早期的文字資料爲依據才能得出符合實際的結論,捨此無他徑可由。」〔註33〕正如黃德寬先生所說,「段《注》的主要不足在於段氏沒有運用當時所能見到的古文字資料,在字形結構分析上,未能在許書的基礎上有所發明,反而往往曲意維護許說。」〔註34〕

（1）望文生義

漢字是具有一定的表義性。周秦時代,人們就開始析字解義,例如「故文,反正爲乏。」「止戈爲武」「自環謂之私,背私謂之公。」這些分析只是修辭手段,隨文說義以爲立論的根據,未必是字結構的本義。徐鍇的《繫傳》中常望文生義,喜歡用會意說解文字。王安石的《字說》則將望文生義發展到了極致,「王氏認爲,字的不同發音和筆劃的不同形狀,都含有『義』,都本於『自然』,而不是人爲的規定。因此,《字說》對漢字形體的分析一反漢字結構約定俗成的社會性和歷時傳承性,廢置『六書』,一概以會意說字,且肆其淹博,雜糅佛老,聾瞽學者,盡穿鑿附會之能事。」〔註35〕直至今天,人們還是喜歡「挖掘」漢字中的點滴意義,證明自己的觀點。于丹女士在《百家講壇》中,精彩闡述《論語》心得(四)——《君子之道》。其中,她這樣解釋了一下「惑」字,「第二點就是要做到智者不惑,其實我們看漢字的構成很有意思,這個『惑』字,迷惑的惑啊,是上面一個或者的或,下面一個心字底,對吧。其實或者,數學上

〔註32〕段玉裁:《説文解字注》出版說明,上海古籍出版社,1981年10月。

〔註33〕黃德寬、陳秉新:《漢語文字學史》,安徽教育出版社,2006年8月,第130頁。

〔註34〕黃德寬、陳秉新:《漢語文字學史》,安徽教育出版社,2006年8月,第112頁。

〔註35〕黃德寬、陳秉新:《漢語文字學史》,安徽教育出版社,2006年8月,第91頁。

叫或然率，什麼意思啊，就是可以這樣也可以那樣，此爲或者。那麼當世界面臨眾多的抉擇，你可以這樣走，也可以那樣走的時候，就要看你這個心字底托得是不是足夠大。如果你心中有判斷，有定力，你明確你就不至於被世界上諸多的選擇壓垮，對於我們當下的人來講，我們的痛苦不是沒有選擇，而是選擇太多，這也是孔子所謂的過猶不及。」《說文》「惑，亂也。從心，或聲。」于丹教授第一次給它會意了一下。這是一種毋庸置疑的望文生義。可見，目前望文生義仍有市場。段《注》由於種種原因，也常望文生義地界定亦聲字。例如「態」下，「從心能會意。心所能必見於外也，能亦聲。」「訟」下「公言之。」這是由於段《注》受到了《漢書·呂后紀》鄧展所注「訟言，公言也。」的影響。另外，「道」「邨」「結」「糾」等皆穿鑿附會，詳見釋例。

（2）據小篆形體而誤釋

我們認爲全面瞭解亦聲字，必須樹立動靜結合的視角。對亦聲字形體作歷時的追溯是必不可少的一環。段《注》沒有利用新出土資料，過份地遵從《說文》，據小篆說解字形結構，導致了不少錯誤的「亦聲」例。例如，「葡」字下，「從用茍省。茍，自急敕也。敕，誠也。此會意。茍亦聲也。」甲骨文「葡」作「𒀱」，金文作「𒀱」。從文字形體來看，甲骨文象矢放入器中之形，金文矢形漸漸改變，矢頭消失了，盛矢之器變作「用」，我們清晰看出它形體變化的過程。因此，《說文》據小篆說形不可信。「系」下注「厂，抴也，虒字從之，系字亦從之，形聲中有會意也。」其實，我們參考甲骨文字形，就很容易發現錯誤。系字甲骨文作「𒀱」，象一隻手抓著兩束絲。本不從「厂」聲，《說文》據小篆而誤釋。另外，「孚」「㐬」「葬」等都是這種情況。

（3）盲目尊許，受封建思想影響

正如段《注》出版說明所指出的，「幾乎找不到一句眞正批評許慎，指責其錯誤的話。相反，凡許氏錯解字形，誤釋字義者，段亦往往旁徵博引，詳爲之注，乃至一誤再誤，錯上加錯。…又如『也』字，本與『它』同字，金文作𒀱，象蛇蟲之形，許據小篆釋爲『女陰』，純係無稽之談，段卻強調說『此篆女陰是本義，假借爲語詞』，『許在當時必有所受之』，爲許慎開脫，實無必要。」這番評說很中肯。段《注》常據《說文》的錯誤而解說亦聲字，例如「也」下注「女陰也。乁象形，乁亦聲。」「從乁者，流也。乁亦聲。」「池」下「停水曰池，

故从也，也本訓女陰也。詩謂水所出爲泉，所聚爲池，故曰池之竭矣…」「地」下「坤道成女，玄牝之門爲天地根，故其字从也。」這些都表現了段《注》墨守、附會《說文》。

　　從段《注》的學術價值來看，這些欠缺是瑕不掩瑜的。我們總結這些錯誤是爲了更好地利用它的精華，更好地發揮它的作用。

第四章　段《注》亦聲字釋例

說明：

（一）下表是按照王力先生古韻三十部排列的。同一部中的亦聲字依據《說文》順序排列。

（二）段《注》說解部分主要為了顯示其表述方式及亦聲理論，有時省略了部分注解。

（三）段《注》部分用小五字，《說文》部分用小四字。

（四）諧聲同源系聯的範圍是《說文》所收之字。

（五）亦聲字及其聲符的上古音韻地位，依據唐作藩的《上古音手冊》。

（六）表中的有些甲骨文、金文、戰國文字，在電腦中摹寫的，主要參照了高明的《古文字類編》。我們盡量保持準確，難免水準有限，有些存在失真，深表抱歉！

第一部　之部

例字、說解 ＼ 情況分析	亦聲聲符	表述方式	意義關係	諧聲同源	同源線索	疏　證
祐　助也。古只作右。从示右聲。	右　手口相助也，从又从口。	隱性「古只作右」	引申義	右祐	「幫助」	1、朱駿聲「據許書則凡助為右，神助為祐，其實右之變體加示耳。」〔註1〕 2、從文字形體的演變，可以清楚看詞義引申下的字形分化。甲骨文祐常作「⿰、⿰」金文常作「⿰」。⿰分化孳乳出⿰、⿰。
祀　祭無已也。析言則祭無已曰祀。从已而釋為無已，此如治曰亂，徂曰存，終則有始之義。《釋詁》曰：祀，祭也。从示巳聲。	巳　吕也。四月巳出、陰氣巳藏，萬物見成文章，故巳為蛇，象形。	隱性「从巳而釋為無已，此如治曰亂，徂曰存，終則有始之義。」	假借義	巳祀	「不已」	1、巳字《說文》頗附會，可能受漢代陰陽五行學說的影響。 2、巳，甲骨文作「⿰、⿰」等形，蓋一物之象形，假借為地支。不一定是蛇，甲骨文蛇常作「⿰」。 3、聲符相反為義。徐鍇繫傳「《老子》曰『子孫祭祀不輟』是也。」清張文虎《舒藝室隨筆》「案：祀無已，語簡未達。定公八年《公羊傳》解詁：『言祀者無已，長久之辭。』疏云：『見其相嗣不已，長久常然。』此蓋漢儒相傳之訓，謂子孫世祀不絕也。」〔註2〕
菜　艸之可食者。菜字當冠於苣葵等字之上。从艸采聲。此舉形聲包會意。古多以采為菜。	采　捋取也，从木从爪。	顯性「此舉形聲包會意」	引申義	采菜	「採集」	1、采字甲骨文作「⿰⿰」，形象地再現了用手採摘果實的情景。 2、由採集果實，引申指稱所採集的對象，並加形符「艸」，以示區別。
諰　思之意。《廣韻》曰：言且思之。疑古本作言且思之意也。方言而又思之。」故其字从言思…从言思會意思亦聲。思亦二字今補。	思　容也。从心囟聲。	顯性「思亦聲」	本義	思諰鰓	「思考」	1、「諰」為會意類亦聲，《說文》「从言从思」，「言」「思」直接會意「言且思之。」上古，思、諰皆為之部心紐，聲韻相同。 2、思字引申有理義。角中肉有紋理，故从思，加「角」旁。
鰓　角中骨也。…玉部曰：鰓理自外可以知中，引申為凡物之文理。从角思聲。人部：偲 思也。偲部曰：		顯性「此云思聲，包會意。」	引申義		「文理」	

〔註1〕朱駿聲：《說文通訓定聲》，中華書局，1998年12月，第203頁。

〔註2〕《漢語大字典》：湖北辭書出版社、四川辭書出版社，1992年12月，第998頁。

命，理也。是思即理也。此云思聲，包會意。						
睞 目童子不正也。目精注人故從來。屈賦所謂目成也。洛神賦「明眸善睞。」李曰：旁視。從目來聲。 親 內視也。《史記》「趙良曰：內視之謂明。」親於從來取意。從見來聲。	來 周所受瑞麥來麰，一來一夆，象芒朿之形。	隱性此二字主說聲符來之意。	假借義	來睞親賚勑	「到來」	1、來字甲骨文常作「◌◌」，象麥之形，上象麥穗下垂。假借作來去之義。麥字甲骨文常作「◌」。麥來二字形體訛換了。 2、「賚，賜也。從貝來聲。」「勑，勞也。從力來聲。」賜予、慰勞皆有給與之義，與來之義相反相因。 3、《說文·繫傳》「親猶睞也。」《廣雅疏證·釋詁》「親與睞同。」故我們認爲二字爲異體的關係，形符「目、見」常通用。
聑 斷耳也。聑見《康誥》《呂刑》，五刑之外有聑。軍戰則不服者殺而獻其左耳曰職。《周禮》田獵取禽左耳以傚功曰珥。從刀耳。會意包形聲。	耳 主聽也。象形	顯性「會意包形聲。」	本義	耳珥聑	「耳朵」	1、甲骨文中有聑、劓、聑等刑罰，形象再現了對人的摧殘。聑有一異構◌，形符「刀、戈」常互作。此爲會意類亦聲。 2、「珥，瑱也。從玉耳耳亦聲。」珥爲古代一種充耳之玉，故從「耳」，加「玉」旁。
饎 酒食也…按酒食者，可喜之物，故其字從食喜…據毛詩箋則古文以喜爲饎。從食喜聲。	喜 樂也。從壴從口。	隱性詳說聲符之意	本義	喜僖禧憙	「喜樂」	1、「僖，樂也。從人喜聲。」「憙，說也。從心從喜喜亦聲。」「禧，禮吉也。從示喜聲。」按吉與喜義近。 2、喜愛之喜引申指稱喜愛之物，後加「食」以明確意義範疇。
市 買賣所之也。釋詁曰：之，往也。《古史考》曰：神農作市，本繫辭說也。《世本》曰：祝融作市。市有垣從冂。垣所以介也，故從冂。從ㄟ象物及也。ㄟ古文及字依《韻會》本。屮省聲。舉形聲包會意也。 志 意也。從心屮屮亦聲。按此小篆小徐本無，大徐以意下曰志也，補此爲十九文之一，原作從心之聲，今又增二字	之 出也。象草木過屮，枝莖益大，有所之，以者地也。	顯性「舉形聲包會意也」 顯性「屮亦聲。」	引申義	之市志	「到、往」	1、《說文》說形有問題，據小篆而誤解。然而，市從之聲甚確。金文《兮甲盤》作「◌」，戰國文字常作「◌」，並非「之」省聲。〔註3〕 2、「之」字甲骨文常與「趾」相混。屮爲止，屮爲之，下有一短橫，腳趾背對短橫離開某地，到、往某地。 3、《書·堯典》「詩言志。」《論語·述而》「志於道。」「志」爲心所要到達的境界、地方。

〔註3〕裘錫圭：《戰國文字中的「市」》，《考古學報》，1980年3期。

鼐 鼎之絶大者…乃者，詞之難也，故从乃爲大，才者，屮木之初也，故从才爲小。从鼎乃聲。	乃字甲骨文作「ᒃ」，金文作「ᕃ」，蓋一物之象形。徐中舒認爲「乃，甲骨象婦女乳房側面形。」〔註4〕後假借作語氣詞，《說文》應爲假借義。段《注》「故从乃爲大。」本《玉篇‧乃部》「乃，大也。」按此義未見經傳，段《注》「乃者，詞之難也，故从乃爲大。」太過牽強，我們認爲蓋「乃」聲有大義，段《注》不甚準確。					
鼒 鼎之圓掩上者…	《爾雅‧釋器》「鼎絶大謂之鼐，圓弇上謂之鼒。」「鼒」爲口小的鼎。才，甲骨文作「十」，有人認爲象屋架之形。非「屮木之初也。」段《注》據《說文》而誤解，望文生義。					
灾 烖 天火曰烖…从火弐聲…灾，或从宀火。火起於下，焚其上也。災籀文从巛。亦會意亦形聲。	巛 害也从川一灉之，指事…	顯性「亦會意、亦形聲。」	本義	巛災	「災害」	1、「巛」象洪水橫流之形。「四期增才爲聲符，初當爲水害之專字，後引申爲災禍之意。」〔註5〕籀文中加形符火。
宧 養也。室之東北隅，食所居。居當作尻。邵氏晉涵云：君子居恒當戶，戶在東南，則東北隅當戶，飲食之處在焉。此許意也。舍人云：東北陽氣始起，養育萬物，故曰宧。宧、養也。从宀臣聲以形聲包會意。	臣 頷也。象形。	顯性「以形聲包會意」「形聲中有會意」	假借義	臣宧	「養育」	1、《說文》「臣」字說解不確。甲骨文「臣」字作「ᕃ、ᕔ」金文作「ᕔ」。于省吾認爲「按此即古之梳篦，乃臣字初文。」〔註6〕臣爲篦的初文。 2、形聲中聲符有假借的情況，「宧獄」聲符有意，臣爲假借聲符。
獄 司空也。此空字衍，司者，今之伺字，以司釋獄。以疊韻爲訓也，許書無伺字。以司爲之…从狊臣聲。司事者必臣動有言，形聲中有會意。…				臣獄	「下巴」	
侗 大皃。此義未見其證。然同義近大，則侗得爲大貌矣。《論語》侗而不愿。孔注曰：侗，未成器之人，按此大義之引申，猶言渾沌未鑿也。从人同聲…	同 回合也。从冃从口	隱性「然同義近大，則侗得爲大貌矣。」	假借義	筒洞術	「筒」狀	1、「同」字甲骨文作「ᕚ」，金文、戰國、小篆變化不大，有回合之義。 2、董蓮池先生認爲「不過有些同源群體則是可以通過漢字這一媒介推知其語根，如表現在漢字中的从『同』生得見之於《說文》中的『筒』『洞』『術』爲一同源群體。它們都和筒的形狀特點有關…『同』實即筒（字今作『筒』）之初文，本義是筒，其初形見甲骨文，作「ᕛ」，爲截竹爲筒之
迵 迵此複舉字之未刪者。迭也。迭當作達。《玉篇》云：迵，通達也。是也。水部：洞，疾流也。馬部：駧，馳馬洞去也。義皆相同。倉公傳曰：臣意診		隱性類推歸納				

〔註4〕徐中舒：《甲骨文字典》，四川辭書出版社，1989年，第500頁。

〔註5〕徐中舒：《甲骨文字典》，四川辭書出版社，1989年，第1230頁。

〔註6〕于省吾：《甲骨文字釋林》，中華書局，1999年11月，第66～67頁。

其脈日迵風。裴曰：迵音洞，言洞徹入四肢。从辵同聲。						象…又有洞穴之『洞』，因係穴地穿牆而成，狀類筩，故亦衍『同』聲以表之。又有胡同之『衕』，爲房屋落置之通洞，狀亦類筩，故亦衍『同』聲以表之，」〔註7〕 3、同聲有大義、疾義，段《注》根據聲符進行類推歸納。
洞 疾流也。此與辵部迵，馬部駧音義同。引申爲洞達，爲洞壑。从水同聲。				侗迵 駧洞	「大、疾」	
駧 馳馬洞去也。洞者疾流也。以疊韻爲訓。从馬同聲。						
偫 待也。以疊韻爲訓，謂儲物以待用也。「偫」經典或作「峙」，或作「庤」…从人待。此舉會意包形聲也。小徐本作从人待聲。	待 竢也。从彳寺聲。	顯性「此舉會意包形聲也」	本義	偫待	「待用」	詞語的孳乳促發著文字的分化，『字』的突出特點是一個音節和一個概念的一一對應的強制性和它頑強的表義性。」〔註8〕秦漢之際，在強盛的形聲化進程的推動下，出現了很多爲每一種引申義、語境義令造專字的現象。偫與待屬於這種情況，待爲等待，引申有待用之義，後造偫爲待用。
嫠 微畫文也。文各本奪，今補。此謂微畫之文日嫠也。凡今人用豪氂當作此字。…知爲微畫之文者，以从犛知之，犛者坼也，微之意也。从文犛聲。此舉形聲包會意。	犛 坼也。从攴从厂。厂性坼，果孰有味亦坼。	顯性「此舉形聲包會意。」	引申義	犛嫠 嫠嫠嫠	「分裂」	1、甲骨文中犛字作「?」，「犛通作釐」〔註9〕 2、《說文》「釐，家福也。」「朱駿聲『釐，本義當爲治邑理邑爲釐，猶治玉爲理。』《書·堯典》『允釐百工。』孔傳：『釐，治。』」〔註10〕按釐有分理之義。 3、「嫠，引也」「嫠，剝也。」皆有分義。
耏 罪不至髡也…从彡而，而亦聲。彡，拭畫之意，此字从彡而。彡謂拂拭其而去之，會意字也，而亦聲…	而 頰毛也。象毛之形。	顯性「會意字也，而亦聲」	本義	而耏 輀耐	「頰毛」	1、金文中而常作「?」《周禮》「必深其爪，出其目，作其鱗之而。」此文獻中保留「而」本義之確證。 2、耏中之彡，與彣、彭等字中之彡義同，皆有紋飾之義。耏爲古代的一種輕罪，剔去鬢鬚。古人認爲毛髮乃父母所賜，而且以大鬍子爲美，故剔去鬢鬚、頭髮以懲戒違法者。 3、「茮，艸多葉貌。」草之葉猶人之而，古人造字時
輀 喪車也。从車，重而，而亦聲。各本篆作輀，解作从車而聲，今更正…从重而者，蓋喪車多飾，如喪大記所載致爲繁縟。而者，須也。多飾如須之		顯性「故從重而，亦以而爲聲也。」	形象義		「如頰毛之飾」	

〔註7〕董蓮池：《字形分析和同源詞系聯》，《古籍整理研究學刊》，1999年第6期。

〔註8〕張博：《漢語同族詞的系統性與驗證方法》，商務印書館，2003年7月，第63頁。

〔註9〕高明：《古文字類編》，中華書局，2004年7月，第432頁。

〔註10〕《漢語大字典》，湖北辭書出版社、四川辭書出版社，1992年12月，第1533頁。

下垂，故从重而，亦以而爲聲也。						反映出物我類比、物我交融的思想。
滋 益也。艸部茲下曰：艸木多益也。此字从水茲，爲水益也。凡經傳增益之義多用此字，亦有用茲者。如常棣召旻傳云，兄，茲也，只是一義。从水茲聲…	茲 艸木多益也。从艸絲省聲。	隱性「此字从水茲，爲水益也。」	本義	茲滋孳	「滋益」	1、甲骨文「茲」常作「88」，金文作「88、8」，皆象兩束並放在一起的絲。戰國文字有「88」，本不从艸，形訛了。因此，《說文》茲字說解有誤。
孳 孳孳彶彶生也。孳孳二字各本無。今依玄應書補，攴部孜下曰：孜孜，彶彶也。此云孳孳，彶彶，生也。孜孳二字古多通用，《堯典》「鳥獸孳尾。」某氏傳曰：乳化曰孳。然則蕃生之義當用孳，故从茲；無怠之義當用孜，故从攴。从子茲聲。按此篆从艸木多益之茲。猶水部之滋也。形聲中有會意…		顯性「形聲中有會意」				2、「茲」有益之義，水益則加水以明確其引申義，反映造字時專字專用的特點，也強化著漢字的表義性。 3、「孳」與「滋」分化的原因及構形特點基本一致。人獸之孳乳繁衍加子以明確意義。 4、「茲」「子」上古音皆屬之部精紐，「字者，言孳乳而浸多也。」字，从宀子子亦聲。按我們認爲茲子皆有「增益」之義，此爲雙聲符字且雙聲符皆表義。
態 意態也。各本作意也，少一字，今補，意態者，有是意，因有是狀，故曰意態，猶詞者意內而言外。有是意固有是言也。意者識也。从心能。會意。心所能必見於外也，能亦聲。	「能」本義爲熊之象形。段《注》「心所能必見於外也。」太過牽強，望文生義。我們認爲：上古，能爲之部泥紐、態爲之部透紐，韻同、聲皆爲舌音，聲韻相近，故態从心能聲，非亦聲。					
灸 灼也。今以艾灼體曰灸，是其一耑也。引申凡柱鬲曰灸。《考工記·廬人》「灸諸牆。」注云：灸猶塞也…灸謂以蓋案塞其口。按久灸皆取附著相拒之意。凡附著相拒曰久，用火則曰灸。鄭用方言，許說造字本意。从火久聲。舉形聲包會意也。	久 从後灸之，象人兩脛後有距也。	顯性「舉形聲包會意也」「以形聲包會意也」	本義	久灸区	「相拒」	1、表義的古漢字積澱著深厚文化信息，很多象形字和會意字生動地再現著先民生活的點點滴滴。同時，文化遺傳信息的載體並非只有古漢字，現代的風俗、神話、出土的器物中也有原始文化的殘存。通過瞭解文獻中的禮制、出土的器物、現代的民俗、以原始民族的生活情景，可以幫助我們映證以及更好的理解古漢字的構形理據。
区 棺也…从匚久聲。各本有柩無区。今依《玉篇》補，《玉篇》曰：区，棺也，亦作柩…然則土棺始於黃帝，堯舜仍之，倉頡			引申義		「長久」	2、中醫針灸由來已久，段《注》通過針灸的方式「按久灸皆取附著相拒之意。凡附著相拒曰久，用火則曰灸。」領會灸字的構形。

造字从匚从久。《白虎通》云：柩，久也，久不復變也。造字之初，此不从木，許言久聲者，以形聲包會意也。						3、漢代聲訓並非完全憑空臆測。医字从久，反映出對死者的懷念。医，作爲死者的最終歸宿，能久不復變也。
魾　大鱯也。其小者名鮡。見《釋魚》。丕訓大，此會意兼形聲也。《爾雅》「魴魾」，亦謂「魴之」，大者爲魾。从魚丕聲。	丕　大業。从一不聲	顯性「此會意兼形聲也」	假借義	丕魾伾秠	「大」	1、丕是不的分化字。不甲骨文作「」，象花萼之柎形，爲「柎」之本字。〔註11〕假借作否定詞。金文中「丕顯」作「不顯」。丕有大義。 2、《說文》「伾，有力也。从人丕聲。」「秠，一稃二米，从禾丕聲。」按伾爲力之大，秠爲稃之大也。
医　臧弓弩矢器也。臧各本作盛，今依廣韻。此器可隱藏兵器也。从匚矢，會意。矢亦聲。小徐有此三字。春秋曰兵不解医。《齊語》文，今《國語》作翳，叚借字。…	矢　弓弩所發矢也。从入象鏑括羽之形。	顯性「矢亦聲」	本義	矢醫	「矢」	1、从形體分析，甲骨文作「」戰國文字有作「」，皆象矢放於匚中之形。此爲會意類亦聲。 2、矢上古爲脂部，醫爲之部，之脂關係密切，古音相近。

第二部　職部

情況分析 例字、說解	亦聲聲符	表述方式	意義關係	諧聲同源	同源線索	疏　證
得　行有所导也。导各本作得誤，今正。貝部曰导，取也。行而有所取，是曰得也。左傳曰：凡獲器用曰得。从彳导聲。古文省彳。按此字已見於貝部，與得並爲小篆，義亦少異。	导　取也。从見从寸，寸度之亦手也。	隱性「行而有所取，是曰得也。」	本义			1、「得」字甲骨文中作「、」金文和戰國文字中這兩種形體並存，屬於異體關係。《說文》誤分爲兩字。「」象人手持貝，古代貝殼曾作爲貨幣使用，手持貝表示得到。有的加動符「彳」，強調「得到」的動作。 2、有些聲符與亦聲字是異體的關係，甲骨文中即爲異體。其中，古文是甲骨文中的簡體字。段《注》「按此字已見於貝部與得並爲小篆，義亦少異。」有些拘泥、附會《說文》。
协　材十人也。十倍於人也。十人爲协。千人爲俊。《王制》祭用數之仂。注：仂，什一也。按一當十爲十力。故十取一亦爲仂。蓋仂本作协也。从十力，十人之材也。力亦聲。力亦二字今補。	力　筋也。象人筋之形。治功曰力，能圉大災。	顯性「力亦聲」	引申義	力协	「才力」	1、力字甲骨文作「」，象古代的一種耕具，引申有「力氣、才力」之義。《說文》據小篆說形有誤。 2、上古，「力、协」皆爲職部來紐。「协」爲會意類亦聲。 3、聲符派生具有層次性，同一個聲符可以孳乳出兩個或多個同源系統。从力

〔註11〕張博：《漢語同族詞的系統性與驗證方法》，商務印書館，2003年7月，第5頁。

		引申義	力朸 阞泐	「文理」	
枃 木之理也。《考工記》曰：陽木積理而堅，陰木疏理而柔。毛詩傳曰析薪必隨其理。毛詩如矢斯棘，韓詩「棘」作「朸」。毛曰棘，棱廉也。韓曰：朸，隅也。學者皆不解。及觀詩《抑》「維德之隅」。毛曰：隅，廉也……從木力聲。以形聲包會意也。阞下曰地理，枃下曰木理，泐下云水理，皆從力。力者，筋也。人身之理也。平原有枃縣。	顯性「以形聲包會意也」	引申義	力朸 阞泐	「文理」	之字，形成了兩個諧聲系統：「力朸」、「枃阞泐」。它們孳乳的線索是不同的，前者以「才力」；後者以「文理」義。這種現象反映出諧聲系統的複雜性，是對「右文說」的有力反駁和補充，同源系統與諧聲系統不能完全等同。 4、「故凡有理之字皆從力。阞者，木理也。泐者，水理也。」段氏是清代訓詁的代表人物。段《注》的地位是毋庸置疑的，然而，有多處「凡…皆…」的表述則表現了絕對化和盲目性。有理之字可以選擇從力，也可以選擇從力的同音或音近之字，作爲聲符；同時，有的聲符「力」只作爲記音的符號。古漢語以單音節語素爲主，同音情況很多，同一語源的形聲字，它們的聲符不必完全一樣。也正因爲如此，清儒提倡「因聲求義，不限形體」，爲訓詁學、語源學樹立了正確的方向。
阞 地理也。《考工記》曰：「凡溝逆地阞，謂之不行。注云，溝謂造溝，阞謂脈理，按力者，筋也。筋有脈絡可尋。故凡有理之字皆從力。阞者，木理也。泐者，水理也。手部扐亦同意。從阜力聲。	隱性「故凡有理之字皆從力」				
泐 水理也。各本水下有石字。今刪，阜部曰，阞，地理也，從阜。木部曰，枃，木之理也，從木，然則泐訓水之理，從水無疑矣。淺人不知水有理，觀下文引《周禮》說石，乃妄增一字，水理如地理，木理可尋，其字皆從力，力者人身之理也。從水阞聲。形聲包會意也。大徐本無聲字。周禮曰：石有時而泐。《考工記》文。石隨其理而解散。石之理如水之理，故借用泐字，水理猶地理，故泐以阞會意、形聲。	隱性「類推歸納」 顯性「形聲包會意也」 「故泐以阞會意、形聲。」				
葡 具也。具，供置也。人部曰：備，慎也。然則防備字當作備。全具字當作葡。	苟 自急敕也。從羊省從包省，從口會意	1、甲骨文「葡」作「」，金文作「」。從文字形體來看，甲骨文象矢放入器中之形，金文矢形漸漸改變，矢頭消失了，盛矢之器變作「用」，我們清晰看出它形體變化的過程。因此，《說文》據小篆說形不可信，本不從用、苟。			

義同而略有區別，今則專用備而葡廢矣。從用苟省。苟，自急敕也。敕，誠也。此會意。苟亦聲也。						2、矢放入器中，以備用也，表具備之義。因此，《說文》的解釋是可取的。
雉 繳射飛鳥也。經傳多假弋爲之。從隹弋聲。從弋者，如以弋爲的也。	弋 橜也。	隱性解釋聲符之義	本義	弋雉	「弋」	1、「雉」字見於甲骨文，作「」；商代金文作「」，于省吾認爲「即鳶字的初文。」〔註12〕此爲會意類亦聲，以弋射隹會意。 2、工具「弋」指稱「以弋射隹」這一動作。現在「釘、錘」猶如此。
植 戶植也…植當爲直立之木。徐鍇以爲橫鍵，非也。按今豎直木而以鐵了鳥關之，可以加鎖，故曰持鎖植，植之引申爲凡植物、植立之植。從木直聲。	直 正見也。從乚從十從目會意。	隱性「植當爲直立之木」	本義	直植置	「直立、正直」	1、「直」字甲骨文作「」，目之上有一豎，會以目視懸，測得直立之義。〔註13〕 2、直立之木也可稱「直」，加形符「木」，特指「植物」。 3、上古音，「直」爲職部章紐、「置」爲職部端紐，韻同且皆爲舌音，聲韻關係很近。朱駿聲「置，赦也。從网直會意。按網直宜赦之，直亦聲。」〔註14〕 4、「悳、德古同字。」〔註15〕甲骨文常作「」，金文「」從「言」從「心」古文字常互作。段《注》「俗字假德爲之」，認爲德是俗字不可取。悳、德爲異體字。
置 赦也。…從网直。徐鍇曰：與罷同意是也，直亦聲。		顯性「直亦聲」				
悳 外得於人，內得於己也。此當依小徐，通論作內得於已，外得於人。內得於己謂身心所自得也。外得於人謂惠澤使人得也。俗字假德爲之，德，升也。古字或假得爲之。從直心。《洪範》「三德，一曰正直。」直亦聲。		顯性「直亦聲」				
楅 以木有所畐束也。畐上依《韻會》本，各本作逼後人以俗字改之也。泛云以木有所畐束，則不專謂施於牛者…從木畐聲…詩曰夏而楅衡…	畐 滿也。從高省，象高厚之形。	隱性	假借義	畐楅逼輻	「限制」	1、「福」字甲骨文作「」金文中有不從示的「」。「畐爲有流之酒器。金文訛作「」。甲骨文象以畐灌酒於神前之形。」〔註16〕
				畐福富幅	「富足」	
				副膈	「分裂」	

〔註12〕于省吾《甲骨文字釋林》中華書局，1999年11月，第325頁。

〔註13〕徐中舒：《甲骨文字典》，四川辭書出版社，1989年，第1385頁。

〔註14〕朱駿聲：《說文通訓定聲》，中華書局，1998年12月，第222頁。

〔註15〕高明：《古文字類編》，中華書局，2004年7月，第118頁。

〔註16〕徐中舒：《甲骨文字典》，四川辭書出版社1989年，第16頁。

昃 日在西方時側也。蒙上日景言之。日在西方則景側也。《易》曰,日中則昃。孟氏《易》作稷。《穀梁春秋經》戌午日下稷,古文叚借字。从日仄聲。此舉形聲包會意。…	仄 側傾也。从人在下厂會意。	顯性「此舉形聲包會意」	本義	仄昃	「傾側」	1、昃字甲骨文常作「(字形)」。第一種形體很有會意的色彩,日將落下,人影側立漸長。此會意類亦聲。 2、此處體現了段氏文字學觀點,漢字中有利用偏旁位置進行構形。
暱 日近也。日謂日日也,皆日之引申之義也。《釋詁》《小雅》傳皆云,暱,近也。《左傳》不義不暱,誹其私暱,誹敢任之。从日匿聲。舉形聲包會意。…昵,或从尼…	匿 亡也。从匚若聲。	顯性「舉形聲包會意」	假借義	匿暱	「靠近」	1、《說文》「尼,从後近之。」《爾雅‧釋訓》「尼者,近也。」于省吾認爲「尼字的構形既然象人坐於另一人的背上,故爾雅訓尼爲止爲定;人坐於另一人的背上,則上下二人相接近。故典籍多訓尼爲近。」〔註17〕按尼爲聲符本字。 2、形聲字聲符互換是古文字的一種基本規律。
穡 穀可收曰穡。毛傳曰:斂之曰穡。許不云斂之,云可收者,許主謂在野成孰,不言禾言穀者,晐百穀言之,不獨謂禾也。古多叚嗇爲穡。从禾嗇聲。此舉形聲包會意。	嗇 愛濇也。从來从亩會意。來者亩而藏之,故田夫謂嗇夫。	顯性「此舉形聲包會意」	引申義	穡嗇	「收嗇」	1、嗇字甲骨文作「(字形)」。「象藏禾麥於亩之形,或又从秝从田,會田禾成熟可收嗇之意。」〔註18〕 2、嗇本爲收嗇之動作,可收嗇之莊稼亦稱嗇,形體加「禾」以區別。 3、朱駿聲認爲「按穡即嗇之後出字,从禾从來,重複訂繫於此。」〔註19〕 4、《說文》「濇,不滑也。从水嗇聲。」按:嗇轖濇諧聲同源。
轖 車箱交革也。各本革作錯…凡革靷謂之轖。故《急就篇》曰:革轖漆油黑蒼…轖之言嗇也。引申之爲結塞之。故枚乘《七發》曰:「邪氣襲逆,中若結轖也。」从車嗇聲。		隱性「轖之言嗇也」	假借義	嗇轖濇	「阻塞」	
襋 衣領也…从衣棘聲。棘之言亟也。領爲衣之亟者,故曰襋。《詩》曰:要之襋之。	棘 小棗叢生。从並朿會意。…	隱性「棘之言亟也」	假借義	棘襋	「亟要」	1、段《注》明確了聲符本字「棘之言亟也」,並在亟下注「詩多假棘爲亟。」亟棘古書常互作。可見,段氏已深知聲符假借。
悈 悐性也。各本作疾也。今依《韻會》正。《釋言》曰:悈、褊,急也。《釋文》「悈本或作極,又作亟,	亟 敏疾也。	顯性「舉形聲關會意也」	本義	亟悈	「急、疾」	1、悈下注「悈不見經,有叚亟爲之者…」亟爲敏疾也,人性情之急則加「心」。詞義引申下的字形分化。

〔註17〕于省吾:《甲骨文字釋林》,中華書局,1999年11月,第304頁。

〔註18〕徐中舒:《甲骨文字典》,四川辭書出版社,1989年,第611頁。

〔註19〕朱駿聲:《說文通訓定聲》,中華書局,1998年12月,第218頁。

同。」…愆不見經，有段亞為之者。…从心亞聲。舉形聲關會意也。一曰謹重皃。此義之相反而相成者也。						2、同一聲符可相反表義，如之部「祀」，詞義發展是辯證統一的，符合唯物辯證法的思想。
騭 牡馬也…陟騭古今字。謂之騭者，陟，升也。牝能乘牡 …从馬陟聲…	陟 登也。	隱性「謂之騭者，陟升也」	引申義	陟騭	「升」	1、陟字甲骨文作「𨺅」，降字作「𨽰」，這兩個字巧妙地利用腳趾的方向，會意出上升、下降之意。古人觀察的細緻，造字構思的巧妙。
熄 畜火也。畜當从艸，積也。熄取滋息之意。从火息聲。亦曰滅火。小徐無此四字，滅與蓄義似相反而實相成。止息即滋息也。《孟子》曰：王者之跡熄而詩亡，詩亡然後春秋作。	息 喘也。从心从自自亦聲。	隱性「熄取滋息之意」	引申義	熄息	「蓄積」	1、息本表喘息，引申有休息、蓄積之意。蓄積火種亦稱息，加形符「火」以特指。 2、「滅與蓄義似相反而實相成」體現了段氏對詞義辯證發展規律的把握。
寒 實也。…按窦部曰：窦，窒也；穴部曰：窒，窦也；寔，寒也。寒廢而俗多用塞。塞，隔也，非其義也…从心寒聲。各本作塞省聲，今正，寒，窒也。諧聲中有會意。…	寒 窒也。从玨从𠬞宀中，玨猶齊也會意，經傳皆以塞為之。	顯性「諧聲中有會意」	本義	寒塞寒簺	「塞」	1、據亦聲糾正各本之誤，「各本作塞省聲，今正」。 2、《說文通訓定聲》「塞，隔也。从土从寒會意，寒亦聲。」「簺，行棋相塞也…塞亦聲。」〔註20〕
纆 索也。《易》「繫用徽纆。」劉表曰：三股曰徽，兩股曰纆。《字林》曰：兩合曰糾，三合曰纆。从糸黑聲。按从黑者，所謂黑索拘攣罪人也。今字从墨。	黑 火所薰之色也。从炎上出囪，囪古窻字。	隱性「按从黑者，所謂黑索拘攣罪人也」	本義	黑纆墨	顏色詞「黑」	1、「甲骨文黑字作𡙏、𡗕…這就足以證明釋黑為黑暗的書盲以及前文釋黑為用牲的毛色，都是可以肯定的。」〔註21〕《說文》「墨，書墨業。从土从黑會意，黑亦聲。」由黑色指稱黑色之墨。加形符「土」以別之。 2、「所謂黑索拘攣罪人也」段氏因民俗、制度以考字。

第三部　蒸部

例字、說解 ＼ 情況分析	亦聲聲符	表述方式	意義關係	諧聲同源	同源線索	疏　證
宏 屋響也…从宀弘聲。弓部曰：弘，弓聲也。此舉形聲包會意也。	弘 弓聲也。	顯性「舉形聲包會意也」	本義	弘宖泓	「大聲」	1、裘錫圭先生認為：「『弘』本來似是从『口』『弓』聲的一個形聲字。如《說文》『弓聲』之訓可信，也

〔註20〕　朱駿聲：《說文通訓定聲》，中華書局，1998 年 12 月，第 218 頁。

〔註21〕　于省吾：《甲骨文字釋林》，中華書局，1999 年 11 月，第 227～230 頁。

						可以分析爲『從弓從口，弓亦聲』〔註22〕「弘」由弓聲指稱屋中大響聲，加「宀」以明義。 2、「弘」有大義，引申有「深」義。《說文》「泓，下深兒。」
夢 不朙也。《小雅》「民今方殆，視天夢夢。」傳曰：王者爲亂夢夢然。《釋訓》曰：夢夢，亂也。按故訓釋爲亂。許云不明者，由不明而亂也。以其字從夕，故釋爲不明也。夢之本義爲不明，今字假爲寢寐字，夢行而寢廢矣。從夕瞢省聲。舉形聲包會意也。	瞢 目不明。	顯性「舉形聲包會意也。」	本義	瞢夢 寢憑	「不明」	1、夢字甲骨文作「𢎛」戰國璽印文字有作「𢎛」，下部有「月」（肉字），小篆有訛作「夕」。甲骨文象一個人睡在床上，有的頭上還有三點，蓋表示睡在床上做夢。《說文》「從夕瞢省聲」不可信。 2、睡覺一般在屋內，「宀者，覆也。」，「宀」爲屋頂之象形。加「宀」也是強化字的表義性。 3、「夢憑」《說文》皆「不朙也。」其實，加「心」也是增強表義性。
寢 寐而覺者也…從宀從爿夢聲。宀者，覆也。爿者倚著也。夢者，不明也。夢亦聲…	夢 不朙也。	顯性「夢亦聲」				
憑 不朙也，從心夢聲。夕部：夢，不朙也。此舉形聲包會意。		顯性「舉形聲包會意」				
拯 上舉也，出㹜爲拯。從手丞聲。易曰。拯馬壯吉。撜，拯或從登……丞登皆有上進之意。形聲中有會意。經典「登」作「升」，皆假借字。升之本義實於上舉無涉。	丞 翊也。從廾從卩從山，山高奉承會意。登 上車也。從癶豆，象登車形。	顯性「形聲中有會意」	本義	丞拯 承烝㞳畚	「上升」	1、丞自甲骨文作「𠬞」，表用兩手將一個人從陷坑中拉出，丞爲拯之初文，有拯救、提升之義。 2、《說文》「承，奉也、受也。從手從廾從卩」朱駿聲「按從手丞省聲，丞亦聲。」〔註23〕「烝，火氣上行也。從火丞聲」「㞳謹身有所承也。」「畚 輢車後登也」按皆「丞亦聲」。 3、登字甲骨文作「𤰇、登」，金文、戰國文字、小篆變化不大，第一種形體中的「廾」漸漸消失了。登字形體，《說文》說解基本正確，象登几上馬、車之形，登車有「升」義。
隥 仰也。仰者，舉也。登陟之道曰隥。亦作嶝。《西都賦》「陵嶝道而超西墉。」《西京賦》「嶝道邐倚以正來。」薛曰：嶝閣道也。按閣道謂凌空如棧道者。從阜登聲。此以形聲包會意。		顯性「此以形聲包會意」	引申義	登隥	「登高」	

〔註22〕裘錫圭：《甲骨文字考釋（續）》，《裘錫圭學術文集·甲骨文卷》，2012年6月，第186頁。

〔註23〕朱駿聲：《說文通訓定聲》，中華書局，1998年12月，第73頁。

例字、說解	亦聲聲符	表述方式	意義關係	諧聲同源	同源線索	疏　證
層　重屋也。曾之言重也。曾祖、曾孫皆是也。故層从曾之爲重屋。《考工記》「四阿重屋。」注曰：重屋，複笮也。後人因之做樓。木部曰：樓，重屋也。引申爲凡重疊之稱，古亦假曾爲之。从尸曾聲。	曾　詞之舒也。从八从日囟聲。	隱性「曾之言重也」	引申義	曾層增贈譜	「增益」	1、「曾」字甲骨文作「𡥝、𡥝」，「田本應爲圓形作田，象釜鬲之鬵，八象蒸氣之逸出，故𡥝象蒸熟食物之具，即甑之初文。」〔註24〕曾爲兩層蒸鍋，較一般炊具爲高，隱含高義，故曾引申有「高」義。 2、《說文》「譜，加也。从言曾聲。」「贈，玩好相送也。从貝曾聲。」按皆有「增益」義，曾亦聲。
增　益也。益者，饒也。會下曰：會，曾益也。是可叚曾爲之。从土曾聲。		隱性				

第四部　幽部

例字、說解	亦聲聲符	表述方式	意義關係	諧聲同源	同源線索	疏　證
莍　椒荍實裹如裘也。依《爾雅音義》正誤，裘莍同音也。郭云：莍，茱子聚生成房兒。詩箋作捄。《釋木》「櫠其實梂」，皆即莍字也从艸求聲。求即裘之古文，亦會意也。	求　古文裘也。古文省衣。	顯性「从艸求聲求即裘之古文，亦會意也」	引申義	莍求	「裘」的形象	1、裘甲骨文作「𧚍」，金文作「𧚍、𧚍、𧚍」。甲骨文象皮衣，皮毛在外面，是古代的一種衣著習慣，《論語》「當暑袗絺綌，必表而出之。」與現在不同。金文開始加注聲符「求」，出現从衣从求之形，其中第二個形體从又，屬於聲符同音替換了。金文第一個形體與《說文》裘古文基本一致。 2、莍字屬於形象義孳乳。上古先民的形象思維頗豐富，形象義孳乳是同源孳乳的重要形式。 3、「求」字形成了兩個諧聲系統。
賕　以財物枉法相謝也。枉法者，違法也。法當有罪而以財求免，是曰賕，受之者亦曰賕。《呂刑》：五過之疵惟來。馬本作惟求，云有請賕也。按上文惟貨者，今之不枉法貝臧也。惟求者，今之枉法貝臧也。从貝求聲。形聲包會意…		顯性「形聲包會意」	假借義	賕求	「求得」	
藗　艸盛兒。从艸鰠聲。此以形聲包會意。鰠，隨從也。他書凡鰠皆作鰠，鰠作藗。夏書曰：厥艸惟藗。依楷本及宗本作藗。馬融注《尚書》曰：藗，抽也。故合艸鰠爲	鰠　隨從也。	顯性「此以形聲包會意」	引申義	藗鰠	「隨从」	1、「鰠」金字文作「𧮫」。曾憲通先生認爲此字从言，右旁爲黃鼠狼的象形。〔註25〕 2、「鰠」有隨從之意，加「艸」會意，草盛隨風搖擺之意。段氏與此闡發了《說文》「引經說字形」這一現象。

〔註24〕徐中舒：《甲骨文字典》，四川辭書出版社，1989年，第68頁。

〔註25〕曾憲通：《說鰠》，《古文字研究》（第十輯），中華書局，2005年6月。

蘇；此許君引《禹貢》明从艸繇會意之恉，引經說字形之例始見於此。						
讎 猶應也。心部曰：應，當也。讎者，以言對之。《詩》云「無言不讎」，是也；引申之爲物價之讎，《詩》「賈用不讎」，高祖飲酒，讎數倍是也；引申之爲讎怨，《詩》「不我能慉，反以我爲讎」；《周禮》「父之讎，兄弟之讎，是也」。人部曰：仇，讎也。仇/讎皆兼善惡言之，後乃專謂怨爲讎矣…从言雔聲。此以聲苞意也。	雔 雙鳥也。从二隹會意。	顯性「此以聲苞意」	引申義	雔讎犨	「應對」	1、金文「雔」作「　」，象兩隻鳥面對面的形狀，極其逼真，引申有讎對之意。讎作「　」，是在雔增加形符「言」，表以言對之，應對之意更加明確。犨即犨字，雔、讎意義相通。戰國文字犨作「　」，从一隻隹，單複無別。 2、「犨」下段氏闡明了他的亦聲觀「凡形聲多兼會意。」
犨 牛息聲。心部曰：息，喘也。从牛讎聲。按今本皆作犨，雔聲。而《經典釋文》唐石經作犨。《玉篇》《廣韻》皆作犨，云犨同。《五經文字》且云犨作犨訛。蓋唐以前所據《說文》無不从言者，凡形聲多兼會意。讎从言，故牛息聲之字从之…	讎 猶應也。从言雔聲。	顯性「凡形聲多兼會意。讎从言，故牛息聲之字从之」				
道 所行道也。毛傳每云行道也。道者，人所行。故亦謂之行。道之引申爲道理，亦爲引道。从辵首。首者，行所達也首亦聲。一達謂之道…	1、从字形來看，金文中「道」有作「　」，有从辵的，辵行互作。郭店楚簡有作「　」，人在行上，會意道路之意。 2、从聲韻來看，上古，「首」爲幽部、定紐；「道」爲幽部、書紐。韻部相同，聲紐皆舌音，聲韻極近。 3、「首者，行所達也」頗附會，首、道之間意義無明顯聯繫。					
孚 卵即孚也…从爪子…一曰信也。　古文孚。从禾，禾，古文保，保亦聲。	1、「孚」字甲骨文作「　」，象手抓住小子之形，金文、戰國文字、小篆變化皆不大，乃「俘」字初文。 2、「保」字甲骨文作「　、　」，第二個形體逼真地描述出一人背負、保護一小子之畫面。　的兩斜筆是飾筆，古文字中常在一豎筆旁加兩飾筆其實也是子字。段氏分析不可信。					
幼 少也。《釋言》曰：幼鞠稚也。又曰：冥，幼也。《斯干》毛傳亦云：冥，幼也，幼同幽。	幺 小也。象子初生之形。	顯性「幺亦聲」	引申義	幺幼	「小」	1、「幺」，金文作「　」，「幺與玄古同字。」〔註26〕《說文》「玄，幽遠也。黑而有赤色者爲玄。象幽而

〔註26〕高明：《古文字類編》，中華書局，2004年7月，第250頁。

一作窈。从幺力。幺亦聲。						入覆之也。」李孝定認爲實糸初文，象一束細絲之形，引申有小義。〔註27〕 2、「幺」爲宵部影紐，「幼」爲幽部影紐，聲紐相同，宵幽通轉。音近義通。
殠 腐氣也。《廣韻》曰：腐，臭也。按臭者，氣也，兼芳殠言之，今字專用臭而殠廢矣…从歺臭聲。	臭 禽走臭而知其跡者犬也。从犬从自會意。	隱性「按臭者，氣也」	引申義	臭殠臭	「氣味」	1、甲骨文臭字从自从犬，《說文》說解甚確。 2、「美惡不嫌同辭。」臭兼之芳殠言之，而後臭詞義縮小，專指惡殠氣，並加「歺」形符。歺象殘骨之形，有臭義。
籀 讀書也。言部曰：讀，籀書也。敘目曰：尉律，學僮十七已上始試，諷籀書九千字，乃得爲吏試字句絕，諷籀連文，謂諷誦而抽繹之…从竹擂聲。此形聲包會意也。春秋傳曰：卜籀云。…	擂 引也。从手留聲。	顯性「此形聲包會意也」	引申義	擂籀	「引申」	1、「諷籀連文，謂諷誦而抽繹之。」段氏以聲符以推求字義，從而，得知《說文》「讀書也」的確解爲「諷誦而抽繹之。」
匋 瓦器也。作字各本無，今依《玉篇》補。《大雅》「陶復陶穴。」箋云：復穴皆如陶然…从缶包省聲。疑作勹聲亦是，皆形聲包會意也。古者昆吾作匋…	勹 裹也，象人曲形有所包裹。經傳以包爲之。	顯性「皆形聲包會意也」「勹亦聲」	引申義	勹匋勹包裹胞匏	「包裹」	1、金文「匋」作「𠤎」，从勹从缶。按「勹、缶」皆幽部幫紐，此爲雙聲符字。缶爲古代一種常見器皿。《大雅》「陶復陶穴。」箋云：復穴皆如陶然。從製作過程看，土坯包裹之。「抔之燒之。」 2、「包，妊也…象人裹妊𠊊在中，象子未成形也。」「胞，兒生裹也。」包引申爲一切包裹、包容。胞爲包之後起本字也。
包 妊也…象人裹妊𠊊在中，象子未成形也。勹象裹其中，巳字象未成之子也，勹亦聲…						
匏 㯶垸已，復㯶之。垸者，以㯶和灰垸而㯶也。既垸之，復㯶之，以光其外也。从㯶包聲。舉形聲包會意也。	包 妊也…象人裹妊𠊊在中，象子未成形也。	顯性「舉形聲包會意也」				3、《說文》「勹，覆也。从勹覆人會意。」朱駿聲「按勹亦聲。」〔註28〕 4、《說文》據形列字，也有部分列字次序有悖這一原則。段氏根據這一現象闡發聲符有義。「包，子之肉也，不入肉部者，重包也，包亦聲」「匏者，能包盛物之瓠也，不入瓠部者，重包也，包亦聲。」
褒 褱也。《論語》子生三年，然後免於父母之懷。馬融釋以懷抱，即褱褒也。今字抱行而褒廢矣。抱者，引堅		顯性「此舉形聲包會意」				

〔註27〕轉引《漢語大字典》，湖北辭書出版社、四川辭書出版社，1992年12月，第459頁。

〔註28〕朱駿聲：《說文通訓定聲》，中華書局，1998年12月，第279頁。

也。从衣包聲。此舉形聲包會意。					
胞 兒生裹也。包謂母腹，胞謂胎衣。…从肉包。包，子之肉也，不入肉部者，重包也，包亦聲。		顯性「包亦聲」			
匏 瓠也…从包从瓠聲。瓠舊作瓠聲誤，《韻會》作从夸包聲，亦誤。今正，从包，瓠者，能包盛物之瓠也，不入瓠部者，重包也，包亦聲。包，取其可包藏物也。說从包之意，藏當作臧。		顯性「不入瓠部者，重包也，包亦聲。」			
朻 高木下曲也。从木丩丩亦聲…丩者，相糾繚也。凡高木下句，垂枝必相糾繚。故曰从丩，丩亦聲。…	丩 相糾繚也也。一曰瓜瓠結丩起，象形。	顯性「从木丩丩亦聲」	引申義	丩糾朻	「纏繞」	1、丩爲絲之纏繞，後起本字糾，加「糸」，木之垂枝必相糾繚，加「木」旁，皆爲詞義引申下的字形分化。
杲 舂糗也。米麥已熬，乃舂之而荎之成勃。鄭所謂糗粉也，而後可以施諸餌餈。从米臼。臼亦聲。此舉會意包形聲也。	臼 舂也。古者掘地爲臼，其後穿木石象形。	顯性「此舉會意包形聲也」	本義	臼杲齝	「石臼」	1、此爲會意類亦聲。在臼內舂米，从米在臼下。 2、通過此字可以瞭解古代的勞作生活。臼爲工具，以其指稱製作過程，加「米」以別。 3、《說文》：「齝，老人齒如臼者…臼亦聲。」此字由形象義孳乳而生。
冒 塚而前也。塚者，覆也。引申之有所干犯而不顧亦曰冒，如假冒，如冒白刃，如貪冒是也。《邶風》下土是昌。傳曰：冒，覆也。此假冒爲冃也。从冃目。會意冃目者，若無所見也，冃亦聲。	冃 小兒及蠻夷頭衣也。从冂二其飾也。	顯性「冃亦聲」	本義	冃冒		1、《石鼓文·秋淵》作「圙」，从文字構形來看，我們認爲冒爲附體象形，上象帽飾等，爲了表意更加清楚，加「目」旁，爲目上之帽也。冒又引申爲動詞，有「迎、覆」等義。後又造「帽」，爲其本字。因此，此二字非同源關係。我們推斷甲骨文蓋無「冃」字，《說文》冃部所收五字「冃冕冒胄最」，最早形體皆不从冃。「冕」，金文作「冔」胄作「冑」从目。
愍 怨愍也…愍與咎音同義別。古書多叚咎字爲之，咎行而愍廢矣。从心咎聲。此與人部㗝皆謂歸咎於彼。舉形聲包會意也。	咎 災也。从人从各會意，各者，相違也。	顯性「舉形聲包會意也」	引申義	咎愍㗝	「怨咎」	1、怨恨皆由心而發、故加「心」，此爲詞義引申下的字形分化。 2、《說文》「㗝，毀也。从人咎聲。」段《注》「此與人部㗝皆謂歸咎於彼。」按段氏認爲此二字蓋一字。

媼 母老稱也…从女昷聲。按从昷蓋與嫗同意。形聲中有會意也，昷聲而讀如奧者，方俗語音之轉耳。	昷 仁也。从皿以皿食囚會意。	顯性「形聲中有會意也」	引申義	昷媼	「曲」	1、黃永武認爲「今按媼《說文》曰母也。然媼从區聲亦無所取義，媼嫗字皆當以姁正篆，《說文》姁、嫗。从句得聲之字多有曲義。」〔註29〕
				昷溫煴醖	「熱」	2、溫爲水有熱度，醖釀產生溫度，煴爲鬱煙也。
嫂 兄妻也。鄭注《喪服》曰：嫂者尊嚴之。嫂猶叟也，老人之稱也。按古者重男女之別，故於兄之妻尊嚴之，於弟之妻卑遠之而皆不爲服。男子不爲兄弟之妻服，猶女子不爲夫之兄弟服也…从女叜聲。形聲中有會意。	叜 老也。	顯性「形聲中有會意」	假借義	叜嫂	「尊長」	1、「叜」字甲骨文作「🔥」，象一人手握火把於屋中搜索之形。朱駿聲認爲「叜（叟）即搜之古文」〔註30〕頗有道理。「叜」假借有尊長之意。
						2、嫂爲己之長，且爲女性，加「女」旁。
綬 韍維也。…謂之綬者，韍佩與革帶之間有聯而受之者，故曰綬…至秦乃以采組連結於璲，光明章表，轉相結受，故謂之綬…从糸受聲。	受 相付也。从爰舟省聲。	隱性「轉相結受，故謂之綬」	引申義	受綬授	「授予」	1、「受」字甲骨文作「🤚」，《說文》說解、說形皆頗可信。象一手給舟，一手接受之形。
						2、《說文》「授，予也。从手从受受亦聲。」
埽 垄也。垄各本訛棄，今正。此二篆爲轉注也。从土帚。會意，帚亦聲也。	帚 糞也。从又持巾。	顯性「帚亦聲也」	引申義	帚埽	「掃帚」	1、帚字甲骨文作「🧹、🧹」，象用帚掃除之形。掃除塵土這一動作加「土」，引申有棄義。朱駿聲「埽…帚亦聲。」〔註31〕
猱 和田也。《考工記》車人爲耒，堅地欲直庇，柔地欲句庇。《地官·草人》墳壤用麋。鄭曰：墳壤，潤解也，曰柔地，曰潤解皆和田之謂，對剛土而言。从田柔。會意，柔亦聲。	柔 木曲直也。从木矛聲。	顯性「柔亦聲」	引申義	柔猱鞣煣鍒	「柔軟」	1、《說文》「鞣，耎也。从革从柔柔亦聲。」「煣，屈申木也。从火从柔、柔亦聲。」「鍒，鐵之耎也。从金从柔、柔亦聲。」
						2、田地濕潤、柔和也稱柔，而加「田」以增強表義性。
腬 面和也。和當作龢，龢、調也，和、相應也，許書分別畫然…从百肉骨剛肉柔，故从百，肉會意，肉亦聲。讀若柔。	1、上古，肉爲屋部日紐、腬爲幽部日紐。聲同，韻部相差較遠。 2、《玉篇》「腬，面和也。野王案：柔色以蘊之，是以今爲柔字。」〔註32〕《說文》「柔，木曲直也。从木矛聲。」本義爲木質軟和，可以曲直，引申有柔軟、柔和等義。柔腬皆爲幽部日紐。腬字不見於經傳，《說文》「讀若柔」，蓋「柔」之引申義「面部柔和」的專字，且可能爲俗字。顧野王「是以今爲柔字。」有道理。					

〔註29〕曾昭聰：《黃永武〈聲多兼會意考〉述評》，《語言研究》，2000 年第 3 期。

〔註30〕朱駿聲：《說文通訓定聲》，中華書局，，1998 年 12 月，第 270 頁。

〔註31〕朱駿聲：《說文通訓定聲》，中華書局，1998 年 12 月，第 259 頁。

〔註32〕《漢語大字典》，湖北辭書出版社、四川辭書出版社 1992 年 12 月，第 871 頁。

勹 聚也。《釋詁》曰：鳩，聚也。《左傳》作鳩。古文《尚書》作逑。辵部曰：逑，斂聚也。《莊子》作九。今字則鳩行而勹廢矣。从勹九聲。此當作从勹九九亦聲，轉寫奪之。讀若鳩。	九 陽之變也。象其屈曲究盡之形。	顯性「从勹九九亦聲」	假借義	九勹 軌	「聚集」	1、軌下段《注》：「九之言鳩也，聚也。」朱駿聲勹下曰：「經傳以鳩爲之，假借也。」〔註33〕段氏深諳聲符假借之理，常以「之言」的形式說出本字。
馗 九達道也…似龜背，故謂之馗。龜背中高而四下。馗之四面無不可通，似之。龜古音如姬，如鳩；馗古音如求，以疊韻爲訓大徐本此下有馗，高也三字，非是。从九首。會意首猶向也，故道字亦从首，九亦聲。馗或从辵坴。今毛詩作此字馗高也，故从坴。故字緊增。徐楚金云：坴，高土也會意。玉裁按：坴亦聲。		顯性「故道字亦从首，九亦聲」「坴亦聲」		九馗	「龜」狀	2、馗字段《注》通過地理形制，推論得名之由。浍字下也如此。軌字亦然。可見段氏對事物觀察的細緻入微。
軌 車轍也。支部曰：徹者，通也。車徹者，謂輿之下兩輪之間空中可通，故曰車徹，是謂車軌，軌之名謂輿之下隋方空處…从車九聲。軌从九者，九之言鳩也，聚也，空中可容也。形聲中有會意。		顯性「形聲中有會意」				3、儘管，段氏明瞭聲符九爲假借，我們認爲鳩仍非本字也。按：鳩有聚義，經傳常見。上古音，「鳩」屬幽部見紐；「逑」屬幽部群紐，韻部相同、聲紐皆爲牙音。《說文》「逑，斂聚也。」蓋「逑」爲本字。
肚 食肉也。食肉必用手，故从丑肉。从丑肉，會意，不入肉部者，重丑也。丑亦聲。	丑 紐也。	顯性「丑亦聲」	本義	丑肚 羞	「手持」	1、「丑」字，甲骨文作「ㄐ」。郭沫若認爲「此實象爪之形，當即古爪字。」〔註34〕上古音，「丑」爲幽部透紐、「肚」爲幽部娘紐，韻同聲近。 2、《說文》「羞，進獻也。從羊，羊所進也。從丑丑亦聲。」

〔註33〕朱駿聲：《說文通訓定聲》，中華書局，1998 年 12 月，第 250 頁。

〔註34〕見《漢語大字典》，湖北辭書出版社、四川辭書出版社，1992 年 12 月，第 6 頁。

第五部 覺部

情況分析 例字、說解	亦聲 聲符	表述 方式	意義 關係	諧聲 同源	同源 線索	疏　證
祰 告祭也。自祰以下六字皆主言祖廟。故知告祭，謂王制天子諸侯將出，造乎禰，曾子問諸侯適天子必告於祖廟，奠於禰。諸侯相見必告於禰，反必親告於祖禰…從示告聲。	告 牛觸人角箸橫木，所以告人也。	隱性「諸侯相見必告於禰，反必親告於祖禰」	本義	告祰誥桔嚳	「告訴」	1、「告」甲骨文、金文皆從口從牛。段氏認爲，告字許說字形頗牽強。「牛口爲文，未見告義。且字形中無木，則告義未顯…此字當入口部，從口牛聲。」按從口有告義。此字段氏跳出了《說文》。
誥 告也。見《釋詁》按以言告人，古用此字，今則用告字。以此誥爲上告下之字。又秦造詔字。…從言告聲。		隱性「以言告人」				2、告下注「…愚謂誠然，嚳從學省，亦教也。教之故急急之，告亦聲…」按段《注》認爲「告亦聲」。
桔 手械也所以告天。所以告天四字依周禮音義補，桔告疊韻。從木告聲。		隱性「桔告疊韻」				3、此四字《說文》皆疊韻爲訓。告神則加「示」，桔爲木製刑具，表示「拘禁」，甲骨文作「𡉡、𢆶」，戰國楚簡作「𡵬、𡊅」。我們認爲「誥」加「言」則強化字義「告訴」。
嚳 急告之甚也。急告猶告急。告急之甚，謂急而又急也。…窮極即告急引申之義。從告學省聲。		隱性「告急之甚，謂急而又急也」				
䖀 黑虎也。《釋獸》曰：虪，黑虎。《釋文》曰：虪，今作䖀…從虎儵聲。此舉形聲包會意也，但形聲則言攸聲已足，如鋑、儵是也。	儵 青黑繒髮白色也。從黑攸聲。	顯性「此舉形聲包會意也」	本義	儵䖀	「黑色」	1、「此舉形聲包會意也，但形聲則言攸聲已足，如鋑、儵是也」複雜結構形體分析是多樣的，䖀也可分爲從虎從黑攸聲。段《注》精闢闡發了聲符表義。
覆 覂也。反也，覆、覂、反三字雙聲。又部下曰：覆也，反覆者，倒易其上下，如㠯從冂而反之爲凵也，覆與復義相通，復者，往來也。從襾復聲。此舉形聲包會意…	復 往來也。從彳复聲。	顯性「此舉形聲包會意」	引申義	復覆復	「反覆」	1、「復者，往來也。」引申有覆蓋之義，加「襾」以別之；引申有重疊，《說文》「復復，重也。從勹復聲。」
歔 歆歔也。其義已在上文，故但曰：歆歔而已。此全書之通例。從欠竉聲。嗀俗歔，從口從就。會意兼形聲。	就 就高也從京從尤，尤異於凡也。	顯性「會意兼形聲」	引申義	就嗀蹴	「靠近」	歔下段《注》「一曰歆歔，…口相就也，謂口與口相就也…」抓住了這一習慣，說明了得名緣由，精闢準確。俗體亦聲。

| 爞 熱在中也。《洪範》庶征曰爞、曰寒。古多叚奧爲之。《小雅》「日月方奧」傳曰：奧，煗也。從火奧聲。奧者，宛也，熱在中，故以奧會意，此舉聲以見意也。 | 奧 宛也。室之西南隅。 | 顯性「此舉聲以見意也」 | 引申義 | 奧爞澳墺陬 | 「彎曲」 | 1、《說文》「澳，隈崖也。從水奧聲。」「陬，水隈崖也。從阜奧聲。」「墺，四方土可居也。從土奧聲。」按皆有「彎曲」義。 |

第六部　冬部

情況分析 例字、說解	亦聲 聲符	表述 方式	意義 關係	諧聲 同源	同源 線索	疏　證
寷 大屋也。從宀豐聲。此以形聲包會意。當云從宀豐豐亦聲也。易曰：豐其屋。豐上六爻辭，稱此說寷從宀豐會意之恉。宀、屋也。豐、大也。故豐之訓曰大屋。此與稱百穀艸木麗於地說從艸麗同意…	豐 豆之豐滿者也。從豆象形。	顯性「此以形聲包會意」	引申義	豐寷	「大」	1、甲骨文中「豐」作「」、豊作「」，「豐、豊」頗相似，高明先生認爲「古豐、豊同字。」〔註35〕林澐先生則認爲此說有誤，最大區別豐從豐聲，丶豊從珏。〔註36〕 2、豐有大義，大屋加「宀」以明確字義。許引經說形。
濃 露多也。《小雅·蓼蕭》傳曰：濃濃、厚兒。按酉部曰：醲，厚酒也；衣部襛，衣厚兒。凡農聲字皆厚。從水農聲。詩曰：零露濃濃。 襛 衣厚兒。凡農聲之字皆厚…從衣農聲。詩曰：何彼襛矣。	農 耕也。從晨囟聲。	隱性類推歸納法「凡農聲之字皆厚」	假借義	農濃襛醲膿獿	「多、厚」	1、甲骨文中「」，羅振玉釋作農，象用手持辰除去草木之形，引申爲勞作之人。 2、「農」聲又大義，農字蓋假借也。《說文》「醲，厚酒也。從酉農聲。」《字林》「獿，多毛犬也。」沈兼士稱此字爲右文孳乳中的「借音分化式」。〔註37〕
冬 四時盡也。冬之爲言終也。《考工記》曰：水有時而凝，有時而釋，故冬從仌。從仌會意亦聲，古文終字。見糸部…古文冬從日。	絿絲也。從糸冬聲。	顯性「亦聲」	引申義	終冬	「終結」	「終」字甲骨文作「」，象兩頭結著疙瘩的一條彎曲的綫，表示終結之意。〔註38〕金文作「、」。「冬」字下面兩點是「冰」的本字，實爲從冰終聲的形聲字。其中第二形與《說文》古文「」從日終聲。 「終」是「冬」的聲符本字。

〔註35〕高明：《古文字類編》，中華書局，2004年7月，第327頁。

〔註36〕林澐：《豐豊辨》，《古文字研究》（第十二輯），中華書局，2005年6月。

〔註37〕沈兼士：《沈兼士學術論文集》，中華書局，2004年5月，第129頁。

〔註38〕李守奎：《製衣過程與「初」「終」的闡釋》，《美文》，2015年第12期。

情況分析〔例字、說解〕	亦聲聲符	表述方式	意義關係	諧聲同源	同源線索	疏證
降 下也。此下為自上而下。故廁於隊隕只間。《釋詁》曰：降、落也。古多假降為夅。夊部夅、服也。…以地言曰降，故從阜，以人言曰夅，故從夊中相承。從阜夅聲。此亦形聲包會意。	夅 服也。從夊中相承，不敢並也。	顯性「此亦形聲包會意」	本義	夅降泽	「下降」	1、降字作「𨘛」，陟字甲骨文作「𨸏」，這兩個字巧妙地利用腳趾的方向，會意出上升、下降之意。降由會意字演變為從阜夅聲。2、《說文》「泽，水不遵道也，一曰下也。」朱駿聲「此別一義，泽與夅降音義同。」〔註39〕
渿 小水入大水曰渿。《大雅》傳曰：渿，水會也。按許說申毛。若鄭箋云：渿，水外之高者也，有瘞埋之象，則謂渿與崇同，恐非詩意。從水眾聲。此形聲包會意…	眾 多也。從乑從目會意。	顯性「此形聲包會意」	本義	眾渿	「多」	1、眾者多也，小水入大水有大義、多義，加形符「水」以明確字義。

第七部　宵部

情況分析〔例字、說解〕	亦聲聲符	表述方式	意義關係	諧聲同源	同源線索	疏證
蔈 …一曰末也。金部之鏢；木部之標皆訓末。蔈當訓艸末。禾部曰：秒，禾芒也，秋分而秒定。按《淮南·天文訓》作秋分蔈定。此蔈為末之證也。	票 火飛也。	隱性類推歸納	假借義	票鏢標蔈 標縹顠 飄嘌標 傈嫖旚	「末」 「白」 「疾」 「輕」	1、「票」為火飛也，「票」音假借有末義。《說文》「鏢，刀削末銅也。從金票聲。」「標，木杪末也。從木票聲。」2、同源系聯參考了吳澤順先生的文章。〔註40〕
芼 艸覆蔓。覆地蔓延。從艸毛聲…玉裁按：芼字本義是覆曼，故從艸毛會意…	毛 眉髮之屬及獸毛也。象形。	隱性「故從艸毛會意」	形象義	毛芼氂髦旄表旄	如「毛」覆蓋	1、金文中毛作「𡔕」，象毛髮之形。草如毛髮覆蓋於地則加「艸」，形象孳乳。2、毛芼氂髦旄，上古皆宵部明紐。聲上古之部來紐，與氂相距甚遠，「犛牛之尾」亦毛屬，因此，段氏「則是犛省亦聲也」不可信。朱駿聲「從犛省從毛會意、毛亦聲。」〔註41〕3、毛引申為獸類之毛，古人重人獸之別，人之毛髮加「髟」旁，《說文》「髟，長髮猋猋也。從長從彡。」
氂 犛牛尾也…旄牛即犛牛，犛牛之尾名氂，以氂為幢曰旄，因之呼氂為旄凡云注旄牛首者是也。呼犛牛為旄牛。凡云旄牛尾者是也。從犛省從毛…氂舊音毛，但許不言毛亦聲…則是犛省亦聲也。		顯性「則是犛省亦聲也」	本義		「毛髮」	

〔註39〕朱駿聲：《說文通訓定聲》，中華書局，1998年12月，第62頁。

〔註40〕吳澤順：《說文解字亦聲字論》，《吉首大學學報， 1986年第1期。

〔註41〕朱駿聲：《說文通訓定聲》，中華書局，1998年12月，第324～325頁。

髦 髦髮也…古亦假髦爲毛字。《既夕禮》注曰：今文髦爲毛，是今文禮叚毛爲髦也。从髟毛。髮之秀者曰毛，猶角之好者曰角，毛亦聲。		顯性「毛亦聲」				4、《說文》「旄，幢也。从放从毛毛亦聲。」朱駿聲《定聲》「氂髦」字下皆「毛亦聲」〔註42〕 5、「表」上古宵部幫紐，與「毛」韻同、聲近（幫、明皆唇音）。「上衣者，衣之在外者也。」與「裘」字甲骨文形象地再現毛之在衣外表，音近義通。段《注》「毛亦聲」可信。
表 上衣也。上衣者，衣之在外者也。《論語》「當暑袗絺綌，必表而出之。」孔曰：加上衣也。皇曰：當暑絺綌可單，若出不可單，則必加上衣也。嫌暑熱不加，故特明之…从衣毛。會意，毛亦聲也。		顯性「會意，毛亦聲也」				
嚻 炊氣皃吅部曰：嚻、聲也，氣出頭上，从吅頁。炊氣亦上出，故从嚻。从鬲嚻聲。舉形聲包會意。	嚻 聲也。氣出頭上。	顯性「舉形聲包會意」	本義	嚻嚻	「出氣」	1、嚻者，聲也，氣出頭上。炊氣上加「鬲」，鬲爲古代炊具。
號 嘑也。嘑各本作呼，今正。呼，外息也，與嘑義別…从号从虎。諄号聲高，故从号，虎哮聲厲，故从虎，号亦聲。	号 痛聲也。	顯性「号亦聲」	引申義	號號	「呼號」	1、号號上古皆宵部匣紐，聲韻相同。 2、号爲痛叫之聲，引申爲呼號，大聲呼號亦稱號，加「虎」，虎哮聲厲。
枖 木少盛皃。《周南》「桃之夭夭。」毛曰：桃、有花之盛者，夭夭，其少壯也…按夭下曰：屈也。屈者，大之反，然屈者，大之兆也，故枖从夭。从木夭聲。聲疑衍文，以會意包形聲。《詩》曰：桃之夭夭…	夭 屈也。从大象形	顯性「以會意包形聲也」	引申義	夭枖	「彎曲」	1、夭字金文作「𠄏」，象人上身手搖擺之形。 2、段《注》闡述了此字意義運動變化的過程，少盛之木易屈，反映出辯證的觀點。
樔 澤中守艸樓。謂澤中守望之艸樓也。艸樓蓋以艸覆之…从艸巢聲。形聲包會意也，从巢者，謂高如巢。	巢 鳥在木上曰巢，在穴曰窠。	顯性「形聲包會意也」	形象義	巢樔轈	如「巢」	1、「巢」字甲骨文作「𣚃」，金文作「𣚃」，皆爲附體象形，象在木上之鳥巢。 2、「樔、轈」二字爲形象義孳乳之最典型者。澤中守望之艸樓，高如巢且遠觀之，恰似鳥巢於樹上；巢車高如巢，遠觀之亦似鳥巢於樹上，據此稱它們爲巢，分別加「木」、「車」以別於巢且明確字義。
轈 兵車高如巢以望敵也。《左傳正義》引兵高車加巢以望敵。與《釋文》及今本不同，今本爲長。篇、韻皆云		顯性「此形聲包會意」				

〔註42〕同上。

若巢，亦今本也。今本《左傳》做巢車，杜曰：巢車，車上爲櫓，此正言櫓似巢，不得言加巢…從車巢聲。此形聲包會意。						
醮 面焦枯小…從面焦。此舉會意包形聲。	焦 火所傷也。	顯性「此舉會意包形聲」	引申義	焦醮	「乾瘁焦枯」	1、《說文》「醮，冠娶禮祭。」朱駿聲「焦亦聲。」〔註43〕按《禮記·昏義》「父親醮子而命之迎。」孔疏「受爵者飲而盡之，又不反相酬酢，直醮盡而已。」《爾雅·釋水》「水醮曰屠。」郭注「謂水醮盡。」按「焦亦聲。」甚確。
潐 盡也…從水焦聲。按焦者，火所傷，義近盡，故訓盡，則以焦會意。		隱性		焦潐醮	「盡」	
絞 縊也。糸部下曰：縊 絞也。二篆爲轉注。古曰絞曰縊者，謂兩繩相交，非謂經死…從交糸。會意。交糸者，兩絲相切也，此篆不入糸部者，重交也，交亦聲。	交 交脛也。從大象交形。	顯性「交亦聲」	引申義	交絞 洨絞 佼烄 筊迼	「交合」	1、「交」字甲骨文、金文、小篆形體變化不大。 2、《說文》「絞，縊也。從交從糸。」「筊，竹索也」朱駿聲皆「交亦聲」。〔註44〕絞刑，繩相交合也，竹索蓋兩部分相交合。「烄，交木然。」「佼，交也」諧聲爲訓。「迼，會也。」行相交匯也。
洨 洨水。出常石邑井陘，東南入泜…上源四泉交合，故謂之洨也。從水交聲…		隱性「上源四泉交合，故謂之洨也」				
蒻 蒲子，可以爲平席。…此用蒲之少者爲之，較蒲席爲細《考工記》注曰：今人謂蒲本在水中者爲弱，弱即蒻。蒻必軟，故蒲子謂之蒻，非謂取水中之本爲席也。世謂蒲蒻。從艸弱聲…	弱 橈也。	隱性「故蒲子謂之蒻」	本義	弱蒻嫋	「弱軟」	1、段氏根據蒲蒻實物的特點，「蒻必軟，故蒲子謂之蒻」。蒲子性軟，適宜爲席，故稱之弱，「艸」以別之。 2、「嫋」字下朱駿聲注：「弱亦聲」。嫋字加女，女性亦軟，強化弱之貌。
嫋 姻也。《九歌》「嫋嫋兮秋風。」王曰：嫋嫋，秋風搖木皃…從女弱聲。形聲中有會意。		顯性「形聲中有會意」				
㛛 有所恨痛也。恨者，怨也；痛者，病也。從女𡿺省聲。形聲中有會意也。㛛之從𡿺者，與思之從囟同意…	𡿺 頭髓也。	顯性「形聲中有會意也」	引申義	𡿺㛛	「大腦」	1、𡿺爲腦部，人思考的地方，也是情緒、感情地發出地。此爲動作發出地與動作的關係。

〔註43〕朱駿聲：《說文通訓定聲》，中華書局，1998年12月，第273頁。

〔註44〕同上，第315頁。

例字、說解	亦聲聲符	表述方式	意義關係	諧聲同源	同源線索	疏　證
垗 畔也。畔者，田界也，界者，竟也。垗畔雙聲。爲四畔界祭其中…從土兆聲兆者，分也。形聲中有會意也…	兆 灼龜坼也。象形。	顯性「形聲中有會意也」	引申義	兆垗	「分裂」	1、兆爲龜裂之紋，占卜者據此推測吉凶禍福。引申爲田地之分界，加「土」旁。
斞 斗旁有庱也。庱各本作斞。今正。斗旁有庱，謂斞中有寬於方尺之處若作有斞，是斞外有物名斞矣…從斗庱聲。形聲中有會意也…	窳，深肆極也。	顯性「形聲中有會意也」	引申義	窳斞	「深」	1、段氏據器物形制考器物得名之由。近人楊樹達、于省吾宣導的以古器物考證文字，段氏已深知此理。

第八部　藥部

例字、說解	亦聲聲符	表述方式	意義關係	諧聲同源	同源線索	疏　證
糶 市穀也。從入糴。米部曰：糴，穀也。故市穀從入糴，糶亦聲…	糴 穀也。從米翟聲。	顯性「糶亦聲」	本義	糴糶糶	「穀物」	1、《說文》「糶，出穀也。從出糴聲」按糶亦聲，與「糴」字義相反，構形相同，皆爲會意類亦聲。
稕 特止也。鍇曰：特止，卓立也。按有所立卓爾，當用此字。從稀省卓聲。此說形聲包會意也。卓者，高也。	卓 高也。	顯性「此說形聲包會意也」	本義	卓稕逴趠	「高」	1、「卓」有高義，引申有遠義。《說文》「逴，遠也。一曰蹇也。」「趠，遠也。從走卓聲。」2、日常生活中桌子的「桌」，指高於凳椅等木器。按「從木卓省聲，卓亦聲。」
瀑 疾雨也。暴，疾有所趣也，故從水從暴，爲疾雨。從水暴聲。《詩》曰：終風且瀑。《詩·邶風》文。按毛詩「終風且暴」傳曰：暴，疾也…	暴 疾有所趣也	隱性「暴，疾有所趣也，故從水從暴，爲疾雨。」	引申義	暴瀑	「疾」	1、暴者，疾有所趣也，疾雨則加「水」以增強表義，詞義引申下的字形分化。
酌 盛酒行觴也。盛酒於觶中以飲人曰：行觴。投壺云：命酌曰：請行觴。觶實曰觴。詩曰「我姑酌彼金罍」，取行觴之意；曰「洞酌彼行潦」，取盛酒之意。從酉勺聲。形聲包會意。	勺 挹取也。象形。	顯性「形聲包會意」	引申義	勺酌 玓酌駒	「挹取」 「明亮」	1、勺爲挹取之器具，引申爲挹取之動作。挹取酒類則加「酉」旁，朱駿聲「勺亦聲」。〔註45〕後來勺具一般爲木製，則加「木」旁。朱駿聲「杓，枓柄也。從木從勺勺亦聲。」〔註46〕2、第二組參考了孟廣道先生的文章〔註47〕

〔註45〕朱駿聲：《說文通訓定聲》，中華書局，1998年12月，第337頁。

〔註46〕朱駿聲：《說文通訓定聲》，中華書局，1998年12月，第336頁。

〔註47〕孟廣道：《亦聲字詞的遺傳信息》，《古漢語研究》，1997年第1期。

| 醮 飲酒盡也。酒當作爵，此形聲包會意字也。《曲禮》注曰：盡爵曰醮。按欠部㰱，酒盡也。與此音義同，而本部醮釃則各義。水部曰：釃、盡也，謂水也。从酉爵聲。大徐嚼省聲，非也。 | 爵 禮器也。象爵之形，中有鬯酒，又持之也，所以飲器。象爵者，取其鳴節節足足也。 | 顯性「此形聲包會意字也」 | 本義 | 爵醮 | 「酒爵」 | 1、爵字爲古代酒器。甲骨文、金文皆象其形。
2、段《注》據亦聲改《說文》「酒當作爵，此形聲包會意字也。」「大徐嚼省聲，非也。」
3、亦聲字與聲符意義關係很複雜，此爲動作與工具的關係。 |

第九部　侯部

情況分析 例字、說解	亦聲 聲符	表述 方式	意義 關係	諧聲 同源	同源 線索	疏　證
藕 扶渠根。《釋草》其根藕。…凡花實之莖必偕葉莖同出，似有藕然。故下近蒻，上近花莖之根曰藕…从艸水會意禺聲。今訂之，乃从艸从耦，會意兼形聲。	耦 耒廣五寸爲伐，二伐爲耦。从耒禺聲	顯性「會意兼形聲」	形象義	耦藕	「並列」	1、耦爲古代的耕具，「二伐爲耦」；引申爲二人一組的耕作方法，《廣雅疏證》「耦之言偶也。」《荀子》「禹見耕者耦，立而式。」楊倞注「二人共耕曰耦。」；又引申爲「並列、一對」《左傳·襄公二十九年》「射者三耦。」杜注「二人爲耦。」〔註48〕 2、「凡花實之莖必偕葉莖同出，似有藕然。」因名之曰藕，加艸，藕爲植物。
愚 戇也。愚者，智之反也从心禺。會意，愚亦聲。禺，母猴屬…獸之愚者…	1、黃德寬、陳秉新先生認爲「許書說會意七百餘字，誤說約占百分之四十，段《注》或曲意維護，或不置辭，這不能不使段《注》減色」〔註49〕張博先生認爲「一個民族對特定對象的感覺和認識具有一定的傳承性。因此，假定個別學者對詞語理據或族屬關係的闡釋與一脈相承的傳統觀念和現代觀念向牴牾，人們比較容易看清其附會性並予以否定。例如，《說文》：『愚，戇也。从心，从禺。禺，猴屬，獸之愚者。』『愚』是典型的形聲字，而許氏以會意說之，重在強調『愚』與『禺』的語義關聯…王筠《說文句讀》曰：『然謂猴爲愚，即屬不經；況說『偶』以形聲，而說『愚』以會意，是不睹字例之條而信口說之也。案，當云：从心，禺聲。末二句則後人所增，當刪…這說明，自古及今人們對猿類動物機靈狡詰特徵的感知始終沒有改變，王筠正是憑這種代代相承的傳統觀念否定了『禺』『愚』之間的族屬關係。」〔註50〕 2、我們認爲張博先生的分析很有說服力，上古音，禺愚皆侯部疑紐，聲韻相同，應該是形聲字。文化與語言之間的互證闡釋得淋漓盡致。					
跔 天寒足跔也。…跔者，句曲不伸之意。从足句聲。	句 曲也。从口丩聲。	隱性諧聲爲訓	引申義	句跔狗胊拘笱鉤雊	「彎曲」	1、从句之字，《說文》有11個，其中有彎曲義的有7個。段《注》「凡从某，皆有某義」的表述犯了絕對化的錯誤，忽略了形聲結

〔註48〕《漢語大字典》，湖北辭書出版社、四川辭書出版社，1992年12月，第1158頁。

〔註49〕黃德寬、陳秉新：《漢語文字學史》，安徽教育出版社，2006年，第112頁。

〔註50〕張博：《漢語同族詞的系統性與驗證方法》，商務印書館，2003年7月，第296～297頁。

蒟 羽曲也。凡從句者皆訓曲。《釋木》曰：句如羽喬。上句曰喬，然則羽曲者，謂上句反向。從羽句聲…	隱性「凡從句者皆訓曲」					構的複雜性，簡單化了同源系統。 2、「拘、笱、鉤、雛」《說文》已明確標明亦聲。《說文》立了「句」部，三字皆標亦聲，從意義所屬來看可歸入「手部、竹部、金部」。如果是許慎的刻意安排，那麼他已開創了「右文」說的先河。
胊 脯挺也…胊引申爲凡屈曲之稱…從肉句聲。凡從句之字皆訓曲物，故皆入句部，胊不入句部，何也，胊之直多曲少，故釋爲脯挺。但云聲，云句聲，則亦形聲包會意也。	顯性「則亦形聲包會意也」					
鳧 舒鳧，鶩也。…尋許意不以鳧入鳥部而入几部，此句、丩之例。鴟之羽短不能飛，故其字從几鳥几亦聲。各本作從鳥几聲，今補正。	于省吾認爲：「鳧字作𩿨，舊不識，甲骨文編入於附錄。鳧字上從隹，古文從隹從鳥每無別。下從𠘧，即伏之本字。鳧字後後世典籍中作鳧。說文：『鳧舒鳧，鶩也。從鳥几聲。』又『几，鳥之短尾飛几几也，讀若殊。』林義光《文源》謂鳧『不從几，從人，人所畜也，取其近人。』案許氏從几之說不足據。…以說文爲例，則鳧字應解作『鳧，水鳥也，從鳥勹，勹亦聲。』是會意兼形聲字。」〔註51〕					
桓 木豆謂之桓。《釋器》云：木豆謂之桓；竹豆謂之籩；瓦豆謂之登…從木豆。豆亦聲。	豆 古食肉器。從口象形。	顯性「豆亦聲」	本義	豆桓	「豆器」	1、豆字甲骨文作「豆」，象器皿之形。朱駿聲認爲「古以瓦，今以木乃製此字。」〔註52〕豆假借作糧食，後造桓爲後起本字。
厚 山陵之旱也，旱各本作厚，今正。山陵之厚故其字從厂，今字凡旱薄皆作此。從厂從旱。旱亦聲。	旱 厚也。從反亯。	顯性「旱亦聲」				1、厚字甲骨文有作「𠩺」金文有作「𠩺」，具體所指不甚清楚。《說文》古文𨪐認爲從后土，我們認爲頗誤，甲骨文、金文上部有些象后，其實皆非，許據訛變形體，誤釋。 2、朱駿聲「厚」下「按旱亦聲」。〔註53〕「旱經傳以厚爲之。」我們認爲本無旱字，《說文》部首有據小篆形體，而牽強分部者。旱部有三字「旱、厚、覃」。「覃」金文作「𣈱」下部與厚字金文下部不甚相像。
樹 木生植之總名。植，立也。假借爲尌、豎字。從木尌聲。形聲包會意𣐟籀文。籀從豆不從豈者。豆柄直，亦有直立之義，豆與豈同在四部爲諧聲，寸則謂手植之也。	尌 立也。從壴從寸持之會意。	顯性「形聲包會意」	引申義	尌樹	「豎立」	1、「尌」字金文作「𣐟」，石鼓文《吾水》「樹」作「𣐟」，與《說文》籀文基本一致，可以說籀文的直接來源。 2、尌有直立之意，引申指稱直立之木，加形符「木」。是此義引申下的字形分化。
構 蓋也。此與冓音同義近，冓，交積材也。凡覆蓋必交積材。從木冓聲。以形聲包會意…	冓 交積材也。象對交之形。	顯性「以形聲包會意」「形聲中	引申義	冓構 媾遘 覯購	「交叉、重疊」	1、冓字甲骨文作「𤕲」，象兩小魚對嘴之形。因此，有交積、相對、重複之意。《說文》說形不可信。

〔註51〕于省吾：《甲骨文字釋林》，中華書局，1999年11月，第375頁。

〔註52〕朱駿聲：《說文通訓定聲》，中華書局，，1998年12月，第353頁。

〔註53〕朱駿聲：《說文通訓定聲》，中華書局，1998年12月，第350頁。

媾 重婚也。重婚者,重疊交互爲婚姻也。杜注《左傳》曰:重婚曰媾。按字從冓者,謂若交積材也。《曹風》「不遂其媾」。毛傳曰:媾,厚也,引申之義也。從女冓聲。形聲中有會意…		有會意」				2、《說文》「遘,遇也。從辵冓聲」「覯,遇見也。從見冓聲」「購,以財有所求也。從貝冓聲。」皆有相對之意,按皆冓亦聲。
柱 楹也。柱之言主也,屋之主也。從木主聲。按柱引申爲支柱、柱塞,不計縱橫也。凡經注皆用柱,俗乃別造从手拄字。	主 燈中火主也。	隱性「柱之言主也,屋之主也。」	引申義	主柱宔	「主幹」	1、《說文》「宔,宗廟宔祏。從宀主聲。」按宔之言主也,宗廟之核心,以此作爲對先祖、亡人的思念。有以石爲之,故稱祏。從其作用、地位來看,可稱作宔,以其材料來看,可稱祏。〔註54〕
軀 體也。體者,十二屬之總名也。可區而別之,故曰軀。從身區聲。	區 踦區藏匿也。從品在匸中,品,眾也。	隱性「可區而別之,故曰軀」	引申義	區軀	「區別」	1、徐鍇《繫傳》「泛言曰身,舉四體曰軀,軀猶區域也。」〔註55〕段氏「可區而別之,故曰軀。」皆頗有些《釋名》的釋詞方式,闡發聲符之意。
騶 廄御也。按騶之叚借作趣…按趣者,疾也。掌疾養馬故曰騶。其字從芻馬正謂養馬者…從馬芻聲。此舉形聲包會意。	芻 刈艸也,象包束艸之形。	顯性「此舉形聲包會意」	引申義	芻騶犓	「芻草」	1、芻字甲骨文作「?」,象手持斷草。割草餵養牛馬也,養馬則加「馬」爲騶,養牛則加「牛」旁爲犓。 2、《說文》「犓,以芻莖養牛也。從牛芻芻亦聲。」根據餵養對象的不同,選擇不同的形符,顯示初期漢字形符概括的有限性。後來,從牛之字消失了。
漏 以銅受水,刻節,晝夜百節…從水扁,取扁下之義,扁亦聲。此依《韻會》而更考定之如此。扁,屋穿水下也,故云取扁下之義,今皆假漏爲扁。	扁 屋穿水下也。從雨在尸下會意,尸者屋省	顯性「扁亦聲」	引申義	扁漏	「漏下」	1、「扁」爲屋下漏雨之會意。漏爲古代的一種計時器,漏壺。漏壺中播水壺漏水入接水壺,有漏下之意。 2、秦簡漏作扁。《睡虎地秦墓竹簡·效律》「倉扁歾禾粟。」〔註56〕扁後來被漏取代了。
娶 取婦也。取彼之女爲我之婦也,經典讀段取爲娶從女取聲。說形聲包會意也。	取 捕取也。從又從耳。	顯性「說形聲包會意也。」	本義	取娶聚諏冣堅	「取得、積聚」	1、取字,《說文》解字解形甚確,引申爲娶妻,則加「女」旁,屬於詞義引申下的字形分化。

〔註54〕詳見「祏」下。

〔註55〕參見《漢語大字典》,湖北辭書出版社、四川辭書出版社,1992年12月,第1587頁。

〔註56〕《漢語大字典》,湖北辭書出版社、四川辭書出版社,1992年12月,第410頁。

例字、說解	亦聲聲符	表述方式	意義關係	諧聲同源	同源線索	疏　證
堅 積土也。抔下曰：引堅也，引申爲凡聚之稱。各書多借爲聚字。《白虎通》「琮之爲言堅也，象萬物之宗堅也。」今乃訛爲堅。从土聚省聲。舉形聲包會意也。	聚 會也。从乑取聲。	顯性「舉形聲包會意也」	引申義			2、堅字顯示了《說文》省聲對字源的探求，可以分析爲从土取聲，但於語源來看，聚省聲頗有見地。 3、《說文》「諏，聚謀也。」「冣，積也。从冖从取取亦聲。」
輔 反推車令有所付也。反推車者，謂不順也。付，與也。本可不與，而故欲與之。至於逆推車以與之而不顧，此說其字之會意也，故其字从車付。从車付會意，讀若茸。…然大約以付爲形聲，是高時固有兩讀也。	付 與也。从寸持物對人會意。	顯性「此說其字之會意也」「然大約以付爲形聲」				此字顯示了段氏治學的嚴謹，對於「亦聲」的分析，多次有「蓋、大約」等商榷詞語，「然大約以付爲形聲，是高時固有兩讀也」。 上古音，「付」屬侯部幫紐，「輔」屬東部日紐，侯東對轉，然聲紐頗遠。段《注》疑「亦聲」值得商榷。

第十部　屋部

例字、說解	亦聲聲符	表述方式	意義關係	諧聲同源	同源線索	疏　證
樸 樸棗也。…按《詩》《爾雅》之樸者，皆當同《方言》作樸。樸从僕，附也。《考工記》樸屬猶附箸…《釋木》毛傳皆訓樸爲枹，許以爲棗名則偏矣。从木僕聲。	僕 給事者也。从人从菐。	隱性「樸从僕，附也」「縷之言僕也，僕之言附也」	引申義	僕樸	「附屬」	1、僕爲給事者也，引申有附屬之意。據段則樸爲樹林中的枹類，附屬於大樹而生者。段據「亦聲」改《說文》，「許以爲棗名則偏矣。」
縷 常削幅謂之縷。《爾雅·釋器》文也，郭云：削殺其幅，深衣之裳也。按許書之削當作消，縷之言僕也，僕之言附也。从糸僕聲。				僕樸縷	未加工治理	2、張博先生認爲縷爲家居所穿之衣的下裳，與祭服朝服相比，作工很簡單，並系聯了「璞鏷樸撲」，〔註57〕皆有「未治」之意。
桷 椽也。椽也者，渾言之。《釋宮》云桷者析言之。从木角聲。形聲包會意也。椽方曰桷。桷之言棱角也，椽方曰桷，則如桷圓椽矣。《周易》或得其桷。虞曰：桷，椽也，方者謂之桷。…	角 獸角也。象形。	顯性「形聲包會意也」	引申義	角桷	「角形」	1、角爲獸角之象形，引申有棱角之意。「方者謂之桷」。方椽有棱角，加「木」旁。

〔註57〕張博：《漢語同族詞的系統性與驗證方法》，商務印書館，2003 年 7 月，第 242～243 頁。

楃 木帳也…《釋名》云：楃、屋也。以帛衣版施之，形如屋也。故許曰木帳。从木屋聲。	屋 居也。从尸，尸所主也，一曰尸象屋形，从至，人所至止。	隱性「形如屋也，故許曰木帳」	形象義	屋楃	屋形	1、此字形象義孳乳產生的，以木帳之如屋形。與屋形相似，因而稱之爲屋，並加「木」旁。 2、《釋名》「楃，屋也。以帛衣板施之，形如屋也。」屋楃幄三字同源，「楃」以木爲之、「幄」以帛衣板施之，皆得名於其形如屋。
麓 守山林吏也…从林鹿聲。按此形聲包會意，守山林之吏，如鹿之在山也…	鹿 山獸也。	顯性「此形聲包會意」	形象義	鹿麓	「山鹿」	1、「麓」字甲骨文有兩種形體「𤱭、𣏟」。《說文》古文正是第二種形體。可見，聲符同音替換的歷史悠久。
穀 續也。百穀之總名…从禾殼聲殼者，今之殼字，穀必有稃甲。此以形聲包會意也。	1、段《注》望文生義，頗牽強。張博先生通過直接驗證參證詞的引申義或與參證詞音同音近的詞中普遍揭示出這種基因式義素，就等於間接證明了被直接驗證初步證實的構詞理據，『穀』之哺乳義當爲孳子義之引申，『穀』（見屋）『鞠』（見藥）指生養、養育幼子…」〔註58〕論證了「穀」之得名於「養育」，而非如段《注》所說的「有稃甲」。					
秃 無發也…从兒，上象禾粟之形。取其聲。按粟當作秀…此云象禾粟之形，取其聲，謂取秀聲也，皆會意兼形聲也，其實秀與秃古無二字，殆小篆始分之…	1、上古音，秃爲屋部透紐、秀爲幽部心紐，聲韻相距皆甚遠，段《注》「此云象禾粟之形，取其聲，謂取秀聲也。」我們不得而知。 2、對於「秃」的構形及得名之由，不甚瞭解。					
欲 貪欲也…欲从欠者，取慕液之意，从谷者，取虛受之意…陸德明曰：欲，《孟子》作谷；晁說之曰：谷，古文欲字…从欠谷聲。	谷 泉出通川爲谷。从水半見，出於口意	隱性「从谷者，取虛受之意」	引申義	谷欲	「虛受」	1、此字段《注》闡發聲符的意義，又一定的隨意性和附會性，但舉出了聲符獨用的例證，「陸德明曰：欲，《孟子》作谷；晁說之曰：谷，古文欲字」。我們認爲段《注》基本可信。
漱 盪口也。漱也者，欶之大也。盪口者，吮刷其口中也。《曲禮》諸母不漱裳。假漱爲涑也。从水欶聲。以形聲包會意。	欶 吮也从欠束聲。	顯性「以形聲包會意」	引申義	欶漱	「吮口」	1、欶爲吮吸之意，引申爲吮刷其口中，加「水」，亦有加「口」作嗽，屬於詞義引申分化下的字形分化。从不同的取義角度加形符，以明確字義。

〔註58〕張博：《漢語同族詞的系統性與驗證方法》，商務印書館，2003 年 7 月，第 252～253 頁。

第十一部　東部

<table>
<tr><th>情況分析
例字、說解</th><th>亦聲
聲符</th><th>表述
方式</th><th>意義
關係</th><th>諧聲
同源</th><th>同源
線索</th><th>疏　證</th></tr>
<tr><td>藂　艸叢生皃。叢，聚也。槩言之，藂則專謂艸。今人但知用叢字而已。《爾雅》釋魚音義引《說文》，藂，艸眾生也。从艸叢聲。此形聲包會意。</td><td>叢　聚也。</td><td>顯性「此形聲包會意」</td><td>引申義</td><td>叢藂</td><td>「匯聚」</td><td>1、「叢」有匯聚之意，造「藂」字專指艸叢生皃。漢字有專字專用的需求，同時經濟性要求一字多用，這是一對矛盾的運動過程。
2、使用過程中，聲符「叢」漸漸代替了「藂」。</td></tr>
<tr><td>牻　白黑雜毛牛。古謂雜色不純爲尨，亦作駹。古文假借作龍，亦作蒙…牻爲白黑雜毛，然則凡謂雜色不純亦可用牻字。从牛尨聲。此以形聲包會意也。</td><td rowspan="2">尨　犬之多毛者。从犬从彡。</td><td>顯性「此以形聲包會意也」</td><td rowspan="2">引申義</td><td rowspan="2">尨牻駹哤</td><td rowspan="2">「雜亂」</td><td rowspan="2">1、「尨」字，《說文》頗確，在犬之上加「彡」，會意犬之多毛，引申有龎雜義。牛毛色龎雜不純，則加「牛」；馬之毛色斑駁、不純則加「馬」，「面顙白，其他非白也，故从尨。」《說文》「哤，哤異之言，一曰雜語。」《小爾雅・廣訓》「雜言曰哤。」按「哤」有「雜亂」之義。
2、在語言交際中，牛、馬毛色不純、斑駁都叫「尨」，書寫時表意的漢字則多要求加形符以明確類屬。但是，在使用過程中，也往往比較自由，聲符代替亦聲字使用，亦聲字也代替聲符字，如「《周禮》駹車，借爲尨雜字也。」</td></tr>
<tr><td>駹　馬面顙皆白也。面者，顏前也。《釋獸》曰：面顙皆白惟駹。按言惟者，以別於上文的顙，白顛、白達、素縣也，面顙白，其他非白也，故从尨。《周禮》駹車，借爲尨雜字也。从馬尨聲。</td><td>隱性「其他非白也，故从尨」</td></tr>
<tr><td>逢　遇也。見《釋詁》从辵夆聲。按夆、啎也。啎、逆也。此形聲包會意也。各本改爲峯省聲，誤。</td><td>夆　啎也从夊丰聲。</td><td>顯性「此形聲包會意也」</td><td>引申義</td><td>夆逢</td><td>「相對」</td><td>1、夆者，啎也。在路上相向行走而遇，則加「辵」
2、據亦聲改《說文》，分析很正確，「各本改爲峯省聲，誤。」</td></tr>
<tr><td>訟　爭也。公言之。《漢書・呂后紀》「未敢訟言誅之。」鄧展曰：訟言，公言也。从言公聲。此形聲包會意…</td><td>公　平分也。从八从厶。</td><td>顯性「此形聲包會意」</td><td colspan="4">1、段《注》受到了《漢書・呂后紀》鄧展所注「訟言，公言也。」的影響，此處訟假借作公。司馬貞索隱：「韋昭以訟爲公，徐廣又云一作『公』，蓋公爲得。然公言猶明言也。」〔註 59〕朱駿聲也認爲「訟，假借爲公。」〔註 60〕我們認爲段《注》據較晚的《漢書》假借例來說解意義聯繫頗牽強。</td></tr>
<tr><td rowspan="2">空　竅也…从穴工聲。形聲包會意也。</td><td rowspan="2">工　巧飾也。象人有規矩也</td><td rowspan="2">隱性「謂之椌也，其中空也」</td><td rowspan="2">假借義</td><td>工空釭</td><td>「空」</td><td rowspan="2">1、「工」字形體甲骨文、金文、小篆變化不大。空字从穴工聲，金文、戰國文字、小篆變化也不大。工聲有大義，孳乳出空，穴中之大、空也。</td></tr>
<tr><td>工功</td><td>「功勞」</td></tr>
</table>

〔註 59〕《漢語大字典》，湖北辭書出版社、四川辭書出版社，1992 年 12 月，第 1643 頁。

〔註 60〕朱駿聲：《說文通訓定聲》，中華書局，1998 年 12 月，第 46 頁。

椌 柷樂也。《樂記》注曰：椌楬，謂柷敔也，此釋椌爲柷，釋楬爲敔也，謂之椌也，其中空也。从木空聲。	空 竅也。从穴工聲。	隱性「謂之椌也，其中空也」	本義	空椌腔	「空」	2、《說文》「釭，車轂中鐵也。」徐灝曰「釭中空，貫軸塗膏以利轉。」《釋名・釋車》「釭，空也。其中空也。」按「釭」有空之義。 3、工有勞作之意，《說文》「功，以勞定國也，从力从工。」朱駿聲「工亦聲。」〔註61〕「攻，擊也。」《小爾雅・廣詁》「攻，治也。」《國語・楚語》「庶民攻之。」注「攻，治也。」按「攻」有「勞作、治理」之義。 4、《說文》新附字「腔，內空也。从肉从空空亦聲。」
衖 里中道也…从𨛜共。會意。言在邑中所共。說會意之恉，道在邑中，人所共由，共亦聲。 拱 兩手共同械也…从手共聲。此舉形聲包會意…	共 同也。	顯性「共亦聲」「此舉形聲包會意」	本義	共衖拲拱	「共同」	1、上古音，共爲東部群紐，巷爲東部匣紐，韻同聲近。巷下朱駿聲「按共亦聲。」 2、《說文》「拲，兩手共同械也。从手共共亦聲…」段改爲「此舉形聲包會意」「拱，斂手也。」按有「合、同」之意。
覿 視不明也。此與心部㥍，愚也，音義同。从見春聲。一曰直視。別一義，於春取義。	春 搗粟也。	隱性「於春取義」	1、甲骨文春字作「𣈤」，象用杵春米。段《注》認爲直視之意，於春得之，學識所限，不得其解。依段《注》，「此與心部㥍，愚也，音義同。」則蓋春聲有「不明」之意。覿爲視不明。㥍，愚也，心不明。			
蔥 荼也。《爾雅》「茖山蔥」《管子》「冬蔥。」皆蔥之屬。从艸悤聲。 總 聚束也。謂居而縛之也，悤有散意，繫以束之。《禮經》之總，束髮也，禹貢之總，禾束也。引申之爲凡兼綜之稱。从糸悤聲… 鏓 鎗鏓也…从金悤聲…一曰大鑿中空木也。中木也各本作平木者…囪者多孔，蔥者空中，聰者耳順，義皆相類。凡字之義必得諸字之聲者如此…	悤 多遽悤悤也。从心囪聲。	隱性詳釋聲符之意	引申義	悤蔥鏓總聰窻廲憁	「中空」	1、《說文》「囱，在牆曰牖，再屋曰囱。窗，或从穴。」具有「空通」之義。據此「空通」的形象義，孳乳出「窗」「窻」。《說文》「窻，通孔也。从穴悤聲。」「廲屋階中會也。从厂悤聲。」按皆有「中空」之意。 2、悤者心空且亂之義。聰爲耳空善審，蔥爲葉中空之荼，憁爲兩綱穿空之褲。「蔥者空中，聰者，耳順，義皆相類。」段《注》歸納類推出悤聲之字，並總結出「凡字之義必得諸字之聲者如此。」
			假借義	瑽驄緫	「青色」	3、《說文》「瑽，石之似玉者。」「驄，馬青白雜毛

〔註61〕同上，第 45 頁。

聰 察也。察者，覈也 聰察以雙聲爲訓。从 耳恩聲。						也。」「繱，帛青色也。」沈兼士認爲聲符假借，本字假借爲「蒼」，稱此爲「本義與借音混合分化式」〔註62〕
緟 增益也。增益之 曰緟。經傳統叚重爲 之，非字之本。…今則 重行而緟廢矣。增益之 則加重，故其字从 重。許書重文若干皆當 作緟文。从糸重聲。	重 厚也。 从壬東聲。	隱性「增 益之則 加重，故 其字从 重。」	引申義	重踵 徸 / 重緟 腫瘴	「重複」 / 「增益」	1、重字《說文》形體分析正確，在金文、戰國文字中从壬東聲。 2、引申有重複、增多之意，《說文》「腫，癰也。从肉重聲。」「瘴，脛氣腫。」按皆有「增益」之義；「踵，追也。」「徸，相跡也。」按皆有「重複」意。
醾 麯生衣也。《方 言》曰：醾麴也。郭 注云，音蒙。有衣醾。 从酉，麴所以爲酒 也，故字从酉。冢聲。 包會意。	冢 覆也。 从冃豕。	顯性「包 會意」	本義	冢醾 幪饛 矇	「覆蓋」	1、《說文》「幪，蓋衣也。从巾从冢。」《廣雅釋詁》「幪，覆也。」朱駿聲「冢亦聲。」〔註63〕「饛，盛器滿貌。」「矇，童矇也。一曰不明也。」
蠓 蔑蠓也。各本蔑 作蠛，無此字，今正。 蔑之言末也、散也… 按古鴻蒙爲疊韻，故 高君知鴻爲蒙也。楊 雄賦「浮蠛蠓而敝天」 蠛蠓猶鴻蒙也，細至 於蠓，則其外皆鴻蒙 矣，故其字从蒙。从 蟲蒙聲。	蒙 王女也。 从艸冢聲	隱性「故 其字从 蒙」	假借義	蒙蠓 濛朦	「細微」	2、「濛，溦雨也。」新附字「朦，月朦朧也。」 3、孟廣道先生認爲「蒙，从艸冢聲，本義草名，並借作冢（覆也）。其孳乳字「矇、朦、蠓、幪、濛、饛、懞」，它們所共有的『覆蓋』的義素均源於冢，只是假形於蒙。」〔註64〕
鐘 樂鐘也。當作金 樂也。秋分之音，萬物 種成，故謂之鐘…从 金童聲…鐘或从 甬，鐘柄曰甬故取以 成字，甬亦聲。	甬 艸木花 甬甬然也。	顯性「甬 亦聲」	假借義	撞鐘	「撞擊」	1、甬字金文作「䚗」，楊樹達認爲「甬象鐘形，乃鐘之初文也。知者：甬字形上象鐘懸，下象鐘體，中橫畫像鐘帶。」「甬本是鐘。乃後人用字變遷，縮小其義爲鐘柄。」〔註65〕 2、段《注》認爲「秋分之音，萬物種成，故謂之鐘。」鐘之得名於種。楊樹達認爲「鐘者，可撞之物。」〔註66〕

〔註62〕沈兼士：《沈兼士學術論文集》，書局，2004年5月，第134頁。

〔註63〕朱駿聲：《說文通訓定聲》，中華書局，1998年12月，第58頁。

〔註64〕孟廣道：《亦聲字詞的遺傳信息》，《古漢語研究》1997年第1期。

〔註65〕參見《漢語大字典》，湖北辭書出版社、四川辭書出版社，1992年12月，第23頁。

〔註66〕王力：《同源字典》，中華書局，1997年6月，第382頁。

例字、說解	亦聲聲符	表述方式	意義關係	諧聲同源	同源線索	疏　證
						3、从聲符探求得名之由，最大的流弊在於人們往往帶有主觀色彩望文生義。段住的「秋分之音，萬物種成」頗附會。
軌　車迹也…軌之言從也，有所從來也，又可從是以求其質也，軌古字只作從…从車從省。大徐有聲字非也，此以會意包形聲。	從　隨行也。从辵从从。	顯性「此以會意包形聲」	引申義	从從軌	「軌跡」	1、《說文》「从，相聽也。」段《注》「按，从者，今之從字，從行而从廢矣。」徐灝「从從古今字。」按甲骨文「从」作「𠕄、𠤏」，「从從古同字。」〔註67〕 2、段《注》「之言」，探求語源、事物的得名之由，省聲亦聲例。

第十二部　質部

情況分析 例字、說解	亦聲聲符	表述方式	意義關係	諧聲同源	同源線索	疏　證
瑟　玉英花相帶如瑟弦也。…从玉瑟聲。詩曰：瑟彼玉瓚。詩大雅作瑟，箋云瑟，絜鮮皃。孔子曰：璠與，近而視之瑟若也。《韻會》引作瑟。彼則引詩為發明从瑟之意。	瑟　庖羲氏所作弦樂也。	隱性「彼則引詩為發明从瑟之意。」	形象義	瑟瑟	「瑟弦」	1、古人形象思維十分豐富，劉師培「試觀古人名物，凡義象相同，所从之聲亦同，則造字之初，重義略形，故數字通从一聲者，即該於所从得聲之字，不比物各一字也。」〔註68〕我們發現了「玉英花相帶如瑟弦也」，則名之「瑟」，後加「玉」旁，詩大雅、《韻會》仍作瑟。
噴　野人之言。《論語》曰：質勝文則野。此字會意兼形聲。从口質聲。	質　以物相贅也。	顯性「此字會意兼形聲」	1、質與野人之言，意義無聯繫。我們認為此字从口質聲，聲符不帶義。《論語》曰：質勝文則野。按質為內容。這種錯誤可能受《說文》引經說字形的影響。			
趆　急走也。从走弦聲。形聲包會意，从弦有急意也。	弦　弓弦也。	顯性「形聲包會意」	比況義	弦慈趆	似「弦」	1、從詞義的孳乳到字的分化，我們也可以窺見古人修辭意識，行走、心情急切如箭弦之急。《說文》「慈，急也。从心从弦弦亦聲。」
齬　齒堅聲。…石部曰：硈，石堅也。皆於吉聲知之。从齒吉聲…	吉　善也。	隱性「皆於吉聲知之」	本義	吉黠齬硈	「堅硬」	1、甲骨文吉字作「𠮷、𠮷」，林澐先生分析其形義時認為「吉字的造字用意殆與古（固之本字）、弝（強之初文）相類，古字乃就中（盾牌）形加口示其堅，字乃就弓形加口示其
壹　嫥壹也。嫥各本作專，今正。嫥下曰壹		顯性「吉亦聲」	引申義	吉壹	「善」	

〔註67〕高明：《古文字類編》，中華書局，2004年7月，第116頁。

〔註68〕沈兼士：《沈兼士學術論文集》，中華書局，2004年5月，第113頁。

也。與此爲轉注。从壴吉吉亦聲。						勁,則吉字乃就戈或鉞形加口示其利。」「則吉之本義當爲堅利。」〔註69〕
殪 死也。《左傳》「聲子射其馬,斬鞅,殪。將擊子車,子車射之,殪。」小雅毛傳,文穎注《上林賦》皆曰:壹發而死爲殪,是也,故其字从壹…从歹壹聲。形聲包會意。	壹 婙壹也。	顯性「形聲包會意」	假借義	壹殪	「死」	2、吉有堅利之意,引申有善義。「壹,婙壹也。」婙壹爲古代社會的一種美德,臣對主、妻對夫都要求「不二」。「懿,婙久而美也。」就是又「壹」直接孳乳而產生的。
懿 婙久而美也。婙者,壹也。《釋詁》、詩《蒸民》傳皆曰懿美也。…从壹从恣省聲。从恣省聲四字蓋淺人所改竄。當作从心次,壹亦聲…		顯性「壹亦聲」	本義	壹懿	「婙壹」	3、壹壴有抑鬱之意,引申爲死之意,段《注》「小雅毛傳,文穎注《上林賦》皆曰:壹發而死爲殪,是也,故其字从壹」,屬望文生義,壹有死義,後加「歹」旁。
即 即食也。即當作節。《周易》所謂節飲食也。節食者,檢制之使不過,故凡止於是之詞謂之即。凡見於經史言即皆是也。鄭風毛傳曰:即,就也。从皀卪聲。此當云从卪皀卪亦聲。其訓節食,故从卪皀。卪、節古通用也。	卪 瑞信也。	顯性「此當云从卪皀卪亦聲。」	本義	卪即	「走向」	1、即字甲骨文作「」,林義光《文源》「卪即人字,即,就也…象人就食之形。」〔註70〕按卪爲跽之初文。本爲會意字,上古音,卪、即皆爲質部精紐,剛好同音,此爲會意類亦聲。
屵 陬隅也。…高山之卪也。卪各本作節,今正。高山之卪曰屵,猶竹卪曰節,木卪曰科厄也…从山卪。會意,卪亦聲。		顯性「卪亦聲」	假借義	卪屵	「關節」	2、段《注》據亦聲改《說文》。山之卪爲屵,此亦會意類亦聲。
遲 徐行也。今人謂稽延爲遲,平聲。謂待之爲遲,去聲。从辵犀聲…籀文遲从屖。兼會意形聲也…	屖 屖遲也。	顯性「兼會意形聲也」	本義	屖遲 稺謰	「遲緩」	1、「屖」爲屖遲,蓋爲遲之初文。引申有「遲幼」之意。幼禾則加「禾」,言語遲緩則加「言」,《說文》「,語諄遲也。」
稺 幼禾也。…从禾屖聲。屖者,遲也。		隱性				
室 實也…从宀至聲…室屋皆从至,所至也。室屋者,人所至而止,說从止之	至 鳥飛从高下至地也。	顯性「室兼形聲」	引申義	至室 銍姪致	「到達」	1、至字甲骨文作「」,象一隻箭射下站立之形,《說文》不可信。 2、「銍」字金文作「」,有

〔註69〕董蓮池:《字形分析和同源詞系聯》,《古籍整理研究學刊》,1999年,第6期。

〔註70〕《漢語大字典》,湖北辭書出版社、四川辭書出版社,1992年12月,第133頁。

意,室兼形聲,屋主會意。尸部亦言之。						到達之意,我們認為古文字形體中常單複無別,蓋與「至」為一字。
致 到也。不言至,言到者,到者,至之得地者也。辵部曰:邍,近也。從臺聲,然則二至當重不當並。從二至會意。至亦聲。		顯性「至亦聲」				3、社會語言學認為母系氏族族外婚制,一氏族一群兄弟和另一氏族一群姊妹交互群婚,本氏族兄弟姊妹不得通婚。這樣,本氏族兄弟必須嫁到對方氏族去,與對方氏族所生之子,即姪,又得嫁回本氏族中來。故「姪」有回至之意。〔註71〕
姪 女子謂兄弟之子也。…從女…至聲。從至者,謂雖適人而於母家情摯也,形聲中有會意也。		顯性「形聲中有會意也」				
邲 宰之也。未聞也,蓋謂主宰之也,主宰之則制其必然,故從必。從卪必聲…	1、必字甲骨文作「𤆍」,郭沫若認為「余謂必乃柲之本字,字乃象形,八聲。…許書以為從八弋者,非也。其訓『分極』乃後起之義。從木作柲字則後起之字也。」〔註72〕 2、段《注》「主宰之則制其必然,故從必」,純屬望文生義。					
馱 馬八歲也。從馬八八亦聲。合二徐本訂	八 別也。象分別相背之形。	顯性「八亦聲」	假借義	八馱 八公	數目「八」 「分別」	1、林義光「八、分雙聲對轉,實本同字。」高鴻縉「八之本意為分,取假象分背之形,指事字…後世借用為數目八九之八,久而不返,乃加刀為意符作分。」〔註73〕 2、《說文》「公,分也。從重八會意,八,別也,八亦聲。」
駟 一乘也。《周禮·校人》鄭司農注云:四匹為乘。按乘者,覆也。車軛駕乎馬上曰乘,馬必四,故四馬為一乘,不必己駕者也。引申之,凡物四目曰乘,如乘矢…從馬四聲。	四 會數也。	隱性	本義	四駟 牭	數目「四」	1、四字甲骨文作「亖」,以四短橫記數;金文有作「亖、⊗」。 2、《說文》「牭,四歲牛也。從牛從四四亦聲。」駟非馬八歲,而表八的匹數。形符與音符是相互制約、相互依存,構成一個有機的整體。
馹 傳也…從馬日聲。從日者,謂如日之健行。	日 太陽之精也。	隱性「從日者,謂如日之健行。」	比況義 引申義	日馹 日衵	似「日」健行 「每日」	1、甲骨文「日」象日之形,引申有日常之意,《說文》「衵,日日所常衣也。從衣從日日亦聲。」 2、在古人的比況思維下,稱驛站快車為「日」,加「馬」旁。

〔註71〕賀永松:《〈說文〉不少用作「某聲」的與「亦聲」無別》《懷化師專學報》1989年第3期。

〔註72〕《漢語大字典》,湖北辭書出版社、四川辭書出版社,1992年12月,第949頁。

〔註73〕《漢語大字典》,湖北辭書出版社、四川辭書出版社,1992年12月,第101頁。

例字、說解	亦聲聲符	表述方式	意義關係	諧聲同源	同源線索	疏證
軼 車相出也。車之後者，突出於前也。《楚辭》「軼迅風於清源。」《禹貢》「沇水入於河，泆爲滎。」漢志作軼。鄭注《司刑》曰：過失若舉刃欲斫伐而軼中人者，皆本義之引申假借也。从車失聲。形聲中有會意。	失 縱也。	顯性「形聲中有會意」	引申義	失軼胅詄	「錯位」	1、「失」有縱義，引申有錯位之意。「車之後者，突出於前也。」故稱「失」，加「車」旁。 2、《說文》「胅，骨差也。」「眣，目不正也。」「詄，忘也。」按皆有「錯位、失去」之意。
戌 威也。九月昜氣微，萬物畢成。 昜下入地也…五行土盛於戊，盛於戌。从戊一。戊者，中宮，亦土也。一者，一陽也。戌中含一會意也。一亦聲。	一 惟初太始，道立於一。	顯性「一亦聲」				戌字甲骨文作「中」，「按：甲骨文、金文戌象廣刃兵器形，與戊、戊、戚形制大同小異，與今之斧形相近。借爲干支字後，本義遂廢。」〔註74〕可見，「戌」本爲象形字。許慎據小篆而誤釋，受到了陰陽無行學說的影響。段《注》於此附會《說文》。

第十三部　脂部

情況分析　例字、說解	亦聲聲符	表述方式	意義關係	諧聲同源	同源線索	疏證
斎 戒潔也。《祭統》曰：斎之言齊也。齊不齊以致齊者也。齋戒或析言，如七日戒、三日齋是。此以戒訓齋者，統言則不別。从示齊省聲。謂減省齊之二畫，使其字不繁重也。凡字有不知省聲，則昧其形聲者，如融、蠅之類是。	齊 禾麥吐穗上平也。	隱性「齊不齊以致齊者也。」	引申義	齊斎劑齋穧齏	「等齊」	1、齊字甲骨文作「　」，金文作「　」，象小麥麥芒鋒芒的形狀。《說文》說解可信。引申有齊等之意。 2、《祭統》曰：斎之言齊也。齊不齊以致齊者也。古人在祭祀或舉行其他典禮前不飲酒、不茹葷、沐浴更衣、清心寡欲，端正自己的言行，齊等自己的心境。劑本義爲剪齊，後指稱古代買賣中用的一種契券，相當於現在的合同。齋字金文作「　」。《金文編》「齋，或从鼎，鼎之方者。」郭沫若認爲「考之《周官》如『甸師掌帥甚屬而耕耨王藉，以時入之，以供齋盛。』又『春人掌供米物，祭祀供其齋盛之米。』齋盛者，齋之所盛也。據此足知齋之所盛實爲稻粱而非黍稷。」
劑 齊也。《釋言》「劑，剪齊也。」按《周禮》或言質劑，或言約劑。鄭訓劑爲券書。大鄭曰：質劑謂市中平價。今時月平是也。鄭云：長券曰質，短券曰劑。是劑所以齊物也。《周禮》又多用齊字。亨人注：齊多少之量，此與劑義不同，今人藥劑字乃周禮		顯性「形聲包會意」				

〔註74〕《漢語大字典》，湖北辭書出版社、四川辭書出版社，1992年12月，第588頁。

字	豈	性質	義類	字組	義	說明
者之齊字。從刀，從刀，齊之如用刀也，不必用刀而從刀，故不與前爲伍，餘仿此。齊聲。形聲包會意。						〔註75〕穧爲獲刈，「刈之必齊，故從齊。」加獲刈對象「禾」。儕爲等輩之意，加「人」旁。 3、上古音，齊爲脂部从紐、妻爲脂部清紐，韻同、且皆爲齒音。我們認爲「齎」爲雙聲符字，「齎」字金文很有意思，齊妻雜糅在一起。段《注》「妻者，齊也。」不可信，按齊者等也，齊亦聲也。
齎 黍稷器，所以祀者…考毛詩《甫田》作齊，亦作齎…是則齎粢爲古今字…從皿齊聲。齊，禾麥吐穗上平也，形聲包會意也。		顯性「形聲包會意也」				
穧 獲刈也。獲刈謂獲而芟之也，刈同乂，芟艸也。刈之必齊，故從齊…從禾齊聲…		隱性「刈之必齊，故從齊」				
儕 等輩也。等，齊簡也，故凡齊皆曰等。樂記曰：先王之喜怒，皆得其儕焉。喜則天下和之，怒則暴亂者畏之。注，儕猶輩類。從人齊聲。		隱性「故凡齊皆曰等」				
齎 等也。齊等字當作此，齊行而齎廢矣從齊妻聲。妻者，齊也。此舉形聲包會意。		顯性「此舉形聲包會意」				
齜 齗牙。齗牙猶差齒也，亦引申爲摩器之名。刀部曰劊，一曰摩也。皆於豈聲知之。從齒豈聲。	豈 還師振旅樂也。	隱性「。皆於豈聲知之。」「於從豈取意。」	假借義	豈劊齜磑皸	「打磨」	1、段《注》因聲求義「皆於豈聲知之。」按豈聲有打磨之意。《說文》「劊，大鎌也。」「磑，礪也。」「皸，有所治也。」按皆有「打磨」之意。
覬 欷夰也。欠部欷下曰：欷，夰也。覬欷疊韻。古多作幾。漢人或作覬，亦作翼，於從豈取意。豈下曰欲也。從見豈聲。			引申義	豈覬巇	「快樂」	2、徐灝箋：「豈即古愷字。」「覬，欷夰也。」豈一曰「欲也。」於從豈取意。
巇 汔也。汔各本作乾，無此字，今正。…幾與巇同，汔與訖同。汔，水涸也。水涸則近於盡矣。故引申爲凡近之詞。木部杚，平也，亦摩近之義；糸部曰：幾，微也，殆也。然則		顯性「按當云從豈幾、幾亦聲。」				3、程燕認爲「凡此種種，皆證明『幾』與『豈』古音極近。然則《說文》對『巇』之分析應改作『從豈幾聲、豈亦聲。』『巇』蓋在『豈』之基礎上加注『幾』聲形成的兩聲字。」「另外，『巇』《說文》訓爲『訖事之樂也。』可見，『巇』之義源自其形旁『豈』，亦與『樂』有關。然則，『巇』

〔註75〕　《漢語大字典》，湖北辭書出版社、四川辭書出版社，1992年12月，第1986頁。

見幾、研幾字當作幾，庶幾，幾近字當作幾，訖事之樂也。从豈…幾聲。按當云从豈幾、幾亦聲。						『豈』有共同的語源義，『鼓樂』。綜上所述，『豈』『幾』形音義皆有關聯，二字同源。」「總而言之，『豈』『幾』實乃一字之分化。」〔註76〕
羿 羽之羿風。羿疑當爲开。开，平也。羽之开風，謂摶扶搖而上之狀。亦古諸侯也…一曰射師。从羽开鍇本無聲，鉉有。蓋會意兼形聲也。	开 平也。	顯性「蓋會意兼形聲也」	假借義	开羿	「大」	1、劉師培「从开之字均有大義。」〔註77〕 2、按「羽之开風，謂摶扶搖而上之狀。」乃謂風之大，與平無涉。
雞 雞黃也…从隹黎聲一曰楚雀也…其色黎黑而黃。黎，黑色。月令注作驪，亦謂黑色。	黎 履黏也。	隱性	假借義	黎雞	「黑色」	1、《說文》「黔，黎也。秦謂民爲黔首，謂黑色。」段《注》「黎與驪、雞字同音，故借爲黑義。」〔註78〕 2、人們因「其色黎黑而黃。」稱其爲黎，加「隹」旁。
豑 爵之次弟也。爵者，行禮之器，故从豐，有次弟故从弟…从豐弟。按因《堯典》作平秩，故爲此音耳，當是弟亦聲也… 髯 剔髮也。髯俗作剃从彡弟聲。必次弟除之故从弟。此亦形聲包會意。大人曰髡，小兒曰髯，盡及身毛曰剔。 娣 同夫之女弟…从女弟聲。形聲中會意。	弟 韋束之次第也。	顯性「當是弟亦聲也」「此亦形聲包會意」「形聲中會意。」	本義	弟豑髯娣	「次第」	1、《說文》：「梯，木階也。」我們根據梯子形制，其按一定次第串聯起來的。「涕，泣也。」按眼淚相第滴出。「秭，穦笑也。」按似稗實小，次於米。
貳 副益也。當云副也、益也。《周禮》注：副，貳也。說詳刀部从貝弌聲。形聲包會意。弌古文二。	弌 地之數也。从偶一古文二	顯性「形聲包會意」	引申義	弌貳	「二」	1、甲骨文「二」，作兩短橫。戰國文字有作「弌、求、戎」，分別从弋、戈、戊。引申有附屬之意。 2、「貳」與「二」現在爲繁簡體的關係。
樲 酸棗也…今本改作樲棘，非是。樲之言貳，爲棗之副貳，故曰樲棗…从木貳聲。	貳 副益也。	隱性「樲之言貳」	本義	貳樲	「副」	1、《爾雅》「樲，樹小實酢。」段《注》「樲之言貳，爲棗之副貳，故曰樲棗。」分析可信。

〔註76〕程燕：《『豈』『幾』同源考》，《古文字研究》第26輯，中華書局，2006年11月，第462～463頁

〔註77〕沈兼士：《沈兼士學術論文集》，中華書局，2004年5月，第113頁。

〔註78〕《漢語大字典》，湖北辭書出版社、四川辭書出版社，1992年12月，第1975頁。

情況分析 例字、說解	亦聲 聲符	表述 方式	意義 關係	諧聲 同源	同源 線索	疏　證
屔　反頂受水丘也。《釋丘》曰：水潦所止，泥丘。釋文曰依字又作屔…從丘泥省。不但曰尼聲，必曰從泥省者，說水潦所止之意也。泥亦聲。	泥　泥水也。	顯　性「泥亦聲」	本義	泥屔	「水丘」	1、此字最見《說文》省聲對語源的探求。泥亦從尼聲，「不但曰尼聲，必曰從泥省者，說水潦所止之意也。」
阰　輔信也。相輔之信也。信者，卪也。從比，故以輔釋之。《周禮·掌節》「掌守邦節，而辨其用，以輔王命。」從卪比聲。當云從卪比，比亦聲。虞書曰阰成五服。《皋陶謨》文，今尚書作弼。	比　密也。	顯性「當云從卪比，比亦聲」	引申義	比阰坒	「次比」	1、「比」有密之意，引申有輔助義，《詩唐風》「嗟行之人，胡不比焉？」鄭箋「比，輔也。」 2、《說文》「坒，地相次比也。」朱駿聲「比亦聲。」〔註79〕

第十四部　真部

情況分析 例字、說解	亦聲 聲符	表述 方式	意義 關係	諧聲 同源	同源 線索	疏　證
禛　以真受福也。從示真聲。此亦當云，從示從真，真亦聲。不言聲者，省。聲義同源，故諧聲之偏旁多與字義相近。此會意形聲兩兼之字致多也。《說文》稱其會意，略其形聲；或稱其形聲，略其會意；雖則省文，實欲互見，不如此，則聲與義隔。又如宋人《字說》，只有會意，別無形聲，其失均誣矣。	真　仙人變形而登天也。	顯性「此亦當云，從示從真，真亦聲。」	假借義	真禛愼	「真誠」	1、沈兼士認為「㐱，或從真聲作鬒。」並且羅列聲符、類推歸納出「是㐱、真可通之證。瑱，以玉充耳也。《釋名》，瑱，鎮也，懸當耳旁，不欲使人妄聽，自鎮重也。趁，走頓也。蹎，跋也。按趁、蹎重文。稹，種概也。周禮》曰『稹理而堅。』詩鴇羽傳，『苞，稹也』，箋，『稹者，根相迫迮梱致也。』《釋言》郭注『今人呼物叢緻者為稹』。愼，謹也。闐，盛皃。填，塞也。鎮，壓也。輯軙，車輯軙聲也。」〔註80〕
				鎮填瑱稹嗔趁蹎寘	「稠密」	
愼　謹也。言部曰：謹者，愼也。二篆為轉注。未有不誠而能謹者，故其字從真…從心真聲。		隱性「為有不誠而能謹者，故其字從真」		顚槙瘨膩	「高起」	2、我們可以看出「真」字孳乳出三個諧聲同源系統。其中，「稠密」「高起」義兩組為「㐱」聲假借。

〔註79〕朱駿聲：《說文通訓定聲》，中華書局，1998年12月，第593頁。

〔註80〕沈兼士：《沈兼士學術論文集》，中華書局，2004年5月，第140頁。

衒 行且賣也。《周禮》飾行儥慝。大鄭云儥，賣也。慝，惡也，謂行且買姦僞惡物者，後鄭云，謂使人行賣惡物於市，巧言之令欺詑買者。从行言。言亦聲也。	言 直言曰言，論難曰語。	顯性「言亦聲也。」	本義	言衒	「言語」	1、《說文》或體作「街」，邵瑛《群經正義》「今經典从或體作街」〔註81〕 2、上古音，言爲元部疑紐，衒爲眞部匣紐。眞元旁轉，疑匣旁紐，聲韻較近。
咽 嗌也。咽者，因也。言食因於是以上下也。从口因聲。 恩 惠也。从心因因亦聲。依《韻會》訂。	因 就也。	隱性「咽者，因也。」 顯性「从心因因亦聲。」	引申義	因咽恩姻捆	「憑藉」	1、段《注》採用聲訓「咽者，因也。言食因於是以上下也。」从其作用來探討得名之由。 2、《說文》「姻，婿家也。女之所因，故曰姻。从女从因因亦聲。」「捆，就也。」
靷 所以引軸者也…《秦風》毛傳曰：靷所以引也…从革引聲。	引 開弓也。	隱性	引申義	引靷紖	「引導」	1、《說文》諧聲爲訓，段《注》申說聲符之意。「紖，牛系也。」按此爲引牛之物。
緊 纏絲急也…从臤、絲省… 堅 土剛也…从臤土。按緊、堅不入糸、土部者，說見句、丩部下。 鏗 剛也…从金臤聲。此形聲中有會意也。堅者，土之臤；緊者，絲之臤；鏗者，金之臤。彼二字入臤部，會意中有形聲也。	臤 堅也。	顯性「會意中有形聲也。」 顯性「此形聲中有會意也。」	本義	臤緊堅鏗賢掔豎摼	「堅固」	段《注》類推歸納出「臤」聲有堅固之意，「堅者，土之臤；緊者，絲之臤；鏗者，金之臤。」《說文》「掔，牛很不縱引也。从牛从臤。」「豎，餘堅聲。」「摼，固也。」「賢，多才也。」 關於「臤」字，《柞伯簋》作「🄰」，陳劍先生認爲：應該是「搴」與「掔」共同的表意初文。〔註82〕
畋 平田也。《齊風》「無田甫田。」上田即畋字。从攴田。田亦聲。周書曰畋爾田。	田 樹穀曰田。	顯性「田亦聲」	本義	田畋甸佃	「田地」	1、上古音，田、畋皆爲眞部定紐。《說文》諧聲爲訓。「甸，天子五百里地。」朱駿聲「按从勹田田亦聲。」高明認爲「甸佃一字分化。」
鱻 鳥群也。如鵬之爲水聚。从雔鵬聲	淵 回水也。	隱性	比況義	淵鱻鱻	「迴旋」	1、淵字甲骨文作「🄱」，象水之迴旋。古人的比況思維鳥群如水聚，鼓聲迴旋亦稱「鵬」。
倰 神也。按神當作身，聲之誤也。《廣雅》曰：孕重妊娠身嬙，倰也。《玉篇》曰：倰，	身 躬也。象人之身。	顯性「此舉形聲包會意。」	本義	身倰	「身軀」	1、身字甲骨文作「🄲」，李孝定認爲「契文从人而隆其腹，象人有身之形，當是身之象形初字。許君

〔註81〕《漢語大字典》，湖北辭書出版社、四川辭書出版社，1992年12月，第349頁。
〔註82〕陳劍：《柞伯簋銘補釋》，《甲骨金文考釋論集》，綫裝書局，2007年4月，第5頁。

例字、說解	亦聲聲符	表述方式	意義關係	諧聲同源	同源線索	疏證
妊身也。大雅曰：大任有身。傳曰：身，重也。箋云：重謂懷孕也。身者古字，侲者今字。一說許云：神也。蓋許所據古，不可詳。从人身聲。此舉形聲包會意。						『象人之身』，其說是也。」〔註83〕 2、上古音，人爲眞部日紐、身爲眞部書紐，韻部相同、皆爲舌音，此爲雙聲符字。身本象妊娠之形，後加表義形符「人」；身則專表身軀之意。
袗 禪衣也。一曰盛服。彡本訓稠髮，凡彡聲字多爲濃重。 軫 車後橫木也…玉裁按似姚氏之說爲完合，輿下三面之材，與後橫木而正方，故謂之軫，亦謂之收。軫从彡，密緻之言也…从車彡聲。	彡 稠髮也。	隱性「凡彡聲字多爲濃重。」「軫从彡，密緻之言也」	本義	彡袗軫眕沴駋	「稠密」	1、「彡」本爲稠髮之意，段《注》「凡彡聲字多爲濃重。」《說文》「眕，目有所恨而止也。」「沴，水不利也。」「駋顚，馬載重難也。」按皆有「稠密、凝滯」之意。
汎 灑也。汎，疾飛也，水之散如飛，此以形聲包會意也…从水汎聲…	汎 疾飛也。	顯性「此以形聲包會意也」	比況義	汎汎	「疾快」	1、汎爲疾飛之意，水迅急則加「水」旁。
電 黔易激耀也…从雨从申。雷自其回屈言，電自其引申言，申亦聲也。小徐本作从雨申聲…	申 束身也。	顯性「申亦聲也」				1、甲骨文雷字作「🗲、🗲」于省吾認爲「要之，甲骨文雷字从申，申即電之初文。電者雷之形，雷者電之聲。」〔註84〕 2、我們知道申與電爲初文與後出字的關係。

第十五部　歌部

例字、說解	亦聲聲符	表述方式	意義關係	諧聲同源	同源線索	疏證
齔 毀齒也。男八月生齒，八歲而齔；女七月生齒，七月而齔，从齒匕。各本篆作齔，云从齒从匕…今按其字从齒匕，匕，變也。…古音如貨，本命曰：陰以陽化，陽以陰變。故男以八月生齒，八歲而毀；女七月生齒，七月而毀，毀與化義同音近…蓋本从匕、匕亦聲…	匕 變也。	顯性「蓋本从匕、匕亦聲」	引申義	匕化齔貨蒷	「變化」	1、「化」字甲骨文作「🝆」，一正人以倒人之形，會變化之意。《說文》「教行也」爲引申義。甲骨文、金文中無「匕」，蓋本無「匕」字，齔蓋从齒从化省，化亦聲。 2、「貨」字段《注》「變化反易之物，故字从化。」抓住了事物變化不居這一特點，名之曰「化」，加「貝」。《說文》「蒷，鬼變也。从鬼化聲。」

〔註83〕《漢語大字典》，湖北辭書出版社、四川辭書出版社，1992年12月，第1584頁。

〔註84〕于省吾：《甲骨文字釋林》，中華書局，1999年11月，第10頁。

貨 財也。《廣韻》引蔡氏化清經曰：貨者，化也。變化反易之物，故字从化。从貝化聲。形聲包會意，《韻會》無聲字。	化 教行也。	顯性「形聲包會意」			
奇 異也。不謂之群。一曰不耦。奇耦字當作此，今作偶，俗，按二義相同。从大从可。會意，可亦聲…	可 肯也。	顯性「可亦聲」			「奇」字戰國文字、小篆基本一致，从大从可。上古，可歌部溪紐，奇歌部群紐。我們認爲「奇」从大可聲，大、可無「奇」之意。
齮 齒也。…按凡从奇之字多訓偏，如掎訓偏引，齮訓側齒。索隱注高紀云，許愼以爲側齒。从齒奇聲。	奇 異也。	隱性「按凡从奇之字多訓偏」	引申義	奇齮觭掎輢倚椅	「偏」
觭 角一俛一仰也。…觭者，奇也。奇者，異也。一曰不耦，故其字从奇…从角奇聲…		隱性「故其字从奇」			
橋 木旗旖施也。扒部旗下曰：旗旖施也，故字从扒，木如旗之旖施，故字从木旗。…从木旗聲。形聲包會意…	旗 旗旖施也。	顯性「形聲包會意」	本義〔註85〕	旗橋	「旗施也」
詖 辯論也。此詖字正義。皮，剝取革也；柀，析也。凡从皮之字皆有分析之意，故詖爲辯論也。古文以爲頗字。此古文同音假借也，頗，偏也。从言皮聲。	皮 剝取獸革者謂之皮。	隱性「凡从皮之字皆有分析之意」	假借義	皮詖柀破簸	「分析」
				彼被鞁貱帔	「加、被」
				頗跛波陂坡	「傾斜」
議 語也。上文云論難曰語，又云語、論也。是論議語三字爲與人言之稱。按許說未盡。議者，誼也。誼者，人所宜也，言得其宜之謂議。…从言義聲。當云从言義，義亦聲。	義 己之威儀也。	顯性「義亦聲」	引申義	義議儀	「適宜」

1、奇者異也，引申有偏義。側齒曰「齮」，角一俛一仰曰「觭」偏引曰「掎」。《說文》「輢，車旁也。」「倚，依也。」「椅，梓也。」（按今義爲一種坐具，後部可以倚靠，我們認爲今義來源於後部可以倚靠。依段《注》通例，椅从木从倚省，倚亦聲。）皆有偏義。
1、旗者，旗旖施也，木之旗施則加「木」。詞義引申下的字形分化。
1、沈兼士認爲「皮」字右文「義本同源、衍爲別派。」同一聲符孳乳出三個同源系統。
1、義爲上古時期人們爲人處事的一種道德準則、崇尙的一種美德。符合「義」的言語爲適宜，因此段《注》「言得其宜之謂議。」

〔註85〕沈兼士：《沈兼士學術論文集》，中華書局，2004 年 5 月，第 121 頁；孟廣道：《亦聲字詞的遺傳信息》，《古漢語研究》，1997 年第 1 期。

睡 坐寐也。知爲坐寐者，以其字从垂也。《左傳》曰：坐而假寐。《戰國策》「讀書欲睡。」从目垂。此以會意包形聲也。目垂者，目瞼垂而下，坐則爾。	垂 遠邊也。	顯性「此以會意包形聲也」	引申義	垂睡	「下垂」	1、上古音「垂、睡」皆爲歌部禪紐，聲韻完全一致。 2、「目垂者，目瞼垂而下，坐則爾。」闡發了《說文》从目垂會議之旨，與「坐寐」之意頗合。
杈 杈枝也。…枝如手指交錯之形，故从叉。从木叉聲。	叉 手指相錯也。	隱性「枝如手指交錯之形，故从叉」	形象義	叉杈釵	「交錯」	1、「叉」字甲骨文作「」，象手指叉開之形。如叉手之形皆稱「叉」，叉木則加「木」，叉形金屬物則加「金」。杈下朱駿聲「按叉亦意。」 2、「釵」，《說文》新附字「笄屬，从金叉聲。本只作叉，此字後人所加。」
槎 衺斫也…按賈之衺斫者，於字从差得之…从木差聲…	差 貳也。差不相值也。	隱性「於字从差得之」	引申義	差槎嵯縒	「斜曲」	1、「差」有「參差不齊」之意，引申有「斜曲」義。《說文》「嵯，山貌。」「縒，參縒。」按皆有「斜曲」義。
賀 以禮物相奉慶也…賀之言加也。从貝加聲。 駕 馬在軛中也…駕之言以車加於馬也。从馬加聲。	加 語相增加也。	隱性「賀之言加也」「駕之言以車加於馬也」	引申義	加賀駕嘉	「增加、美」	1、段《注》「之言」例，「賀之言加也」、「駕之言以車加於馬也。」探求出諧聲同源。引申有「美好」之意，《說文》「嘉，美也。」
夥 厚脣兒。从多尙。按鍇本云尙聲，而注云从多尙會意，則聲字衍也。依今音則當云多亦聲。 誃 有大慶也。慶各本作度。今依《廣韻》正。慶者，行賀人也。大慶，謂大可賀之事也。凡从多之字訓大。《釋言》曰：庶，侈也，是其義。从冎多聲。讀若侈。 烀 盛火也。凡言盛之字从多。从火多聲。	多 重也。	顯性「依今音則當云多亦聲」 隱性「凡从多之字訓大」 隱性「凡言盛之字从多」	引申義	多夥誃烀哆	「大、厚」	1、多字甲骨文作「」，象兩塊肉放在一起，會意「多」之意。 2、段《注》「凡从多之字訓大。」「凡言盛之字从多。」，右文說認爲从某聲者，有某義，此處逆言之，有某義者多从某聲符。 3、《說文》「哆，張口也。从口多聲。」
鬌 髮墮也…鬌本髮落之名，因以爲存髮不剪者之名…从髟隋省聲。鍇本隋做墮，皆通，此舉形聲包會意也。	隋 裂肉也。	顯性「此舉形聲包會意也。」	引申義	隋鬌墮	「落、毀」	1、字形結構的分析是客觀的，形聲字一般採用二分法得到形符、聲符。從聲符示源角度來看，聲符省聲具有多種可能的，同諧聲的都可以作爲省聲聲符。「鍇本隋做墮，皆通。」

例字、說解	亦聲聲符	表述方式	意義關係/諧聲同源/同源線索	疏　證
縈 〿系也…从惢糸。各本下聲字，今刪，此會意字，糸者，所以系而垂之也，不入糸部者，重惢也，惢亦聲。	惢　心疑也。	顯性「惢亦聲」		1、段《注》否定了《說文》的糸聲，上古音，「糸」屬錫部，「惢縈」同屬歌部，「惢」爲心疑之意，與縈之間意義聯繫牽強，按：縈从糸惢聲。
也 女会也。此篆女陰是本義。段借爲語詞，本無可疑者，而淺人妄疑之。許在當時必有所受之，不容以少見多怪之心測之也。乁象形，乁亦聲。按小徐有乁聲二字，依例則當云从乁故又補三字，从乁者，流也乁亦聲。故其字在十六、十七部之間也。				1、金文也作「🜚」，王筠《文字蒙求》「也，古匜字。沃盥器也。」《正字通》「也。盥器。即古文匜字。」從形體來看，的確爲古盥器之象形。段《注》墨守、附會《說文》。 2、我們認爲「也」爲「匜」之象形初文。從靜態的結構分析，匜从匚从也也亦聲。 3、「地」字說解頗受陰陽五行說的影響，望文生義。
池 陂也。从水也聲…夫形聲之字多含會意，沱訓江別，故从它，沱之言有它也。停水曰池，故从也，也本訓女陰也。詩謂水所出爲泉，所聚爲池，故曰池之竭矣…				
匜 似羹魁…柄中有道，可以注水酒…从匚。此器蓋亦正方。也聲。此形聲中有會意，从也者，取其流也…				
地 元氣初分，輕清易爲天，重濁会爲地…萬物所陳列也…从土也聲。坤道成女，玄牝之門爲天地根，故其字从也。或云从土乙力，其可笑有如此者。				

第十六部　月部

例字、說解 / 情況分析	亦聲聲符	表述方式	意義關係	諧聲同源	同源線索	疏　證
禬 會福祭也。《周禮》注日：除災害日禬，禬，刮去也，與許異。从示會聲此等皆舉形聲包會意。《周	會 合也。	顯性「皆舉形聲包會意。」	本義	會禬薈噲癐膾繪襘廥儈	「會合交合」	1、「會」字金文作「🜚」，象器蓋相合之形，會福祭則加「示」，艸相合則加「艸」，聲氣相合則加「口」，日月合宿則加「辰」，會發之骨則加

禮》曰「襘之祝號。」周禮詛祝文。						「骨」，五彩繡之相合則加「糸」，同源義「回合」之孳乳引申的產物。 2、《說文》「襘，領會也。」「廥，芻稿之藏也。」新附字「儈，合市也。從人會會亦聲。」
薈　艸多皃。引申爲凡物會萃之義。從艸會聲。《詩》曰：薈兮蔚兮。曹風文，毛曰：薈蔚，云興皃。謂南山朝隮，如艸木蒙茸也。		隱性「引申爲凡物會萃之義」				
噲　咽也。噲者，會也，聲氣所會。從口會聲或讀若快…		隱性「噲者，會也，聲氣所會也。」				
晨　日月合宿爲晨…從會辰。辰，時也，日月以時而會，故從辰會意。會亦聲。各本作辰亦聲，考《廣韻》十四泰有晨，十七眞無晨字，是可證《說文》本作會亦聲也…		顯性「會亦聲也」				
䯏　骨擿之可會發者…《周禮·弁師》「會五采玉琪」，注曰：故書會作䯏…從骨會聲形聲包會意也…		顯性「形聲包會意也」				
繪　會五采繡也。會繪疊韻…從糸會聲。		隱性「會繪疊韻」				
玠　大圭也…介者，大也。禮器大圭不瑑，以素爲質，亦謂此也。從玉介聲。周書曰稱奉介圭…	介　畫也。	隱性「介者，大也。」	假借義	介玠奯	「大」	1、「介」本爲畫之意，頭髮「簪之如介畫然」則加「髟」，田之分界則加「田」，屋內外之分界以「門」，故「閄」加「門」。 2、介聲有大意，《說文》「奯，大也。從大介聲」。
髻　簪結也。簪結者，既簪之髻也。…從髟介聲。簪之如介畫然，故從介…		隱性「簪之如介畫然，故從介」	本義	介髻界閄	「分界」	
界　竟也。竟俗作境，今正。樂曲盡爲竟，引申爲犯邊竟之稱。界之言介也。介者、畫也，畫者，介也，象田四界，聿所以畫之，介界古今字。《爾雅》曰：疆、界，垂也。按垂，遠邊也。從田介聲。形聲中有會意。		顯性「形聲中有會意」				
癹　以足蹋夷艸。《周禮》夷氏掌殺艸，一作	癶　足剌癶也。	顯性「癶亦聲」	引申義	癶癹	「足踏」	1、「癹」字朱駿聲「按從癶省，會意，癶亦聲。」桂

說文	聲符	顯隱	義	字組	義訓	按語
雉氏从𦰩从殳。从𦰩謂以足蹋夷也,从殳、殺之省也。艸部茇亦从殳,𦰩亦聲…						馘「當云𦰩亦聲。」上古,𦰩發皆月部,唇音。
歲 木星也…从步行於天有常,故从步。戌聲戌、悉也,亦是會意…						1、歲字甲骨文作「𣂪、𢧜」,第一形,于省吾先生有論述。〔註86〕我們認爲本是斧鉞的象形,與戌爲一字,假借作「木星」。
逮 唐逮、及也。唐逮雙聲,蓋古語也…从辵隶聲。隶部,隶、及也,此形聲包會意也。	隶 及也。	顯性「此形聲包會意也」	本義	隶逮	「及」	1、隶者及也,朱駿聲逮下「按行相及也。」詞義引申下的字形分化。
衛 宿衛也…从韋帀行。韋者,圍之省。圍、守也;帀,周也。韋亦聲。行,列也…	圍 守也。	顯性「韋亦聲」	本義	圍韋衛	「護衛」	1、衛字甲骨文作「𠦜、𩁹」,象人護衛城池之形。「韋衛古同字。」古文字常加動符「彳、行」,強化動作義。後來韋假借作牛皮,衛專指守衛。
辢 束也。束之訓於从韋得之。从束,小徐曰:言束之象木花實之相累也。韋聲。	韋 相背也。	隱性	假借義	韋辢	「束縛」	韋爲衛的初文,假借有相背、束縛之意。裘錫圭先生認爲《師𣂪鼎》中的「𣂪」,就是「辢」字,該字左旁象「木」的周圍有物包束之形,就是「束」字。「束辢」讀作「範圍」。〔註87〕
說 說釋也…从言兌聲。兒部曰:兌、說也,本《周易》。此从言兌會意,兌亦聲…	兌 說也。	顯性「此从言兌會意,兌亦聲」	段《注》望文生義,說即釋也,解釋、說解之意。楊樹達《釋說》「談說者,說之始義。」徐鍇《繫傳》「从言兌聲。」〔註88〕按說者从言兌聲。段《注》「說悅」爲古今字十分正確。			
敗 毀也。从攴貝,會意,貝亦聲。賊敗皆从貝。二字同意,古者貨貝,故从貝會意。戈部云:賊从戈則聲與此不合…	貝 海介蟲也。	顯性「會意,貝亦聲」	本義	貝敗	「貝殼」	1、敗字甲骨文作「𠇮、𤯔」,古文字貝、鼎常通用。从攴貝即毀貝。上古貝爲月部幫紐、敗爲月部並紐,韻同,聲皆爲唇音。朱駿聲「按貝聲。」 2、《說文》「賊」字从戈則聲,甚確。
睂 短深目兒也…此云短深者,目匡短而目深窒圓睂然,如掐目也,故从𥄉。从目𥄉聲。形聲包會意。	𥄉 掐目也。	顯性「形聲包會意」	引申義	𥄉睂	「深」	1、段《注》闡發聲符之意,「此云短深者,目匡短而目深窒圓睂然,如掐目也,故从𥄉。」

〔註86〕于省吾:《甲骨文字釋林》,中華書局,1999年11月,第69頁。

〔註87〕裘錫圭:《說「𣂪辢白大師武」》,氏著《裘錫圭學術文集·金文及其他古文字卷》,復旦大學出版社,2012年6月,第18～20頁。

〔註88〕《漢語大字典》,湖北辭書出版社、四川辭書出版社,1992年12月,第1656頁。

脃 小奊易斷也…從肉絶省聲。形聲包會意。易斷故從絶省。	絶 斷絲也。	顯性「形聲包會意」	本義	絶脃	「斷」	1、《說文》「小奊易斷也。」「從絶省聲。」已經通過省聲示源了，段《注》加以申說。
劓 刖鼻也。刖，絶也。《周禮》注曰：截鼻。從刀臬聲。臬、法也，形聲包會意。《易》曰：天且劓。劓，劓或從鼻	臬 射准的也。	顯性「形聲包會意」	1、劓字甲骨文作「$^{月}_{刀}$」，爲一種刖鼻之酷刑，從刀割鼻。金文始作「劓」。其實，或體「劓」爲甲骨文形體。 2、正體與或體爲不同時期的形體（或體「劓」的使用一直相當頻繁），並且採用了不同的構形法。按「劓」字爲從刀臬聲的形聲字。			
厥 發石也。發石故從厂，引申之凡有撅發皆曰厥…從厂欮聲。欮或瘚字，舉形聲該會意也。	欮 屰气也。	顯性「舉形聲該會意也」	引申義	欮厥 鱖撅	「觸發」	1、欮者屰气也，引申有相逆之意。發石則加「厂」，用角有所發則加「角」旁。
鱖 角有所觸發也。厥部曰：厥 發石也，此字從角厥，謂獸以角所觸發也…從角厥聲。形聲包會意也。	厥 發石也。	顯性「形聲包會意也」				
糠 末也。…糠則統謂凡米之末。糠者，自其細蔑言之。今之米粉。從米蔑聲。	蔑 勞目無精也。	隱性闡述聲符意義	引申義	蔑糠 懱幭 瀎	「細末」	1、劉師培「從蔑之字皆有小義。」〔註89〕《說文》「幭，蓋幭也。」「瀎，刷滅貌。」皆有「小」義。
懱 輕易也。…懱者，輕易人蔑視之也。…從心蔑聲…						
察 覆審也…從宀祭聲。從宀者，取覆而審之，從祭爲聲，亦取祭必詳察之意。	祭 祀也。	隱性「從祭爲聲，亦取祭必詳察之意」	引申義	祭察 晢瞭	「祥察」	古代社會「國之大事，在祀與戎。」人們對祭祀的態度是很愼重。因而，段《注》「從祭爲聲，亦取祭必詳察之意」。 《說文》「晢，言微觀察也。」「瞭，察也。」
窫 深抉也。抉之深故從穴。從穴抉。此以會意包形聲，小徐作抉聲，亦通	抉 挑也。	顯性「此以會意包形聲」	本義	抉窫	「挑、挖」	1、此字朱駿聲「抉亦聲。」上古音「抉窫」皆爲月部見紐。 2、此爲會意類亦聲。
漱 欲飲歠，從欠渴聲。此舉形聲包會意。渴者，水盡也，音同竭，水渴則欲水，人漱則欲飲，其意一也…	渴 盡也。	顯性「此舉形聲包會意」	本義	渴漱	「乾渴」	1、渴本爲水盡之意。人渴則欲飲，加「欠」旁以表意。人們較少使用，後逐漸消失。朱駿聲「經傳多以渴爲之。」
駕 次弟馳也。此弟成行列之馳也，故從列。從馬列聲。	列 分解也	隱性	引申義	列駕 列裂 劙	次第 分裂	1、列本義爲分裂、分解肉物。此義孳乳出裂，《說文》「裂，繒餘也。」「劙，

〔註89〕沈兼士：《沈兼士學術論文集》，中華書局，2004年5月，第113頁。

						齒分骨也。」朱駿聲「列亦聲。」引申有條理、次第之意。
滅 盡也。从水威聲。此舉形聲包會意。	威 滅也。	顯性「此舉形聲包會意。」	本義	威滅	「盡」	1、于省吾《駢續》「契文威字从火戌聲…自東周以後訛戌爲戍。《說文》遂有『火死於戌』之誤解。」〔註90〕 2、「威」與「滅」，本是古今字的關係，甲骨、金文始有「威」，後作「滅」。「威」字逐漸消失。
窡 短面也。《淮南書》曰：聖人之思脩，愚人之思叕。高注叕，短也。《方言》䟆，短也。注：蹶䟆，短小兒。窡篆蓋形聲兼會意。从女窡聲。	叕 穴中見也。	顯性「蓋形聲兼會意」	假借義	窡窡 䟆	「短」	1、劉師培「从叕、从屈之字均有短義。」〔註91〕叕聲又短義，段《注》已類推歸納了。 2、「叕」爲絲相聯結之形，爲綴之初文。人們根據這種形狀聯繫生活中的相似之物。《說文》「畷，捕鳥覆車也。」此用麻線之類連綴而成；「畷，兩陌間道也。」阡陌交錯象絲之連綴；車小缺復合者，復合於連綴意義相通。
輟 車小缺復合者也…从車叕聲。形聲中有會意… 綴 合箸也。玄音書作合令箸也。箸，古多假綴爲贅。从叕糸。聯之以絲也會意叕亦聲。	叕 綴聯也。	顯性「形聲中有會意」「叕亦聲」	引申義	叕輟綴畷畷	「連綴」	
緹 帛萸艸染色也…从糸戾聲。按戾聲當作萸省，會意包形聲也。	萸 萸草也。可染留黃也。	顯性「會意包形聲也。」	本義	萸緹	「萸草」色	1、段《注》改《說文》，以省聲探求語源，十分正確。緹色得名於染料「萸草」
結 衣堅也。…从糸舌聲。舌以柔而存，天下之至柔，馳騁天下之至剛，从舌非無意也。	舌 在口所以言也，別味也。	隱性「从舌非無意也」	1、聲符表意是漢字中一種客觀存在的現象，段《注》「凡形聲多兼會意。」的這一指導思想下，往往望文生義，闡發聲符之意。這種現象一直持續到現在。「舌以柔而存，天下之至柔，馳騁天下之至剛，从舌非無意也。」只是一種虛無的推斷。			
曳 臾曳也。…从申厂聲。厂，抴也，象抴引之形，此形聲包會意也。	厂 抴也，象抴引之形。	顯性「此形聲包會意也」	本義	厂曳	「牽引」	1、徐灝曰「抴與曳同。抴引者，曳而申之也。」朱駿聲「按與曳抴略同。」〔註92〕王力「按，『厂、曳、抴』實同一詞。」〔註93〕聲符與亦聲字是異體的關係。

〔註90〕《漢語大字典》，湖北辭書出版社、四川辭書出版社，1992年12月，第591頁。

〔註91〕沈兼士：《沈兼士學術論文集》，中華書局，2004年5月，第113頁。

〔註92〕朱駿聲：《說文通訓定聲》，中華書局，1998年12月，第525頁。

〔註93〕王力：《同源字典》，商務印書館，1997年6月，第536頁。

第十七部 元部

情況分析 / 例字、說解	亦聲聲符	表述方式	意義關係	諧聲同源	同源線索	疏證
叛 半反也。反，覆也，反者、叛之全；叛者，反之半。以半反釋叛，如以是少釋尟。從半反，半亦聲。按各本云半也。從半，反聲，轉寫者多奪字耳，古多假畔爲叛。	半 物中分也。	顯性「半亦聲」	引申義	半叛判胖畔泮斜	「半分」	1、上古音，「半、反」爲元部幫紐，叛爲元部並紐，按半反皆爲聲符，此爲雙聲符字，而且我們認爲兩聲符皆表意。 2、《說文》「胖，半體肉也。從半從肉肉亦聲。」「泮，諸侯鄉射之宮也。從水從半半亦聲。」「斜，量物分半也。從斗從半，半亦聲」
判 分也。《媒氏》「掌萬民之判。」注：判，半也。得耦爲合，主合其半成夫婦。朝士有判書，以治則聽。注：判，半分而合者。從刀半聲。形聲包會意。		顯性「形聲包會意」				
靤 勒鞮也。謂馬勒之鞮也。勒在馬面，故從面。從革面聲。此以形聲包會意。	面 顏前也。	顯性「此以形聲包會意」「此舉形聲包會意」	引申義	面靤偭	「面前」	1、甲骨文「面」爲人面之象形，引申有面前、表面之意。「勒在馬面，故從面。」加其質料「革」。 2、「偭」是「面」詞義引申下的字形分化，按面有嚮之意。後來，「偭」也漸漸消失了。
偭 鄉也。鄉，今人所用之向字也。漢人無作向者。《少儀》「尊壺者，面其鼻」。注曰：鼻在面中，言鄉人也。按許所據作偭，說與鄭同。偭訓鄉，亦訓背。此窮則變，變則通之理，如廢置、徂存、苦快之例…古通作面。從人面聲。此舉形聲包會意。						
盌 小盂也…從皿夗聲。於夗皆坳曲意，皆以形聲包會意也。	夗 夗轉臥也。	顯性「皆以形聲包會意也」「亦形聲包會意」	引申義	夗盌宛	「彎曲」	1、劉師培、錢繹「從宛之字均有小義」。焦循曰「凡從宛之字皆有曲義。」章太炎「有宛中義。」楊樹達「得有四方高中央下義。」沈兼士「多有委曲義。」〔註94〕按夗聲有彎曲之意。
宛 屈艸自覆也。上文曰：奧，宛也。宛之引申義也。此曰屈艸自覆者，宛之本義也，引申爲宛曲、宛轉…從宀夗聲。夗，轉臥也，亦形聲包會意。						
梡 梡木薪也。對析言之，梡之言完也。從木完聲。	完 全也	隱性「梡之言完也」	本義	完梡	「完全」	1、「梱」爲木之未析，「梡之言完也。」梡爲相對完整之木。

〔註94〕曾昭聰：《黃永武〈形聲多兼會意考〉述評》，《語言研究》，2000年第3期。

販 買賤賣貴者。司市曰：夕時而市，販夫販婦爲主。注云：販夫販婦朝資夕賣，按資猶取也。从貝反聲。形聲包會意。	反 覆也。	顯性「形聲包會意」	引申義	反返販軦	「反覆」	1、販者，「朝資夕賣」，賤買貴賣，不斷反覆於買賣之間，因而稱爲「反」，加「貝」。 2、《説文》「軦，車耳反出也。从車从反反亦聲。」
晏 天清也。…晏之言安也。古晏安通用。故今文《堯典》晏晏，古文作安安。《左傳》安孺子，《古今人表》晏孺子。从日安聲。	安 靖也。从女在宀中。	隱性「晏之言安也」	引申義	安宴晏佞	「安定」	1、《説文》「佞，宴也。」段《注》「宀部曰：『宴，安也。』佞與安音義同。」 2、《説文》「按，下也。」案爲車壓禾之義。段《注》「轢禾者，可以安禾也」頗附會。
案 轢禾也。轢者，車所踐也，此轢讀如勞…从禾安聲。轢禾者，可以安禾也，形聲包會意。		顯性「形聲包會意」	假借義	安按案	「壓下」	
倪 諭也…一曰閒見。閒各本作聞，今正。《釋言》曰：閒，倪也。正許所本。上訓用毛、韓說，此訓用《爾雅》說，《爾雅》亦釋詩也。閒音諫，若言不可多見而閒見之…从人从見。此會意包形聲。	見 視也。	顯性「此會意包形聲」	本義	見倪覒睍睨	「看見、出現」	1、段《注》據聲符糾正《説文》「閒各本作聞，今正。」 2、《説文》「覒，面見也。」「睍，日見也。」「睨，衺目也。」朱駿聲皆「見亦聲。」按皆有「看見、出現」之意。
偄 弱也。此與懦儒二字義略同而音形異，懦儒皆需聲；偄，㮯也，二聲轉寫多淆…《左傳》音義曰：偄本又作㮯也…古假㮯爲偄…从人㮯聲。此舉會意包形聲也。	㮯 稍前大也。	顯性「此舉會意包形聲也」「形聲中有會意」	假借義	㮯偄嫋㜵	「柔軟」	1、㮯聲有柔軟之意。《説文》「㯉，木耳也。」木耳柔軟，故稱之「㮯」，加形符「艸」。 2、古代社會女子以柔爲美，在㜵字中得到反映。
㜵 好皃。此謂柔㮯之好也。補前文諸好所未備。从女㮯聲。形聲中有會意…						
仚 人在山上皃。引申爲高舉皃。顏元孫引鮑明遠《書勢》云「鳥仚魚躍」。从人山。山亦聲也。	山 土有石而高。	顯性「山亦聲也」	本義	山仚	「高山」	1、上古音，山爲元部生紐、仚元部心紐，韻同、聲爲齒音。 2、此爲會意類亦聲。
襺 袍衣也。从衣繭聲。《玉藻》作繭者，字之假借也。絮中往往有小繭，故絮得名繭。以絮曰襺，以縕曰袍。	繭 蠶衣也。	隱性「絮中往往有小繭，故絮得名繭」	本義	繭襺	「蠶繭」	1、段《注》闡發得名之由，「絮中往往有小繭，故絮得名繭。」 2、「《玉藻》作繭者，字之假借也。」段《注》的假借中有同源假借的情況。

顯 頭明飾也。…按㬎謂眾明，顯本主謂頭明飾，乃顯專行而㬎廢矣。日部㬎下曰：古文以爲顯字，由今字假顯爲㬎，乃謂古文假㬎爲顯也。此古今字之變遷，所必當深究也。从頁㬎聲。此舉形聲包會意。	㬎 眾微杪也。从日中視絲。古文以爲顯字	顯性「此舉形聲包會意」	本義	㬎顯	「光明」	1、漢字是不斷變化的。字義與詞義之間的關係是錯綜複雜的。在「光明昭著」義位上，「㬎顯」爲古今字的關係。 2、顯爲頭明飾也。從造字來看，光明之頭飾，則加「頁」。
齗 截首也…从斷首。舊誤今正，斷亦聲，舉會意包形聲也。	斷 截也。	顯性「斷亦聲，舉會意包形聲也。」	本義	斷齗	「斷絕」	1、斷之本義爲斷絲之意。斷首則加「首」。上古，斷齗皆爲元部定紐。朱駿聲「斷亦聲。」
辯 駁文也。謂駁雜之文曰辬，馬色不純曰駁。引申爲凡不純之稱，辬之字多或體…許知爲不純之文，以从辡知之，辦、辮字皆从辡。从文辡聲。此舉形聲包會意。	辡 罪人相與訟也。	顯性「此舉形聲包會意」「形聲中有會意也」	假借義	辡辬辯瓣	「分析、分散」	1、梁啓超認爲辡爲「八」音之輾轉分化，「八，別也。」引申有分析等義。 2、《說文》「辨，判也。」以判定分析是非得失；「辯，治也。」以言相辨；「瓣，瓜中實也。」芯之分開者。
辮 交也。玄應引作交織之也。終軍傳曰：解辮髮，削左衽。三蒼假編爲之。从糸辡聲。分而合也，故从辡。形聲中有會意也。				辡辬辮	「交互錯雜」	
懑 煩也。煩者，熱頭痛也。引申之，凡心悶皆爲煩。《問喪》曰：悲哀志懑氣盛。古亦假滿爲之。从心滿。滿亦聲。	滿 盈溢也。	顯性「滿亦聲」	引申義	滿懑	「充塞、滿」	1、滿爲水之盈溢，引申爲充塞之意。人之心中充塞則煩悶，加形符「心」。詞義引申下的字形分化。朱駿聲「滿亦聲。」
漣 泣下也。無聲出涕曰泣。从心連聲。从心者，哀出於心也。从連者，不可止也，連亦聲。《易》曰：泣涕漣如…	連 員連也。	顯性「連亦聲」	引申義	連漣鏈	「連續」	1、段《注》闡發聲符，「从連者，不可止也，連亦聲。」 2、《說文》「鏈，銅屬。」今義爲用金屬環連接而成的長條。「鏈」則可分析「从金从連連亦聲。」
嫻 嫺雅也…嫺古多借閒爲之。《邶風》「棣棣」，毛傳曰：棣棣，富而閒習也。今本作閒習，杜注《左傳》所引無習字，蓋古本也，習則能暇故其字从閒。从女閒聲。	閒 隙也。	隱性「習則能暇故其字从閒」	假借義	閒嫻僴憪 閒澗鐧	「閑暇」 「中間」	1、「閒」字中甲骨文會意，月光從門縫中照進來，有間隙之一，引申有中間。後又假借作「閑」。 2、《說文》「僴，武貌。」「憪，愉也。」，按皆有「悠閒、美好」之意；「澗，山夾水也。」朱駿聲「閒亦聲。」「鐧，車軸鐵也。」按皆有「中間」之意。

瀾 淅也。從簡者，柬擇之意。從析者，分別之意，故二字轉注。從水簡聲。	簡 牒也。	隱性「從簡者，柬擇之意」	假借義	簡瀾	「選擇」	1、「簡」本義為竹簡，朱駿聲「竹謂之簡；木謂之牘、牒。」假借有柬擇之意。用水淘米，柬擇敗米之物，則加「水」。
灋 議罪也…《王制》「百官各以其成質於三官，大司徒、大司馬、大司空，以百官之成質於天子。」此云以成灋於公，猶以成質於天子也，故其字從水獻，其議如水之平而獻於上也…從水獻與灋同意。灋以三體會意，灋以二體會意。灋下云，平之如水，從水，灋之從水同也。灋以會意包形聲，灋則專會意。	獻 宗廟犬名羹獻，犬肥者以獻之。	顯性「灋以會意包形聲」	引申義	獻灋	「進獻」	1、法治思想歷史悠久，《尚書》中已有濃厚的立法為民、公平原則等，如「其議如水之平而獻於上也」「灋下云，平之如水，從水，灋之從水同也。」 2、此字朱駿聲「獻亦聲。」
攘 摳衣也。高注《淮南》曰：攘，縮也。按詩言褰裳，當作此篆。褰訓綺，非其義，亦有作騫者，謂虧其下體之衣。較作褰為長。從手褰聲。按此篆與攘篆別者，以從衣也。當云從手衣，寒省聲，會意兼形聲	褰 綺也。	顯性「會意兼形聲」	本義	褰攘	「衣服」	1、「攘」為用手提起衣裳，《淮南子·人間訓》「江之始於岷山也，可攘裳而越也。」我們認為「當云從手衣，寒省聲。」不確，應該從手褰聲，朱駿聲「經傳以褰為之。」
奸 犯淫也…從女干聲。形聲中有會意。干，犯也，故字從干。	干 犯也。	顯性「形聲中有會意」	引申義	干奸罕	「犯」	1、干字甲骨文作「丫」，甲、金文干字象有丫杈的木棒形。古人狩獵作戰，即以干為武器。引申有干犯之意。 2、《說文》「罕，網也。」為捕鳥類之工具。
鍊 治金也。治大徐本譌作冶，今正。涷，治絲也；練，治繒也；鍊 治金也；皆謂涷欲其精，非弟冶之而已。冶者，銷，引申之，凡治之使精曰鍊。從金柬聲。此亦形聲包會意。	柬 分別簡之也。	顯性「此亦形聲包會意」	引申義	柬鍊涷鍊練潄	「治理」	1、「柬」者為分別之意，段《注》類推出「柬」聲有「治理」之意。
潄 辟潄鐵…從攴涷。從攴者，取段意；涷者，淅也，從涷，取簡擇之意，涷亦聲。	涷 淅也。	顯性「涷亦聲」	引申義			

瞯 盧童子也…主謂其精明者也，居最中如縣然，故謂之瞯。從目縣聲。	1、「居最中如縣然，故謂之瞯」，段《注》有些望文生義。徐鍇《繫傳》「盧，黑也，眼中黑子也。」楊樹達認爲「愚謂縣之爲言玄也。古者縣、玄音近，故互相訓釋…玄者，黑也。盧童子色黑，故名之盧，又名之瞯矣。」〔註95〕					
瞙 目旁薄緻宀宀也。瞙宀疊韻。自部曰：宀宀不見。按宀宀，微密之兒。目好者必目旁肉好，乃益見目好…從目募聲。形聲包會意也。	募 宀宀不見也。	顯性「形聲包會意也」	本義	募瞙寡	「密緻」	1、《說文》「寡，寡寡不見也。」蓋與募爲異體的關係，瞙爲募字詞義引申下的字形分化。
瞥 轉目視也。般，辟也，象舟之旋，故般目爲轉目。《戰國策》有田瞥。從目般聲。	般 辟也。	隱性「故般目爲轉目」「嫛之從般，亦取大意」	引申義	般瞥	「旋轉」	1、般象舟之旋，引申有轉之意。般目爲瞥，會意類亦聲。
嫛 奢也。奢者，張也。趙注《孟子》、《廣雅·釋詁》皆曰：般，大也。嫛之從般，亦取大意…從女般聲。一曰小妻也…			假借義	般嫛幣鞶	「大」	2、般聲有「大」義。《說文》「幣，覆衣大巾也。」「鞶，大帶也。」按皆有「大」義。
鞁 履後帖也。帖，帛書署也，引申爲今俗語幫貼之字，凡履跟必幫貼之，令堅厚，不則易敝…從韋段聲。此形聲包會意也。段取堅意…	段 椎物也。	顯性「此形聲包會意也」	引申義	段碫鍛鞁	「錘鍊」	1、「段」字金文作「」，朱芳圃《殷周文字釋叢》「按：金文『段』象手持椎於厂中捶使之形。」〔註96〕
碫 碫石也…從石段，段亦聲。各本作從石段聲四字，今正。會意兼形聲也。殳部曰：段，椎物也，故爲會意。		顯性「會意兼形聲也」「會意兼形聲」				2、錘鍊不同的材料則加不同質屬的形符，錘治皮革則加「韋」，錘治石頭則加「石」，錘治金屬則加「金」。
鍛 小冶也…殳部曰：段，椎物也。鍛從段金，會意兼形聲。《考工記》「段氏爲鎛器」。段即鍛也。詩之碫石，則鍛質也。從金段聲。						
髖 髀上也。髀上爲尻之兩旁，故其字次於髀。髖者，其骨最寬大也…從骨寬聲…	寬 屋寬大也。	隱性「髖者，其骨最寬大也」	本義	寬髖	「寬大」	1、段《注》於聲符考證其得名之由，「髖者，其骨最寬大也。」髖骨爲組成骨盆的大骨。段《注》分析頗確。

〔註95〕　《漢語大字典》，湖北辭書出版社、四川辭書出版社，1992 年 12 月，第 1054 頁。

〔註96〕　《漢語大字典》，湖北辭書出版社、四川辭書出版社，1992 年 12 月，第 903 頁。

腨 腓腸也。腨者,脛之一耑。…从肉耑聲。	耑 物初生之題也。	隱性「腨者,脛之一耑。」	本義	耑腨	「一端」	1、耑字甲骨文作「**」,羅振玉認爲「卜辭耑字增**象水形」,按耑、端古今字。 2、「腨者,脛之一耑。」故稱耑加「肉」。
膳 具食也。…具者,借置也,欲善其事也。鄭注《周禮·膳夫》曰:膳之言善也。又云:膳羞之膳,牲肉也。从肉善聲。	善 吉也。	隱性「欲善其事也。」	引申義	善膳繕	「完善」	1、善有吉、好之意,段《注》「欲善其事也。」透視著膳字包含的文化心理。 2、《說文》「繕,補也。」按使…至於完善。《說文》「鄯,鄯善,古胡國也。从邑从善、善亦聲。」甚誤,無從發現意義聯繫。
散 雜肉也。从楸者,會意也。楸,分離也,引申凡楸皆作散,散行而楸廢矣。从肉楸聲。	楸 分離也。	隱性「从楸者,會意也。」	本義	楸散	「分散」	1、楸字金文作「**」。散字金文作「**」,林義光《文源》「散爲雜,無雜肉之意…古从月不从肉。」按楸爲散之初文,後加聲符「月」。〔註97〕
紈 素也。素者,白致繒也。紈即素也,故从丸,言其滑易也。《商頌》毛傳曰:丸丸,易直也。《釋名》曰:紈,渙也,細澤有光,渙渙然也。从糸丸聲…	丸 圓也。	隱性「紈即素也,故从丸,言其滑易也。」				丸者,圓也。紈爲白色細絹也,《釋名》曰:紈,渙也,細澤有光,渙渙然也。按詞義中心爲「白色」「細膩」,圓物不一定爲白色且細膩。段《注》《商頌》毛傳曰:丸丸,易直也。」據此訓而斷言「故从丸,言其滑易也。」我們知道毛傳是隨文注釋,受語境的影響很大。因此,段《注》「亦聲」存疑。
蜎 肙也。肙各本作蜎。仍嫌篆文不可通。考肉部肙下云,小蟲也。今據正。《韻會》引《說文》「井中蟲也」,恐是據《爾雅》注改。肙蜎蓋古今字…今水缸中生此物。俗謂之水蛆,其變爲蚊。从虫肙聲。形聲中有會意。	肙 小蟲也。	顯性「形聲中有會意」	本義	肙蜎	「蟲子」	1、林義光《文源》「按:口非聲,肙象頭身尾之形,即蜎之古文。」段《注》「肙蜎蓋古今字」,我們認爲肙是蜎的初文,後加形符「虫」。
鑾 人君乘車四馬鑣八鑾…鈴象鸞鳥之聲此釋名鑾之義。鸞者,赤神之精,赤色五采,雞形。鳴中五音,頌聲作則至,爲鈴繫於馬,銜之兩邊,聲中五音似鸞鳥,故曰鑾…聲龢則敬也…从金鸞省。此舉會意包形聲。	鸞 赤神靈之精也。	顯性「此舉會意包形聲」	形象義	鸞鑾	聲象「鸞」	1、古人對鳥的圖騰崇拜歷史悠久,殷商以玄燕爲始祖。鳳凰一直被視爲吉祥之化身。段《注》正是透過這一文化信息,考證其命名之由,「鳴中五音,頌聲作則至,爲鈴繫於馬,銜之兩邊,聲中五音似鸞鳥,故曰鑾。」

〔註97〕何琳儀:《戰國文字通論》,江蘇教育出版社 2003 年 1 月,第 91 頁。

例字、說解 情況分析	亦聲聲符	表述方式	意義關係	諧聲同源	同源線索	疏　證
報 輮也。碾其俗字。從車夓聲。軋從乙者，言其難乙乙也，報從夓者，言其易也，夓者，柔皮也。	夓 柔皮也。	隱性「報從夓者，言其易也。」	引申義	夓報	「柔軟」	1、夓者，柔皮也。引申有柔軟之意。報爲用車輪使物體柔軟，故加「車」旁。
乾 上出也。此乾字之本義也。自有文字以後，乃用爲卦名，而孔子釋之曰健也。健之義生於上出，上出爲乾下，注則爲濕。故乾與濕相對，俗別其音，古無是也。從乙，乙、物之達也。釋從乙之恉，物達則上出矣。𠦅聲。𠦅聲，日始出光𠦅𠦅也，然則形聲中有會意焉。	𠦅 日始出光𠦅𠦅也。	顯性「然則形聲中有會意焉。」	引申義	𠦅乾	「上升」	1、段《注》分析乾字意義十分正確。乾籀文作「𩃟」，增加了義符「出」，本義蓋與太陽有關。假借作爲卦名。
㝃 生子㝃身也，從子免…㝃則會意兼形聲。	免 《說文》無	顯性「㝃則會意兼形聲」	假借義	免㝃	「免去」	1、免金文作「𡩀」。郭沫若認爲「免」是冕之初文，象人著冕形。 2、上古音，「免、㝃」皆元部明紐。此爲會意類亦聲。 3、趙平安先生認爲：甲骨文「冥」字就是「㝃（娩）」的表意初文。〔註98〕

第十八部　魚部

例字、說解 情況分析	亦聲聲符	表述方式	意義關係	諧聲同源	同源線索	疏　證
芌 大葉實根駭人，故謂之芌。口部曰：吁，驚也。毛傳曰：訏，大也。凡于聲字多訓大。芌支爲物，葉大根實，二者皆堪駭人，故謂之芌。其字從艸于聲也。《小雅・君子攸芌》毛傳：「芌，大也，謂居中以自光大。」箋云：芌當作幠。從艸于聲。	于 於詞也。象氣之舒于。	隱性「凡于聲字多訓大」	假借義	于芌籲宇竽汙衧誇盱訏弙	「大」	1、「于」字甲骨文作「丂、亐」，郭沫若認爲象古代的一種樂器。〔註99〕 2、于聲有大義，前輩學者闡述很多。王念孫《廣雅疏證・釋詁》「大也」條下云「夸者，《說文》，奢也，從大于聲。方言，于，大也。誇、訏、芌並從于聲，其義同也。」郝懿行《爾雅義疏釋詁》「訏，宇，大也。」條下云：…凡從于之字多訓大，于亦訓大…〔註100〕
雩 夏祭於赤帝以祈		隱性「以				

〔註98〕趙平安：《從楚簡「娩」的釋讀談到甲骨文的「娩幼」》，氏著《新出簡帛與古文字古文獻研究》，上海古籍出版社，2009 年 12 月，第 46～55 頁。

甘雨也…許獨云赤帝者，以其爲夏祭而言也，以祈甘雨，鼓起自從雨。以於嗟而求，故從于。服虔曰：雩，遠也，亦於從于得義也。从雨于聲。		於嗟而求，故從于				3、《說文》「吁，驚也。」「宇，屋邊也。」「竽，管三十六簧也。」（古代的一種簧管樂器，形似笙而略大。）「汙，薉也，一曰小池爲汙。」「衧，諸衧也。大袘衣。」「誇，奢也」「訏，詭訛也。」（《爾雅》《方言》「訏，大也。」）「冴，滿弓有所向也。」
苴 履中艸。《賈誼傳》「冠雖敝，不以苴履。」引申爲苞苴。从艸且聲且，薦也。此以形聲包會意也。	且 薦也。	顯性「此以形聲包會意也」	假借義	且苴	「墊子」	1、且甲骨文作「」，林義光《文源》認爲「即俎字初文。」〔註101〕在甲骨文、金文中作祖，一般都認爲是祖的初文，後加示旁。假借有薦義。
蒩 醢也。从血菹聲。《醢人》注曰：凡醢醬所和，細切爲齏，全物若腒爲菹。…由此言之，則齏菹之稱，菜肉通。按菹亦爲肉稱，故其字又作蒩，从血菹會意，从血猶从肉也。	菹 酢菜也。	隱性「从血菹會意」	本義	菹蒩	「酢菜」	1、菹爲酢菜，引申爲醢醬所和之菜、肉。爲了明確字義，肉醬則加「血」旁，也是詞義引申下的字形分化。
唬 虎聲也。鍇本不誤，鉉本改爲虒聲，誤甚。自吙篆一下，皆言鳥獸矣。《通俗文》曰：虎聲謂之哮。…从虎口虎亦聲也。五部。从虎口。與吙意通，主於說口，故不入犬虎部。	虎 山獸之君。	顯性「从虎口虎亦聲也」	本義	虎唬 虎琥	「虎聲」 「虎文」	1、此二組反映出孳乳的多向性，由虎指稱虎聲，加發聲部位「口」；《說文》「琥，發兵瑞符爲虎文，从玉从虎虎亦聲。」兵符上刻畫了虎文，則也稱爲虎，加其質料「玉」。
衢 走顧貌。从走瞿聲。此以形聲包會意。瞿，鷹隼之視也。記曰，見似目瞿。讀若劬。	瞿 鷹隼之視也	顯性「此以形聲包會意」「形聲兼會意」	形象義	瞿衢戵瞿	如「鷹隼之視」	1、《說文》「戵…一曰視遽貌。」徐鍇曰「左右驚顧。」王力：「按『戵』即『瞿』的音轉」〔註102〕「瞿，舉目驚，瞿然也。」按皆有顧視、驚視之義。
懼 恐也。恐下曰：懼也，是爲轉注。从心瞿聲。思，古文。眐者，左右視也，形聲兼會意。	眐 左右視也。		引申義	眐思	「恐懼」	2、古文亦聲例，甲骨文中亦聲字產生了，金文、戰國古文一直存在併發展著。 3、左右視引申有「恐懼」義，加「心」旁表心理。

〔註99〕高明：《中國古文字學通論》，北京大學出版社，1996年6月。

〔註100〕引自沈兼士：《沈兼士學術論文集》，中華書局，2004年5月，第95～97頁。

〔註101〕《漢語大字典》，湖北辭書出版社、四川辭書出版社，1992年12月，第7頁。

〔註102〕王力：《同源字典》，商務印書館，1997年6月，第132頁。

與 黨與也。黨當作攟，攟，朋群也。與當作与，与，賜予也。从舁与會意，共舉而與之也。舁与皆亦聲。	舁 共舉也。与 賜予也。	顯性「舁與皆亦聲」	引申義	與趣旟歟憅驈	「安行、舒適」	1、與字段《注》最特別，認爲是雙聲字，且二聲符皆表義。
趣 安行也。《廣韻‧九魚》：「趣趣，安行皃。」按欠部，歟，安氣也；心部憅，趣步憅憅也；馬部驈，馬行徐而疾也。《論語》曰：與與如也。《漢書》長情憅憅。从走與聲。	與 黨與也。	隱性類推歸納	假借義			2、與字金文作「憅」，湯餘惠先生認爲从牙聲，非与也。〔註103〕上古音舁、与皆魚部喻紐，因此，我們認爲與字舁、牙皆聲符，爲雙聲符字，舁亦聲。
旟 錯革鳥其上，所以進士眾。旟旟，眾也，从放與聲。按此八字當作「从放从與，與與、眾也，與亦聲」十一字，轉寫訛舛耳。《楚茨》箋云：與與，蕃廡貌。旟从與會意…		顯性「从放从與，與與、眾也，與亦聲」				3、段《注》類推歸納，吸收了「右文說」的合理成分，科學謹慎，沒有絕對化的表述爲「凡與聲皆有安緩之意」。
禦 使馬也。《周禮》「六藝」，四曰：五駁。《大宰》注曰：凡言駁者，所以毆之內之於善，此引申之義也。从彳卸。按卸亦聲…	卸 舍車解馬也。	顯性「卸亦聲」	反義	卸禦		1、禦字甲骨文作「舒、徿、衒」；金文中有兩種形體「攴、徝」；戰國文字中，多爲金文中的第二種形體。我們認爲「徝」中的「午與止相連」成爲現在的「禦」。古文字中增加動符「彳」的情況很多，按卸禦本一字。後來，禦指駕馭車馬，卸指舍車解馬，「卸」是由「禦」義反向引申分化而孳生的新詞。〔註104〕 2、《說文》古文禦作馭，甲骨文作「馭」，象用手驅趕動物。
諸 辯也。辯當作辨，判也。按辨下奪詞字。諸不訓辨，辨之詞也。詞者，意內而言外也。白部曰：者，別事詞也，諸與者音義皆同…凡舉其一，則其餘	者 別事詞也。	顯性「此以聲苞意」	引申義	者諸署	「分別」	1、「者」字古文字形體分析，目前還不清楚。 2、許慎認爲分別之詞，引申有分別之意。諸字朱駿聲「按者亦意，辯詞也。」〔註105〕署字从者則不得而解。

〔註103〕湯餘惠：《略論戰國文字研究中的幾個問題》《古文字研究》第十五輯，中華書局，
　　　　　2005 年 6 月。

〔註104〕張博：《漢語同族詞的系統性與驗證方法》，商務印書館，2003 年 7 月，第 208 頁。

〔註105〕朱駿聲：《說文通訓定聲》，中華書局，1998 年 12 月，第 442 頁。

謂之諸以別之,因之訓諸爲眾,或訓爲之,或訓爲於,則於雙聲疊韻求之。从言者聲。此以聲苞意。						
署 部署也…各有所网屬也…者聲。者,別事詞也,此舉形聲包會意。		顯性「此舉形聲包會意」				
雇 九雇農桑候鳥,扈民不淫告也…注皆曰:戶,止也。此扈同戶,戶下曰:護也…从隹戶聲。	戶 護也。半門曰戶。象形	隱性	引申義	戶雇	「禁止」	1、戶爲半門,爲了居住安全,防止盜賊,引申有止之意。 2、許慎諧聲爲訓,段《注》闡發其得名之由。
枒 枒木也…从木牙聲…一曰車网會也…按《車人》「牙作輮。」車部曰:輮、車网也,車輪之肉。今北人謂之瓦,即古語之牙也。謂之牙者,如艸木萌芽句曲然。雜佩之璜曰牙,亦猶是也,車网必合眾曲而成大圓,古謂之网會,网會絫言之,牙枒蓋古今字。	牙 牡齒也。象上下交錯之形。	隱性「謂之牙者,如艸木萌芽句曲然」	形象義	牙枒芽	如牙「句曲」	1、古代牙爲大牙,與齒有別。艸木萌芽與人之牙齒生長相似,符合許慎「近取諸身,遠取諸物」的造字原理。這也是古人天人合一觀念的反映,由我及物,把自然也擬人化了。 2、段《注》也注重從歷時的角度,探索聲符與亦聲字的關係,「牙枒蓋古今字」。
梳 所以理髮也。所以二字今補,器曰梳,用之理髮因亦曰梳。凡字之體用同稱如此。《漢書》亦作疏。从木疏省聲。疏、通也,形聲包會意。	疏 通也。	顯性「形聲包會意」	本義	疏梳	「疏通」	1、省聲一般要有不省的字形作爲證據,我們認爲亦聲也可從聲義同源的角度進行探求。梳得名於疏通頭髮之用,甚確。「凡字之體用同稱如此。」這一觀點十分正確。
華 榮也…从艸崋。崋亦聲,此以會意包形聲也…古音在五部,俗作花,其字起於北朝…	崋 草木華也。	顯性「以會意包形聲也」	1、「華」字朱駿聲「按崋亦聲。」〔註106〕段《注》「崋與華音義皆同。」徐灝箋「崋華亦一字,而《說文》別之者,以所屬之字相從各異也…」我們認爲此說正確,加「艸」是強化其種屬。			
稼 禾之秀實爲稼,莖節爲禾,从禾家聲。一曰稼,家事也。此取從家爲義。《史記》曰:五穀番熟,稼稼滿家。《豳風》十月納禾稼。謂治於場而納之禾倉,此說與穡義略同。一曰在野曰稼…	家 居也。从宀豭省聲。	隱性「此取從家爲義」「按自家而出謂之嫁」	本義	家稼嫁	「家庭」	1、「家」字从宀从豕,引發了社會語言學、漢字文化學的頗多思考。許慎的「从宀豭省聲」頗受爭議。許說「家」有居住之意,是十分正確的。 2、「稼穡」常連文,表示收穫之意,皆爲農事。按蓋收穫穀物,貯存於家中,因而稱之爲稼。嫁字《白

〔註106〕朱駿聲:《說文通訓定聲》,中華書局,1998年12月,第427頁。

嫁 女適人也。《白虎通》曰「嫁者,家也。婦人外成以出適人爲家。」按自家而出謂之嫁,至夫之家曰歸…从女家聲。						虎通》「婦人外成以出適人爲家。」與段《注》「自家而出謂之嫁」,家的所指相對,意義則相承相因的。
伍 相參伍也。三、三也;伍、五也。《周禮》曰;五人爲伍。凡言參伍者,皆謂錯綜以求之。《易·繫辭》曰:參伍以變。荀卿曰:窺敵制勝,欲伍以參…从人五。五亦聲。	五 五行也。从二,陰陽天地間交午也。	顯性「五亦聲」	本義	五伍	數 目「五」	1、于省吾認爲:「凡記數字均可積畫爲之,但積至四畫已覺其繁,勢不得不化繁爲簡,於是五字以╳爲之…五字之演變,由╳而𝕏,再由𝕏而𝕏,上下均加一橫畫,以其與乂字作╳形者易混也。」〔註107〕許慎的說解深受漢代陰陽五行家的影響,不可信。 2、「五人爲伍」,形體則加「人」旁以別之。
袪 衣袂也…从衣去聲。一曰:袪,褱也,褱者,袞也。此義未見其證。《方言》曰:袪謂之裾。郭云,裾或作袪。按下文云,裾,衣裒也。此云袪,褱也。則知古有假袪爲裾者矣。袪得訓褱,故或曰藏去,或曰弆,或曰袪,皆其義也,藏物必去此而藏彼…亦於从去得義。	去 相違也。从大凵聲。	隱性「亦於从去得義」	反義	去袪	「去除」	1、去字甲骨文作「𠱸」,从大从口。《說文》「从大凵聲」,據小篆而誤解。 2、袪字段《注》根據相反爲義的原理,揭示了聲符的表意。
裾 衣裒也…从衣居聲,讀與居同。从居者,中可居物也,非謂在後常見踞。	居 蹲也。	隱性「从居者,中可居物也」	引申義	居裾	「容納」	1、段氏根據聲符表意的原理探求,「裾」之得名之由。
魖 耗鬼也。耗舊作耗,今正。耗者,乏無之言…从鬼虛聲。形聲包會意	虛 大丘也。	顯性「形聲包會意」	反義	虛魖	「虛空」	1、虛有大丘之意。反義引申有「虛空」義。「耗者,乏無之言」,鬼屬則加「鬼」。
庫 兵車藏也。此庫之本義也,引申之,凡貯物舍皆曰庫。从車在广下。會意、車亦聲。	車 輿輪之總名也。	顯性「會意、車亦聲」	本義	車庫	「兵車」	1、上古音,「車」屬魚部昌紐、「庫」屬魚部溪紐,韻同聲近。兵車藏處曰庫,以藏物指稱藏處。
瑕 玉小赤也…从玉叚聲。	叚 借也。	隱性「凡叚聲多有紅義」	假借義	叚瑕瑕鰕葭	「赤色」	1、段《注》「凡叚聲多有紅義」,用了範圍副詞「多」,表述極其科學,避免了絕對化,我們統計

〔註107〕于省吾:《甲骨文字釋林》,中華書局,1999年11月,第97頁。

騢 馬赤白雜毛…從馬叚聲,謂色似鰕魚也…凡叚聲多有紅義。是以瑕爲玉小赤色。此六字蓋舊注之僅存者。	「凡叚聲如瑕、鰕、騢等皆有赤色」				《說文》叚聲有 16 個,含赤色義的有 5 個。 2、古人命名事物以形象,而不以種屬別的原理,言之有理。赤色之物則稱「叚」,加形符以確定其種屬。
鰕 鰕魚也。…凡叚聲如瑕、鰕、騢等皆有赤色。古亦用鰕爲雲緞字。從魚,故《爾雅》鰕在《釋魚》。叚聲。					
橆 亡也。凡所失者皆如逃亡然也,此有無字之正體。而俗作無,無乃橆之隸變,訓豐也,與無義正相反,然則隸變之時,昧於亡爲其義,舞爲其聲…從亡聲。按不用莫聲而用舞聲者,形聲中有會意。	1、「古無舞同字。」〔註108〕甲骨文作「䍻、夽」,象先民手持牛尾,歡快地舞動的形象。金文作「夽、夽、夽」,戰國文字作「夽」,小篆作「橆」。通過形體歷時排列,演變的軌跡是很清楚的。甲骨文整體會意,金文開始訛變,牛尾開始成「夽」。上古音,「無」爲魚部明紐、「亡」爲陽部明紐,聲同,魚陽對轉,古書常互假借。我們認爲橆字,亡聲是後加聲符。該字爲雙聲符字。舞爲橆之初文。段《注》的分析是有問題的。				
錮 鑄鉼也。鉼作塞,誤,今正。凡銷鐵以窒穿穴謂之錮。《左傳》曰:子反請以重幣錮之。《漢書》曰:下錮三泉。從金固聲。此亦形聲包會意。	固 四塞也。從口古聲。	顯性「此亦形聲包會意」	引申義	固錮	「塞、固」	1、固爲四塞,引申爲堅固、牢固。銷鐵以窒穿穴,使器物堅固,亦稱「固」,加「金」旁,表其類屬。
𦉫 𢃄也,所以盛米也…從寧由。由,缶也。《十二篇》曰:東楚名缶曰由,此必著爲缶者,嫌其與艸部從𦰩田之畱相似也。𢃄之寧物猶𠙾之寧物也,故從寧由會意,不入𠙾部者,重寧也。寧亦聲。	寧 辨積物也	顯性「寧亦聲」	引申義	寧𦉫	「儲存」	1、寧字甲骨文作「𡧨」,金文作「𡧨」。「按古文字是櫥匱的象形。甲骨文、金文貯字或作寧中藏貝形,寧貯原爲一字,後分化爲二字。」〔註109〕 2、「𦉫」朱駿聲下「按寧亦聲。」〔註110〕

〔註108〕朱駿聲:《說文通訓定聲》,中華書局,1998 年 12 月,第 94 頁。

〔註109〕《漢語大字典》,湖北辭書出版社、四川辭書出版社,1992 年 12 月,第 382 頁。

〔註110〕朱駿聲:《說文通訓定聲》,中華書局,1998 年 12 月,第 437 頁。

第十九部　鐸部

情況分析 例字、說解	亦聲 聲符	表述 方式	意義 關係	諧聲 同源	同源 線索	疏　證
碧 石之青美者…從玉石白聲。從玉石者，似玉之石也。碧色青白，金剋木之色也，故從白。云白聲者，以形聲包會意。	白 西方色。殷用事，物色白。	顯性「以形聲包會意」	假借義	白碧帛	顏色「白」	1、白字甲骨文作「日」，商承祚認爲「從日銳頂，象日始出地面，光閃耀如尖銳，天色已白，故日白也。」郭沫若「此實拇指之象形。」〔註111〕白、百一字分化。 2、《說文》「帛，繒也。從巾白聲。」按：帛爲白繒。 3、「魄，白也。」反映了古代先民的迷信及陰陽五行心理，白爲陰色，魄爲陰神。
魄 陰神也…從鬼白聲。《孝經》說曰：魄，白也。白，明白也。魂，芸也。芸芸，動也。		隱性「白，明白也」		白魄	「明白」	
莫 日且冥也。且冥者，將冥也。木部日：杳者，冥也；夕部日：夕，莫也，引申之義爲有無之無。從日在茻中。會意。茻亦聲。此於雙聲求之。	茻 眾草也。	顯性「茻亦聲」	本義	茻莫莽	「眾草」	1、「莫」字甲骨文作「茻」，日落西下，落入地面草叢中，會意日暮，爲「暮」之本字。 2、上古音，「莫」爲鐸部明紐、「茻」爲陽部明紐，聲同、鐸陽對轉，莫茻聲近。惠棟《讀說文記》「當作茻亦聲。莫，俗作暮。」〔註112〕
博 大通也。凡取於人易爲力曰博。《陳風》鄭箋：交博，好也。從十專。會意。專、布也。亦聲。	專 度四寸也。從寸甫聲	顯性「專、布也，亦聲」	引申義	專博溥誧酺薄鎛	「大」	1、「甫」字甲骨文作「𤯓」，蓋圃之初文，象草苗植於田地之形。金文作「𤰃」，《說文》「從用父父亦聲」非是，據小篆而誤釋。 2、上古，專、博皆爲鐸部幫紐，聲韻皆同。 3、專從甫聲，專、甫皆有「大」義。引申有「包束」、「幫助」之義。〔註113〕
				輔傅賻俌	「助」	
				縛轉髆	「包束」	
腳 脛也。《東方朔傳》曰：結股腳，謂跪坐之狀。股與腳以卻爲中，腳之言卻也，凡卻步必先脛。從肉卻聲。	卻 節欲也。	隱性「腳之言卻也」	引申義	卻腳蜘	「退卻」	1、此二字段《注》從聲符入手，探求出其得名之由。「腳之言卻也，凡卻步必先脛。」「玉裁謂此物前卻推丸，故日渠蜘。」
蜘 渠蜘，一日天社…玉裁謂此物前卻推丸，故日渠蜘。一日		顯性「以形聲包會意」				

〔註111〕《漢語大字典》，湖北辭書出版社、四川辭書出版社，1992年12月，第1104頁。

〔註112〕《漢語大字典》，湖北辭書出版社、四川辭書出版社，1992年12月。

〔註113〕孟廣道：《亦聲字詞的遺傳信息》，《古漢語研究》，1997年第1期。

字／說文	聲符說文	顯隱性	義類	字組	義	疏證
猶一名也。《廣雅》曰：天柱，蜙螉也。從蟲卻聲。以形聲包會意。						
箬 楚謂竹皮曰箬。…從竹若聲。若，擇菜也，擇菜者絕其本末。此形聲包會意也。	若擇菜也。	顯性「此形聲包會意也」	引申義	若箬 婼諾	「順、理」	1、若字甲骨文作「」，象用手梳理頭髮之形，引申有順之意。《說文》說解不可信。 2、竹皮爲柔軟之物，有順意。《說文》「諾，應也。」婼字聲符相反爲意。
婼 不順也。毛詩傳曰：若，順也。此字從若則當訓順，而云不順也。此猶祀從巳，而訓祭無巳也。從女若聲…		隱性闡發聲符之意	反義			
檈 行夜所擊木也…從木櫜聲。從櫜者，蓋虛其中則易響。今之敲梆是也。	櫜 囊也。	隱性「從櫜者，蓋虛其中則易響」	引申義	櫜檈	「中空」	1、櫜字甲骨文作「」，象兩頭紮緊的大口袋，《說文》釋義正確。 2、檈中空，兩頭塞，蓋與櫜形相似。
椁 葬有木覃也。木覃者以木爲之，周於棺，如城之有覃也。《檀弓》曰：殷人棺椁，大也。以木爲之，言郭大於棺也從木覃會意覃亦聲。覃亦二字今補。	覃 外城也。從回，象城郭之重，兩亭相對也。	顯性「覃亦聲」	形象義	覃槨	「覃形」	1、覃字甲骨文作「」，象古代城郭之形。「周於棺，如城之有覃也。」段《注》探討槨之形制，明晰了其得名之由，揭示了聲符表意。
客 寄也。字從各，各、異詞也，故自此託彼曰客，引申之曰賓客…從宀，所託也。各聲。	各 異詞也。	隱性				1、各字甲骨文作「」，與「」腳趾相對，腳趾向外會意到某地去。沈兼士認爲「蓋古者席地而處，故入必脫履，出必著履。」推測腳趾下爲履，於義亦通，並且認爲「《說文》『各』訓『異詞』，故從各聲字得有歧別之義。」〔註114〕 2、《說文》「各，異詞也。」非字形本義。段《注》詳釋聲符，有些望文生義，說解不可信。
愙 敬。《釋詁》《商頌》毛傳皆曰：恪、敬也。從心客聲。當作從心客、客亦聲。今字作恪。春秋傳曰以陳備三愙…	客 寄也。	顯性「當作從心客、客亦聲」	引申義	客愙	「尊敬」	1、客者，寄也。「引申之曰賓客」，由賓客之義引申有「尊敬」之義。我國古代是非常崇尚禮儀的，尊敬由心而生，故加「心」旁。
泝 逆流而上曰遡洄。《秦風》傳曰：逆流而上曰遡洄。順流而涉曰遡遊。《釋水》同，涉作下。遡，向也…按遡者，從其朔。愫者，從其素，	朔 月一日始蘇也。	顯性「朔亦聲也」	引申義	朔溯	「逆行」	1、上古朔鐸部疑紐、屰鐸部心紐，韻同聲近。 2、屰字甲骨文爲倒人之形，有逆義。朔爲月一日始蘇，迴圈。逆流而上，則加「水」。朔字朱駿聲「從月從屰，會意，屰亦聲。」

〔註114〕沈兼士：《沈兼士學術論文集》，中華書局，2004 年 5 月，第 161 頁。

例字、說解	亦聲 聲符	表述 方式	意義 關係	諧聲 同源	同源 線索	疏　證
故字从朔，从素。水欲下，違之而上也。此釋泝字之義，泝違疊韻。从水厈聲。或从辵朔。朔亦聲也。						
縌 綬維也。此綬謂漢之綬也。…司馬彪曰：縌者，古佩璲也。佩綬相迎受故曰縌。按當曰：與綬相迎受，故曰縌。縌之言逆也。漢之縌，古之綬也。漢之綬，猶古之靺佩也。縌篆其創於李斯輩與。从糸逆聲。	逆　應也。	隱性「縌之言逆也」	引申義	逆縌	「逆向」	1、甲骨文逆作「𣲗」，从倒人，會意逆行之意。「按當日與綬相迎受故曰縌。縌之言逆也。」段《注》通過聲符探求得名。

第二十部　陽部

情況分析 例字、說解	亦聲 聲符	表述 方式	意義 關係	諧聲 同源	同源 線索	疏　證
珩 佩上玉也…从玉行，所以節行止也。依《韻會》所引訂，从玉行者會意。所以節行止也者，謂珩所以節行止，故字从玉行，發明會意之恉也。《周語》「改玉改行」注。玉，佩玉，所以節行步也，此字行亦聲。	行　人之步趨也。	顯性「行亦聲」 「此以會意包形聲」	引申義	行珩洐	「行走」	1、「行」字甲骨文作「𢀛」，象四通八達的道路。引申有行走之意。上古音，「行珩洐」皆陽部匣紐，聲韻完全相同。 2、「珩」字从其功用「所以節行止也」，名之曰「行」，加形符「玉」表其質料。「洐」字朱駿聲也認為「从水行、行亦聲。」〔註115〕
洐 溝行水也，从水行。此以會意包形聲。						
葬 臧也。見《檀弓》。从死在茻中。一，其中所以荐之。荐各本作薦，有藉義，故凡藉於下者用此字。易曰古者葬，厚之以薪。此引《易·繫辭》說从死在茻中之意。上古厚衣以薪，故其字上下皆屮。茻亦聲。此於疊韻得之。	1、「葬」字甲骨文作「𦾔」，象人埋坑中而有「爿」（「爿」是「牀」的初文。）薦之，當為葬之初文。既是形符又是聲符。上古，「爿」在陽部崇紐，葬在陽部精紐，「爿」「葬」音近，「爿」兼有表音作用。 2、「葬」字三體石經作「𦸧」，在保留甲骨文構件「爿」的基礎上，「人」形變作了「死」，又疊加加了聲符「茻」，（上古，「茻」為陽紐）成為了雙聲符字。小篆省去了原始聲符「爿」。《說文》據小篆說形不可信。					
莊 上諱。見示部。其說解當曰：艸大也。从艸壯聲…此形	壯　大也。	顯性「此形聲兼會意字」	本義	壯莊奘奘	「壯大」	1、壯有大義，草之壯大則加「艸」。字義引申下的字形分化。

〔註115〕朱駿聲：《說文通訓定聲》，中華書局，1998年12月，第633頁。

聲兼會意字。壯訓大，故莊訓艸大。古書莊壯多通用，引申爲凡壯盛精嚴之義，《論語》「臨之以莊。」苞咸曰：莊，嚴也，是也。						2、《說文》「奘，駔大也。」「奘，妄強犬也。」皆有大義，此二字朱駿聲「壯亦聲。」
唐 大言也。从口庚聲∇㫚 古文唐，从口易。亦形聲。	**易** 開也。	隱性「亦形聲」	假借義	庚唐	「大」	1、庚聲有「空、大」之義，沈兼士認爲「考《說文》以外之古訓及卜辭金文之形體，亦均無空義之徵兆可尋。蓋與『空』爲雙聲而借諧耳。」並稱此爲借音分化式。〔註116〕我們認爲分析甚確，古文易聲亦爲借音。
漮 水虛…《釋詁》曰：漮、虛也。虛，師古引作空。康者，穀皮中空之謂，故从康之字皆訓爲虛。「歉」下曰：饑虛也；「康」下曰：屋康良也。《詩》酌彼康爵。箋云：康，虛也。《方言》：康，空也…从水康聲。	**康** 穀皮也。	隱性「故从康之字皆訓爲虛」	引申義	康漮歔康	「空虛」	1、康爲穀皮，引申有空義。《詩‧賓之初筵》「酌彼康爵。」箋：康，空也。〔註117〕段《注》類推歸納出「故从康之字皆訓爲虛。」《說文》从康聲的三字皆有空虛之意（漮，水虛；歔，饑虛；康良，屋康良）。
徬 附行也。《牛人》「共兵車之牛與其牽徬。」注曰：牽徬，在轅外輓牛也，人御之，居其前曰牽，居其旁曰徬。按徬，附也，从人。徬，附行也，从彳。此音同義微別也。从彳旁聲。	**旁** 溥也。	隱性「居其前曰牽，居其旁曰徬」	引申義	旁徬謗傍騯斜滂房	「旁邊、大」	1、旁者溥也，引申爲旁邊、廣大之意。御車在其旁而行，則加動符「彳」；言語誇張，大過其實，以致詆毀別人，則亦稱「旁」，並加「言」旁；馬之肥壯、肥大亦稱「旁」，加類屬「馬」；量器旁溢稱「旁」，加「斗」（斗本爲量器）。
謗 毀也。謗之言旁也。旁，溥也，大言過其實。《論語》「自貢方人。」假方爲謗。从言旁聲		隱性「謗之言旁也」				2、《說文》「滂，沛也。」爲水盛滿流之貌。《詩‧陳風‧澤陂》「寤寐無爲，涕泗滂沱。」按有大義
傍 近也。古多假「並」爲之，如《史記‧始皇紀》「並河以東。」《武帝紀》「並海是也。」亦假旁爲之，見《溝洫志》《食貨		顯性「此舉形聲包會意也」				3、《說文》「房，室在旁也。从戶方聲。」桂馥義證：「古者宮室之制，前堂後室，前堂之兩頭有夾室，後室之兩旁有東西房。」〔註118〕我們也可以分析爲「从戶从旁省，旁亦聲。」

〔註116〕沈兼士：《沈兼士學術論文集》，中華書局，2004 年 5 月，第 130 頁。

〔註117〕沈兼士：《沈兼士學術論文集》，中華書局，2004 年 5 月，第 130 頁。

〔註118〕《漢語大字典》，湖北辭書出版社、四川辭書出版社，1992 年 12 月，第 946 頁。

志》。從人旁聲。此舉形聲包會意也。《韻會》無聲。						
騯 馬盛也。也當作貌。從馬旁聲。旁，溥。此舉形聲包會意也。《詩》曰：四牡騯騯。		顯性「此舉形聲包會意也」				
斢 量旁溢也。大徐無旁，非。旁，溥也。形聲包會意。從斗旁聲。		顯性「形聲包會意」				
鈁 方鐘也。《廣韻》曰：鏆屬。今義也。從金方聲。形聲包會意。	方 並船也。	顯性「形聲包會意」	形象義	方鈁	「方形」	1、《說文》諧聲爲訓，因其爲方形之鐘，因稱之爲「方」，加「金」旁。
仰 舉也。與印音同義近.古印仰多互用。從人印。此舉會意包形聲。	印 望欲有所庶及也。	顯性「此舉會意包形聲」	本義	印仰	「舉首」	1、「仰」字桂馥《義證》：「仰即印之分別文。」朱駿聲《定聲》：「仰即印之或體。」「印」下徐灝注箋：「印，古仰字。」我們認爲印字已有舉首之意，後分化出「仰、昂」。按印仰古今字。
盟 周禮曰：國有疑則盟。諸侯再相與會，十二歲一盟。北面詔天之司慎司命，盟殺牲歃血，朱盤玉敦，以立牛耳。從囧。囧，明也…皿聲…亦舉形聲包會意。 朱盤玉敦，器也，故從皿。	皿	顯性「亦舉形聲包會意」	本義			1、盟字甲骨文作「盟、盟」，蓋會意盟誓時將血、牲體放入器皿中。金文中有「盟」，與《說文》古文相近。段《注》認爲《說文》從血是錯誤的，應從皿，很有見地符合甲骨文。李孝定《甲骨文字集釋》按語「契文從皿，不從血。」〔註119〕 2、上古，「皿與盟」皆爲陽部明紐。我們認爲此爲會意類亦聲，皿與盟聲韻偶同，金文中作明聲，此也爲雙聲字，同時「皿」兼表音義。
明 照也…從月囧。從月者，月以日之光爲光也，從囧，取窗牖麗廔闓明之意也。囧亦聲，不言者，舉會意包形聲也。	囧 窗牖麗廔闓明之意也。	顯性「舉形聲包會意也」				1、甲骨文「明」作「明」，表示月光從窗戶裏照進來，有光明之意。囧字金文作「囧」王筠《釋例》：「此字之形與囪相似，皆是外框內櫺…」〔註120〕 2、上古，明爲陽部明紐，囧爲耕部見紐，陽耕可通轉，但明爲唇音、囧爲牙音，相差較遠。一直以來，明也是被當作標準的會意字。
晃 明也。各本篆作晄，篇、韻皆云：晃正，晄同，今正。晃者，動之明也。凡光必動，會意兼形聲字也…從日光聲。	光 明也。	顯性「會意兼形聲字也」	引申義	光晃	「光明」	1、光爲明義，《說文》「晃，明也。」《段《注》》「晃者，動之明也。」此爲引申之意。《廣韻·蕩韻》「晃，明也、輝也、光也。」

〔註119〕同上，第 1072 頁。

〔註120〕《漢語大字典》，湖北辭書出版社、四川辭書出版社，1992年12月，第301頁。

侊 小兒。小當作大，字之誤也。凡从光聲之字訓光大，無訓小者。《越語》句踐曰：觥飯不及壺飧。韋云：觥，大也，大飯謂盛饌…《廣韻·十一唐》曰：侊，盛兒…从人光聲。		隱性「凡从光聲之字訓光大，無訓小者」		光侊駫洸	「大」	2、沈兼士「應用右文比較字義」中認爲「《說文》侊，小兒。小當作大。…廣韻十一唐曰：『侊，盛兒。』…」〔註121〕 3、《說文》「洸，水湧光也。」「洸」下，朱駿聲按「光亦聲。」
駫 馬肥盛也。各本作盛肥，今依《廣韻》訂。从馬光聲。《詩》曰：駫駫牡馬…許言肥盛，即腹幹肥張。从馬光會意，而光亦聲。		顯性「光亦聲」				
鱷 海大魚也。此海中魚最大者，字亦作鯨。《羽獵賦》作京，京，大也。从魚畺聲。《春秋傳》曰：取其鱷鯢…或从京。古音如姜。	京 人所爲絕高丘也。	隱性「京，大也。」	引申義	京鯨勍	「大」	1、京甲骨文作「𠇷」，象高亭屋之形，引申有高、大之意。 2、《說文》「勍，強也。」按有大義。
㞱 民也…《孟子》「則天下之民皆悅而願爲之㞱矣。」趙注：㞱者，謂其民也。按此則㞱與民小別，蓋自他歸往之民則謂之㞱，故字从民亡。从民亡聲，讀若盲。	亡 逃也。	隱性「蓋自他歸往之民則謂之㞱，故字从民亡。」	本義	亡㞱盲忘	「無」	1、段《注》依據聲符，比較了「㞱」與「民」的區別。 2、《說文》「盲，無眸子也。」「忘，不識也。从心从亡亡亦聲。」
纕 援臂也。援臂者，捋衣出其臂也…援臂者，援引也，引袖而上之也，是謂纕臂。襄訓解衣，故其字从襄糸…从糸襄聲。	襄 漢令解衣耕謂之襄。	隱性「襄訓解衣，故其字从襄糸」	引申義	襄纕瓤鑲曩攘穰壤	「包裹」	1、沈兼士認爲「襄有包蘊之意。」輾轉孳乳出四組襄系之字。〔註122〕
舜 華榮也…从舜㞷聲。㞷見之部，形聲包會意也.各本訛生，則非聲。	㞷 草木妄生也。	顯性「形聲包會意也」	引申義	㞷舜	「旺盛」	1、在甲骨文中「𡴀」，金文開始加「彳」，爲往之初文。《說文》說解不可信。
暀 光美也。《釋詁》曰：暀暀，皇皇，美也。按暀見《爾雅》而不見他經。《泮水》箋云：皇皇，當作暀	往 之也。	顯性「舉形聲包會意，謂往者眾也」	假借義			1、我們認爲往有之義，無大義，段《注》「謂往者眾也。」有些望文生義，附會字形。按往、皇上古皆陽部匣紐，聲韻相同。《爾

〔註121〕沈兼士，《沈兼士學術論文集》，中華書局，2004 年 5 月，第 156 頁。

〔註122〕沈兼士：《沈兼士學術論文集》，中華書局，2004 年 5 月，第 98 頁。

情況分析 例字、說解	亦聲聲符	表述方式	意義關係	諧聲同源	同源線索	疏證
旺，旺旺猶往往也。此易皇爲旺，復訓旺爲往，以作旺而後可訓往也⋯從日往聲。舉形聲包會意，謂往者眾也。						雅‧釋詁》有假借義羅列一起，「旺旺，皇皇，美也。」皇有大義，按旺聲符假借。
鍠 鐘聲也。从金皇聲。《詩》曰：鐘鼓鍠鍠。《周頌》文，今《詩》作「喤喤」。毛傳曰：和也。按皇，大也。故聲之大，字多从皇。《詩》曰「其泣喤喤。」喤喤厥聲；玉部曰：瑝，玉聲⋯	皇 大也。	隱性「按皇，大也，故聲之大，字多从皇」	本義	皇 鍠喤煌瑝	「大」	1、《說文》「喤，小兒聲。」按大聲與小聲義反實相因。「煌，煌煌、輝也。」按火光之大者也。依據聲符，段《注》認爲「玉部曰：瑝，玉聲。」蓋玉聲之大也。

第二十一部　微部

情況分析 例字、說解	亦聲聲符	表述方式	意義關係	諧聲同源	同源線索	疏證
瑈 玉器也⋯从玉畾聲。《說文》無畾字，而云畾聲者：畾即靁之省也。靁字下曰：从雨畾，象回轉形。木部欙字下曰：刻木作雲靁，象施不窮。楊雄賦曰「欛轤不絕。」凡从畾字皆形聲包會意。	靁 陰陽薄動，靁雨生物者也。从雨畾，象回轉形。	顯性「凡从畾字皆形聲包會意。」	形象義	畾瑈藟欙纍讄蘽	「迴旋」之形	1、于省吾先生認爲甲骨文作「𖧧、𖧧」，象雷之閃耀之形，爲雷之初文，並且詳細的論述了靁的形體演變過程。〔註123〕 2、段《注》注重從古器物的形制等方面，考證字的理據性。「按古玉器爲鹿盧轉旋。蓋不獨劍具。」則加質料「玉」；藟草得名蓋其回轉攀藤於樹木；欙字金文作「𖧧」，《說文》已說明其得名之由，「龜目酒尊刻木作雲雷，象施不窮也。」
藟 艸也⋯从艸畾聲。詩曰莫莫葛藟。一曰秬鬯。此字義別說也，秬鬯之酒，鬱而後鬯，凡字从畾者皆有鬱積之意。是以神名鬱蘽。《上林賦》云「隱鱗鬱蘽」，秬鬯得名藟者，必在乎是。其字从艸者，醸芳艸爲之也。		隱性「凡字从畾者皆有鬱積之意。」				3、雷有迴旋之形，引申有纏繞、增益之意。《說文》「蘽，綴得理也。」「讄，禱也。累功德以求福。」 4、蘽木蓋亦謂林中之小樹木，寄生纏繞，附屬於大木之下。「其物在艸木之間。近乎艸者則爲艸部之藟，詩之藟也；近乎木，則爲木部之蘽」 5、蘽爲綴得理也，有大索之意。「纍，大索也，欙从纍，此聲義之皆相倚者
欙 龜目酒尊刻木作雲雷，象施不窮也。从木从畾畾亦聲。畾聲，靁之省。凡許言畾聲皆靁省聲。		顯性「从木从畾畾亦聲」				

〔註123〕于省吾：《甲骨文字釋林》，中華書局，1999年11月，第9～11頁。

藁 藁木也…按槀者藁之省，其物在艸木之間。近乎艸者則爲艸部之藟，詩之藟也；近乎木，則爲木部之藁…从木藟聲。形聲包會意。	藟 艸也…从艸畾聲詩曰莫莫葛藟。一曰秬鬯。	顯性「形聲包會意」				也」皆爲保障山行安全之物，其用相同，皆輢引也，加「木」爲其質料，另有別於「櫐」。
櫐 山行所乘者…櫐自其輢引而言。纍，大索也，櫐从纍，此聲義之皆相倚者也…从木纍聲。	纍 綴得理也。	隱性「纍，大索也，櫐从纍，此聲義之皆相倚者也」	本義	纍櫐	「繩索」	
絫 增也。增者，益也。凡增益謂之積絫，絫之隸變作累，累行而絫廢。古書時見絫字，乃不識爲今之累字。从厽糸，會意。糸，細絲也，積細絲成繒，積坺土成牆，其理一也。不入糸部入厽部，重厽也。《玉篇》乃以入糸部矣。厽亦聲。	厽 絫坺土爲牆壁。	顯性「厽亦聲」	引申義	厽絫壘	「增益」	1、戴侗《六書故》謂「說文 ΔΔ 即畾之省。」〔註124〕于省吾認爲是很正確的。《說文》說解不可靠。回轉引申有增益之意。段《注》「積細絲成繒，積坺土成牆，其理一也。」分析精闢，故分別加「糸」「土」旁。
壘 絫墼也。墼者，令適未燒者也，已燒者爲令適，今俗謂之塼，古作專。未燒者謂之墼。今俗謂之土墼，坺土則又未成墼者。積坺土爲牆曰厽；積墼爲牆曰壘。此音同義異之字也。土部曰軍壁爲壘。此又音義皆異之字也…从厽土，會意不入土部重厽也。厽亦聲。		顯性「厽亦聲」				
樏 木實也。絫者，今之累積字。从絫，言其多也。假借則扁榼謂之樏。似盤，中有隔也。从木絫聲。	絫 增也。	隱性「从絫，言其多也。」	引申義	絫樏	「多」	1、徐鍇《繫傳》「樏即果之一名也。」段《注》闡發聲符「从絫，言其多也。」今天仍然有成語「碩果累累」。
璣 珠不圓者。各本作也。今依《尚書音義》，《後漢書》注作者。凡經傳沂鄂謂之	幾 微也殆也。	隱性聲符類推	假借義	幾璣機	「不圓」	1、段《注》「凡經傳沂鄂之幾，門蔽謂之機，故珠不圓之字从幾。」類推「幾」聲有「不圓」之意。

〔註124〕于省吾：《甲骨文字釋林》，中華書局，1999年11月，第10頁。

幾，門檕謂之機，故珠不圜之字从幾。从玉幾聲。					
畿 天子千里地…以逮近言之則言畿。逮字依小徐本。逮者，及也。《九畿》注曰：故書畿爲近。鄭司農云近當言畿。按故書作近，猶他書叚圻作畿耳…小雅「如畿如式」傳曰：畿，期也。《禮記》「丹漆雕畿」注曰：畿，圻堮也。古幾畿通用。从田幾省聲。形聲中包會意。		顯性「形聲中包會意。」	引申義	幾畿	「盡、近」	1、幾者微也、殆也，引申有盡之意。「然則見幾、研幾字當作幾，庶幾，幾近字當作譏。」則爲詞義引申下的字形分化。 2、幾引申有近之意，《說文》「畿，天子千里地…以逮近言之則言畿。」近義已明瞭，「古幾畿通用。」加形符「田」形體分化的產物。
犩 兩壁耕也。壁當作辟，辟是旁側之語。服虔云：西辟，西偏也。兩壁耕謂一田中兩牛耕。一从東往，一从西來也。此耕字自人牛言之，與木部云叉犁，自器言之不同。从牛非聲。此形聲包會意。非从飛，下翅取其相背…	非　違也。从飛下翅，取其相背也。	顯性「此形聲包會意」	引申義	非犩輩誹斐啙棐騑	「分違義」	1、沈兼士認爲非字諧聲孳乳屬於「本義與借音混合分化式」，「非，違也。从飛下翅，取其相背也。戴侗六書故、周伯琦說文字原皆謂與飛爲一字。改其後非飛異用，乃加虫爲蜚。《史記·周本紀》『蜚鴻滿野』，正義云：蜚古飛字，是也。故非字得有分違與飛揚二義。」 2、《說文》「棐，輔也。」按爲輔正弓弩之器，所以矯正彎曲者，由分違之意而出。「騑，驂旁馬也。」駕三匹馬，在中的叫服，在旁邊的叫騑，由分違之意引申而出。 3、《說文》「裵，長衣貌。」「毴，毛紛紛也。」「俳，戲也。」（沈兼士認爲「蓋取其長袖飛舞之意。」）〔註 125〕 4、非聲有「肥」義，《說文》「腓，脛腨也。」沈兼士認爲「即今俗所謂腿壯。」〔註 126〕 5、非聲有「赤」義，《說文》「菲，芴也。」《爾雅》「菲，蒠菜」，郭注：「菲草生下濕地，似蕪菁，華紫赤色，可食。」《說文》「翡，赤
輩 若軍發車百兩爲輩。兩各本作兩，今正。車之偁兩者，謂一車兩輪，無取二十四銖之兩。此許之例也。若軍發車百兩爲輩。蓋用司馬法故言，故以若發聲。今司馬法存者鮮矣，引申之爲什伍同等之稱…从車非聲。非者兩翅，形聲中有會意。俗从北，非聲也。		顯性「形聲中有會意」		菲翡痱	「赤義」	
誹 謗也。誹之言非也，言非其實。从言非聲。		隱性「誹之言非也，言非其實。」		罪扉	「交文之編織物」	
斐 分別文也。謂分別之文曰斐。…許云，分別者，渾言之則爲文，析言之則爲分別之		顯性「此舉形聲包會意也」		腓	「肥」	

〔註 125〕沈兼士：《沈兼士學術論文集》，中華書局，2004 年 5 月，第 137 頁。

〔註 126〕同上。

文，以字從非知之也。非，違也。凡從非之屬，芈別也；靠，相違也。從文非聲。此舉形聲包會意也…			顯性「非亦聲」		襄乇俳	「飛揚義」	羽雀也。」「痱，風病也。」夏天身上生的痱子，色赤。 6、非聲孳乳情況很複雜，由引申義、假借義多向發展。
芈 別也。別者，分解也。從非己舊己下有聲字，今刪，己猶身。非己猶言不為我用，會意，非亦聲。							
踒 足跌也。跌當為胅。字之誤也。肉部曰：胅，骨差也。踒者，骨委屈失其常，故曰胅，亦曰差跌。從足委聲。	委 委隨也。	隱性「踒者，骨委屈失其常，」「取委順之意。」	引申義	委踒逶	「委曲」	1、委有委曲、委順之意。段《注》採用聲訓「踒者，骨委屈失其常，故曰胅，亦曰差跌。」《說文》「逶，逶迤，斜去之貌。」 2、委有順義，《說文》「倭，順貌。」
覣 好視也。和好之視也。從見委聲。取委順之意。					委覣倭	「委順」	
觠 角曲中也。《考工記》曰：夫角之中，恒當弓之畏。畏也者必橈。…弓之中曰畏，角之中曰觠，皆其曲處。而弓人必以觠傳於畏。故注曰恒弓。從角畏聲。	畏 惡也。	隱性	假借義	畏隈溾觠	「彎曲」	1、畏聲有「曲」義。朱駿聲注意到並訂正《說文》，「溾，沒也。從水畏聲。按此字當訓水曲澳也。山曲曰隈，水曲曰溾。沒義他書無所見，惟見《廣雅・釋詁》。張氏亦迷許耳。」〔註127〕
榱 椽也。秦名屋椽也，周謂之椽，齊魯謂之桷…從木衰聲榱之言差次也，自高而下，層次排列如有等衰也。	衰 艸雨衣也。	隱性「榱之言差次也，自高而下，層次排列如有等衰也。」	假借義	衰榱	「等衰」	1、衰乃蓑的初文，假借有等衰之意。段《注》根據實物形制，「榱之言差次也，自高而下，層次排列如有等衰也。」考證出聲符表意。
覾 注目視也。專注之視也，於從歸取義。從見歸聲。	歸 女嫁也。	隱性	引申義	歸覾	「會聚」	1、歸字甲骨文作「𠂤」，金文作「𨖷」李孝定先生認為「（金文）大抵從婦，𠂤聲，與契文同…」古書中表女子出嫁之意，引申有歸附之意。段《注》闡發聲符之意。
覹 司也。司者，今之伺字，許書無伺，司下當有視字。《廣韻》曰：覹，伺視也，於從微取意。覹同覹。從見微聲。	微 隱行也。	隱性「於從微取意。」	本義	微覹	「隱藏」	1、微為隱行之意，也指稱微視、探視、伺視，故加「目、見」旁。

〔註127〕朱駿聲：《說文通訓定聲》，中華書局，1998年12月，第567頁。

頯 頭不正 。《釋魚》左倪不頯。《周禮》頯作䪼，蓋皆頯之假借字也。从頁耒，會意。耒，頭傾。說从耒之意。亦聲。耒亦聲。	耒 手耕曲木也。	顯性「耒亦聲」	引申義	耒頯	「歪曲」	1、耒爲手耕曲木，有歪曲、傾斜之意。頭之歪曲，稱耒，加「頁」旁。 2、人們抓住了頭不正與耒曲之間的形似，進而稱「頭不正」爲「耒」，加「頁」。
騛 馬逸足者也…从馬飛。會意飛亦聲。司馬法曰飛衛其輿。司馬法今佚，此稱司馬法說从飛之意也。	飛 鳥翥也。	顯性「會意飛亦聲」	比況義	飛騛	「飛奔」	1、馬逸足，指馬奔跑起來象飛似的，稱其爲「飛」，加「馬」旁。
洄 溯洄也。从水回聲。以形聲包會意。	回 轉也。	顯性「以形聲包會意」	本義	回洄	「迴旋」	1、「回」字甲骨文作「𠃟」，象水迴旋之形，有回轉、溯洄之意。洄爲回的後起本字。
媺 順也。順者，理也，尾主於順，故其字从尾。按此字不見於經傳。《詩》、《易》用「亹亹」字，學者每不解其何以會意、形聲，徐鉉等乃妄云當作媄，而近人惠定宇氏从之…从女尾聲。讀若媚。	尾 微也。	隱性「順者，理也，尾主於順，故其字从尾。」	引申義	尾媺	「尾順」	1、「按此字不見於經傳。」可見，《說文》是包含一些俗字、死字的。 2、段《注》詳說聲符之義。
媿 慚也。慚下曰媿也。二篆爲轉注，亦考老之例。从女鬼聲。按此亦形聲中有會意。媿，或从恥省。按即謂从心可也。	鬼 人所歸爲鬼。	顯性「按此亦形聲中有會意。」	吳大澂古籀補「媿，姓也。後世借爲慚愧字，而媿之本義廢。」高鴻縉《中國字例》「媿爲女姓，饋與魄均爲慚，愧从心，媿則从恥省。凡以同鬼聲而通假用之者，當明爲訓解，以免後人牽疑，應糾正《說文》。」〔註128〕段《注》分析有誤。				
匯 器也。謂有器名匯也。…按匯之言圍也，大澤外必有陂圍之，如器之圍物。古人說淮水曰：淮，圍也。匯从淮，則亦圍也…从匚淮聲…	淮 淮水也。	隱性「按匯之言圍也」	假借義	淮匯	「圍繞」	1、段《注》依據《釋名》，「匯，圍也。圍繞揚州北界，東至於海也。」結合器物的形制，「大澤外必有陂圍之，如器之圍物。」有一定的說服力。
綏 車中靶…从糸妥聲。聲字各本無，今補。妥字見禮經、小雅，許偶遺之，近已補於女部。毛公曰：妥，安坐也。綏以妥會意，即以妥形聲。	妥 安也。	顯性「綏以妥會意，即以妥形聲。」	引申義	妥綏	「安穩」	1、妥字，段《注》增補之字。妥有安義，綏爲車中之靶，目的是使人乘坐安全。此物手中握處，蓋用絲所做。

〔註128〕《漢語大字典》，湖北辭書出版社、四川辭書出版社，1992 年 12 月，第 448 頁。

第二十二部　物部

情況分析 / 例字、說解	亦聲聲符	表述方式	意義關係	諧聲同源	同源線索	疏　證
類 種類相似，唯犬爲甚。說從犬之意也，類本謂犬相似，引申假借爲凡相似之稱。《釋詁》、毛傳皆曰：類，善也。釋類爲善，猶釋不肖爲不善也。《左傳》「刑之頗類。」假類爲纇。從犬頪聲。《廣韻》引無聲字。按此當云頪亦聲。頪，難曉也。	頪 難曉也。	顯性「按此當云頪亦聲。」	引申義	頪類	「相似」	1、《說文》「種類相似，唯犬爲甚。」有些望文生義，我們對類的造字理據不甚清楚。上古音，「頪類」皆爲物部來紐。頪，難曉也。同一種類有很多相似，難以分辨。頪亦聲基本可信。
禷 以事類祭天神…從示類聲。此當曰從示類，類亦聲，省文也。禮以類爲禷。	類 種類相似，唯犬爲甚。從犬頪聲。	顯性「此當曰從示類，類亦聲，省文也。」	引申義	類禷	「事類」	1、《說文》諧聲爲訓，而且經傳多以類爲禷。古人十分重視祭祀活動，有很多種類，常祭、類祭等。類祭爲由事類以祭祀，非定時之祭。
祟 神禍也。釋玄應衆經音義曰：謂鬼神作災禍也。從示出。按出亦聲…	出 進也。象草木益茲上出達之形。	顯性「按出亦聲」「言會意以包形聲也。」	本義	出祟茁	「出來」	1、出字甲骨文作「🦶」，象腳趾離開某坎地。 2、上古，出爲物部昌紐、祟爲物部邪紐、茁爲物部端紐，韻同，舌齒二紐關係密切。 3、祟爲神鬼之出，茁爲草之生出，齟爲齒出之意。
茁 艸初生地兒。從艸出。依《韻會》所引，言會意以包形聲也。詩曰彼茁者葭《召南》文毛曰：茁，出也。按也當爲兒之訛。						
齟 齚齒也。謂齚物而外露之齒也，故從齒出。從齒出聲。		隱性				
崛 山短而高也。而字舊無，今依《廣韻》補。短高者，不長而高也。不長故從屈。屈者，無尾也。無尾之物則短。張揖《上林賦》注曰：崛崎，斗絕也。從山屈聲。	屈 無尾也。	隱性「不長故從屈。」	引申義	屈崛	「短」	1、段《注》由聲符屈字闡述字義，「短高者，不長而高也。不長故從屈。屈者，無尾也。無尾之物則短。」
卒 大夫死曰卒，《曲禮》天子死曰崩，諸侯曰薨，大夫曰卒，士曰不祿，庶人曰死。《白虎通》曰：大夫曰卒，精耀終也。卒之爲言終	卒 隸人給事者衣爲卒。	隱性「卒之爲言終於國也。」	假借義	殚醉碎瓶	「終了」	1、裘錫圭先生認爲：「甲骨文在『衣』形上加交叉綫的『卒』，大概是通過加交叉綫來表示衣服已經縫製完畢，交叉綫象徵所
				猝崪窣	「倉猝」	

篆字·說文說解	聲符說解	段注性質	義類	字組	詞	分析說明
於國也。字皆作卒，於《說文》爲假借。從歺卒聲。 醉　卒也，卒其度量不至於亂。以疊韻爲訓。從酉卒。此以會意包形聲，卒亦聲也。		顯性「此以會意包形聲，卒亦聲也。」		萃誶	「薈萃」	縫的綫」，有「終了」之意，後造「殍」專表這一假借義。〔註129〕同時，假借有「倉猝、薈萃」之意，又分別孳乳出一組諧聲系統。 2、「碎」爲石破，「瓹」爲瓦破，「醉」爲酒足，「殍」爲人之終結，皆有「終了」之意。 3、《說文》「崒，驚也。」窣爲從穴中猝出。 4、《說文》「萃，艸貌。從艸卒聲。」朱駿聲「按艸聚貌。」〔註130〕「誶，會五彩繒色。」按有「薈萃」之義。
榗　䙂高皃。各本無䙂字，今按《玉篇》朩下云䙂高者，正用榗之解也。倏忽字今作忽。許作䚻。䙂高者，忽然而高。如桑穀一暮大拱。《西京賦》神山崔巍倏從背見之類。從木䙂聲。形聲包會意。	䙂　出氣詞也。從日象氣出之形。	顯性「形聲包會意」	假借義	䙂榗	「忽然」	1、段《注》「象笏字古作[圖]，許《竹部》無笏。」徐灝注箋「上象椎頭，下象方體，故以爲象佩笏形。」我們認爲此蓋象笏之形，假借作忽然之意。 2、徐灝《說文解字注箋》「榗，謂木忽然而高。」
暨　日頗見也。頗，頭偏也，頭偏則不能全見其面，故謂事之略然者曰頗。日頗見者，見而不全也。《釋言》曰：暨，不及也。此其引申之義。釆部曰：臮者，眾與詞也…從旦既聲。既，小食也，日不見故取其意。亦舉形聲包會意。	既　小食也。	顯性「亦舉形聲包會意」	引申義	既暨	「稍稍」	1、「既」字甲骨文作「[圖]」，象人剛小食畢，頭轉過去，背對著美食。 2、暨爲天剛剛明亮之時，《說文》「日頗見。」十分正確，古人「暨旦」常連文。
鬃　鬆也。忽見也…從髟彔聲。此舉形聲包會意也。下文說從彔之意。彔籀文鬃…	魅　老物精也。	顯性「此舉形聲包會意也。」	引申義	魅鬃	「飄忽不定」	1、古人對鬼神充滿崇敬和畏懼，在他們的意識中鬼是飄忽不定的，有的還長著很長的頭髮，故加「髟」旁。
弼　輔也。輔者，車之輔也，引申爲凡左右之稱。《釋詁》曰弼，輔也；人部曰備，輔也。	弗　矯也。	顯性「弗亦聲」	引申義	弗[圖]	「矯正」	1、弗字甲骨文作「[圖]」，李孝定認爲「字作弗，正像矯箭使直之形。」〔註131〕矯正引申有夾輔之意。上
			假借義	咈曹彿	「不」	

〔註129〕裘錫圭：《釋殷墟卜辭中的「卒」和「䘏」》，《裘錫圭學術文集·甲骨文卷》，復旦大學出版社，2012年6月，第376頁。

〔註130〕朱駿聲：《說文通訓定聲》，中華書局，1998年12月，第630頁。

〔註131〕《漢語大字典》，湖北辭書出版社、四川辭書出版社，1992年12月，第416頁。

情況分析 例字、說解	亦聲 聲符	表述 方式	意義 關係	諧聲 同源	同源 線索	疏　證
俌輔音義皆同也…從弓丙聲…𢎿古文弼如此。從重丙，取會意。丙，舌皃也，馳弓之檠如口中之舌，二弓則二舌矣，重丙以見二弓也𢎰古文弼支，小擊也。榜之則不無撲擊。𢎰弼或如此。弗者，矯也，故從弗，弗亦聲。						古音，「弗」爲物部並紐，「弜」爲物部幫紐，韻同、皆爲脣音，聲韻關係極近。 2、弗假借作否定詞，有「不」之意。《說文》「咈，違也。」「𣎆，目不明也。」「佛，見不審也。」由假借義孳乳，皆有「不」義。
轛 橫輴也。謂車闌也。木部橫下曰闌木也。《考工記》曰：參分軹圍，去一以爲轛圍…後鄭又云轛者，以其向人爲名，按字所以從對與。從車對聲…	對 應無方也。	隱性「以其向人爲名，按字所以從對與。」	引申義	對轛	「面對」	1、段《注》根據車物的形制，推斷得名之由。轛下注「轛，車旁也…按輢者，言人所倚也。前者對之，故曰轛，旁者倚之，故曰輢…」
鐅 怒戰也。怒則有氣，戰則用兵，故其字從金氣，氣者氣之假借字也。從金愾省此會意而愾省，亦聲也。今本作氣聲，乃上下不丗…春秋傳曰諸侯敵王所愾。	愾 大息也。	顯性「此會意而愾省，亦聲也」	引申義	愾鐅	「怒氣」	1、《說文》「從金氣聲。」段《注》認爲於義上下不貫。上古，氣愾皆爲物部溪紐。愾爲歎息，較氣語氣重，符合會意之旨。
軋 報也。報大徐作輾，非也。《匈奴傳》曰：有罪，小者軋，大者死。顏曰：謂輾轉轢其骨節。按本謂車之報於路，引申之爲勢相傾。從車乙聲。此從甲乙爲聲，非從燕乚也…	乙 象春草木冤曲而出也。	隱性「軋從乙者，言其難乙乙也」				1、甲骨文中乙作「𠃊」，《爾雅·釋魚》「魚腸謂之乙。」我們認爲此較《說文》貼切。在甲骨文中假借作天干。 2、段《注》「報」下「軋從乙者，言其難乙乙也。」望文生義。

第二十三部　文部

情況分析 例字、說解	亦聲 聲符	表述 方式	意義 關係	諧聲 同源	同源 線索	疏　證
春 推也。此於雙聲推之。《鄉飲酒》曰：東方者春。春之爲言蠢也。尚書大傳曰春出也，萬物之出也。從日艸屯。日艸屯者，得時艸生也，屯字象艸	屯 難也。象草木之初生。	顯性「屯亦聲會意兼形聲」	引申義	屯春蠢	「動」	1、甲骨文「𡳿」字，于省吾認爲「即屯之初文。」《說文》的解釋基本正確，象幼芽破土而出的形狀。「甲骨文春秋之春作𣜈、𣜈…甲骨文今屯、來屯屢見，是有時亦以屯爲春。」〔註132〕

〔註132〕于省吾：《甲骨文字釋林》，中華書局，1999年11月，第1～2頁。

木之初生。屯亦聲。會意兼形聲，此七字依韻會。今二徐本皆亂以錯語。					2、上古，屯爲文部定紐、春爲文部昌紐，韻同、皆爲舌音，聲韻極近。
蠢 蟲動也。此與蠕義同。以轉注之法言之，可云蠕也。引申爲凡動之偁。詩「蠢爾荊蠻。」毛傳曰：蠢，動也。《鄉飲酒義》曰：東方者春，春之爲言蠢也，產萬物者也。注云：蠢，動聲之皃，亦叚春爲之。《考工記》「張皮矦而棲鵠，則春以功。」注云：春讀爲蠢，作也，出也，蠢與心部惷訓亂義異。從蚰春聲。形聲中有會意。	春 推也。從艸屯從日，艸春時生也。	顯性「形聲中有會意。」			3、「春之爲言蠢也，產萬物者也。」此句聲訓反映了古人對春季特點──「動」的精確把握。人們認爲春季陽氣上升、陰氣下沉，春季萬物復蘇，一切蓬勃盎然。根據這一認識，人們稱呼「動」爲「春」，蟲動則加「蚰」。
君 尊也。此「羊祥也」，「門聞也，戶護也，發拔也」之例。從尹口。尹治也。口以發號。此《依韻》會。又補一口字。尹亦聲。古文象君坐形。	尹 治也。	顯性「尹亦聲」	引申義	尹君	「治理」	1、尹字甲骨文作「⿰」，「古文字從又持｜爲筆形，代表治事的官尹。」〔註133〕君作「⿱」，金文作「⿱」《說文》古文「⿱」，象君坐形，其實乃是金文上部離析的結果，許愼望文生義了。
論 議也。論以侖會意，人部曰：侖，思也。侖部曰：侖，理也。此非兩義。思如玉部：鰓，理自外可以知中之鰓。《靈臺》「於論鐘鼓」，毛曰，論，思也。此正許多本。詩於論正侖之假借。凡言語循其理，得其宜謂之論。故孔門師弟子之言謂之論語。皇侃依俗分去聲、平聲異其解。不知古無異義。亦無平去之別也。《王制》「凡制五刑，必即天論。」《周易》「君子以經論。」《中庸》「經論天下之大經」皆謂言之有倫有脊者。許云，論者，議也。議者，語也，似未盡。從言侖聲。當云從言侖，侖亦聲。	侖 思也。	顯性「當云從言侖，侖亦聲」	引申義	侖論輪倫淪掄	「條理」	1、毛傳「論，思也。」章炳麟《國故論衡》「論者，古但作侖。」段《注》「凡言語循其理，得其宜謂之論。」按「侖」有理義。 2、段《注》分析車輪之形制，認爲「三十輻兩兩相當而不迤，故曰輪。」按「侖」有理義，有理之物稱「侖」，不同事物則旁加形符。 3、《說文》「倫，輩也。」「淪，小波爲淪。」「掄，擇也。」按皆有「理」義。

〔註133〕《漢語大字典》，湖北辭書出版社、四川辭書出版社，1992 年 12 月，第 405 頁。

輪 有輻曰輪。云有輻者,對無輻而言也。輪之言倫也,从侖,侖,理也。三十輻网网相當而不迆,故曰輪。無輻曰輇。…从車侖聲。		隱性「輪之言倫也」				
攽 分也。从攴分聲。此形聲包會意。周書曰乃惟孺子攽。《洛誥》文,今《尚書》作頒。	分別也。	顯性「此形聲包會意」 顯性「此形聲包會意」 「形聲包會意也。」	本義	分盼貧	「分開」	1、分字甲骨文作「八」,林義光認爲「八(微韻)、分(文韻),雙聲對轉,實本同字。」高鴻縉認爲「林說是也。八之意本爲分,取假象分背之形,指事字,動詞,後世借用爲數目八九之八。久而不返,乃加刀爲意符作分,以還其原。殷以來兩字分行,鮮知其本爲一子矣。」〔註134〕 2、《說文》「貧,財分少也。从貝从分、分亦聲。」「芬,艸初生其香分佈也。从屮从分、分亦聲。」
盼 白黑分也。玄應書引如此。詩曰美目盼兮。見《衛風》,毛曰:盼,白黑分也。韓詩云,黑色也。馬融曰:動目皃。按許从毛。从目分聲。此形聲包會意。从毛則以盼會意也。						
梤 香木也。芬爲艸香。故梤爲香木。从木芬聲。形聲包會意也。			引申義	分梤芬	「分佈」	
刌 切也。《玉藻》瓜祭上環注曰:上環,頭刌也。元帝紀分刌節度。从刀寸聲。凡斷物必合法度,故从寸。《周禮》昌本,切之四寸爲菹,陸續之母斷蔥,以寸爲度是也。云寸聲包會意。詩「他人有心,予寸度之。」俗作忖,其實作寸、作刌皆得如切物之度其長短也。	寸 十分也。人手卻一寸動脈謂之寸口。	顯性「云寸聲包會意」	引申義	寸刌忖	「度量」	1、「寸」引申有度量、法度之意。段《注》於闡發聲符「凡斷物必合法度,故从寸。」 2、《說文》新附字「忖,度也。」按有「度量」之意。
穊 除苗間穢也。穢當作薉,艸部薉,無也,無穢字…从耒員聲。員,物數也,謂艸之多也。此形聲包會意。	員 物數也。	顯性「此形聲包會意」	假借義	員穊損睍	「物數」	1、「員」字甲骨文「鼎」,从鼎與《說文》籀文一致。林義光認爲「口,鼎口也。鼎口,圓象。」按「員」是方圓之「圓」的本字。〔註135〕 2、「員」聲假借有「物數」之意,《說文》「睍,外博眾多視也。」「損,減也。」

〔註134〕《漢語大字典》,湖北辭書出版社、四川辭書出版社,1992年12月,第135頁。

〔註135〕《漢語大字典》,湖北辭書出版社、四川辭書出版社,1992年12月,第264頁。

籆 榜也。木部曰：榜所以輔弓弩也。檢栝弓弩必考擊之，故《廣雅》曰：榜，擊也。引申之義也。《史記》多言「榜笞，榜箠」。从竹殿聲。殳部曰殿，擊也。此形聲包會意也。	殿 擊聲也。	顯性「此形聲包會意也」	引申義	殿籆	「敲擊」	1、朱駿聲「按所以檢栝弓弩者，以木為之曰柲，曰槃曰榜，以竹為之曰，籆曰閉。」〔註136〕殿有擊義，以竹夾輔檢栝弓弩者，加「竹」旁。
羿 具也。孔子說《易》曰：羿，入也。羿乃愻之假借字。愻順也，順故善入，許云具者，羿之本義，羿今作巽。从丌阴聲。形聲包會意。丌部曰阴，二阝也。羿从此。按二阝者，具意也。…	阴 二阝也。	顯性「形聲包會意」	本義	阴羿	「具備」	1、阴字羅振玉認為「《易·雜卦傳》：『巽，伏也。』又為順、為讓、為恭，故从二人跽而相从之狀。疑即古文巽字。」 2、阴字引申有「具備」之意，「按二阝者，具意也。」阴與羿意義相同。
娠 女妊身動也。凡从辰之字皆有動意。震，振是也。…从女辰聲。春秋傳曰後緡放娠……一曰官婢女隸謂之娠…	辰 有身也。	隱性「凡从辰之字皆有動意。」	引申義	辰娠農振震	「動」	1、辰字甲骨文作「𠩵」，郭沫若《甲骨文字研究》「辰與蜃在古當係一字。蜃字从蟲，例當後起。」「余以為辰實古之耕器。其作貝殼形者，蓋蜃器也…附以提手，字蓋象形，其更加以手形若足形者，則示操作之意。」「辰本耕器，故農、辱、蓐、耨諸字均从辰。星之名辰者，蓋星象於農事大有攸關，古人多以耕器表彰之。」〔註137〕 2、耕作故引申有「動」之意，《說文》「振，舉救也。」「震，辟瀝振物者。」皆有「動」義。 3、黃易青認為「又如，孕曰娠，口端曰唇，身後曰尻，水崖曰漘。物類不同，而都有『端始』義」〔註138〕按「辰」聲有「始」義。
農 房星。《爾雅》曰，天駟，房也。大辰，房心屋也。於天官為東官蒼龍。為民田時者，《周語》曰農祥晨正。韋云：農祥，房星也。晨正謂立春之日，晨中於午也。農事之候，故曰農祥。爾雅注曰龍星明者以為時候，故曰大辰。从晶辰聲。以晨例解之，當云从晶从辰，从辰，辰時也，辰亦聲。上文為民田時者，正為从辰發也…		顯性「當云从晶从辰，从辰，辰時也，辰亦聲。」				
囩 回也。二字疊韻，雲字下曰象雲回轉形，沄字下曰轉流也。凡从云之字皆有回轉之義。	云 山川氣也。	顯性「形聲包會意也」	引申義	云囩魂沄	「回轉」	1、于省吾認為「甲骨文云字作𠫔…云為雲之初文，加雨為形符，乃後起字。」按象雲彩迴旋之形。〔註139〕

〔註136〕朱駿聲，《說文通訓定聲》，中華書局，1998年12月，第808頁。

〔註137〕《漢語大字典》，湖北辭書出版社、四川辭書出版社，1992年12月，第1501頁。

〔註138〕黃易青：《同源詞義素分析法》，《古漢語研究》，1999年第1期。

〔註139〕于省吾：《甲骨文字釋林》，中華書局，1999年11月，第6～7頁。

从口云聲。形聲包會意也。						
魂 陽氣也。陽當作昜。《白虎通》曰：魂者，沄也，猶沄沄形不休也。《淮南子》曰：天氣爲魂。《左傳》子產曰：人生始化曰魄，既生魄，陽曰魂，用物多，則魂魄強。从鬼云聲…魂之義鬼下云上者，陽氣沄沄而上之象也。曰云聲者，舉形聲包會意。		顯性「舉形聲包會意」				2、段《注》「凡从云之字皆有回轉之義。」不甚準確。《說文》9字从云聲，3字有「回轉」之意。「沄，轉流也。」 3、上古的先民意識有時作用於詞的派生、字的孳乳。孟廣道認爲魂的產生根源於古人非科學的認識，「這是古來非科學的認識信息作用於詞的派生並進而反映在孳乳字中的遺傳信息。」〔註140〕
暈 光也…从日軍聲。軍者，圓圍也。此以形聲包會意。	軍 環圍也。	顯性「此以形聲包會意。」	引申義	軍暈	「環圍」	1、日暈爲圓圈圍繞太陽之形。軍有環圍之意，在古人的類比思維作用下，稱之爲「軍」並加「日」旁。
順 理也…从頁川。人自頂以至於踵，順之至也。川之流，順之至也，故字从頁川會意，而取川聲。小徐作川聲，則舉形聲包會意。「訓馴」字皆曰川聲也。	川 貫穿通流水也。	顯性「則舉形聲包會意」	引申義	川順訓馴		1、上古音，川爲文部昌紐、順爲文部船紐，韻同、皆爲舌音，聲韻關係極近。 2、「川」有通義，與理相通。《說文》「訓，說教也。」「馴，馬順也。」按皆有「通順」義。
彣 𢽾也。有部曰𢽾有彣彰也。是則有彣彰謂之彣，彣與文義別。凡言文章皆當作彣彰。作文章者省也。文訓遣畫，與彣義別。从彡文。以毛飾畫而成彣彰，會意，文亦聲。	文 錯畫也。	顯性「會意，文亦聲。」	本義	文彣𡩡	「錯畫」	1、朱駿聲認爲「从彡从文會意、文亦聲。凡彣彰、彣彩、彣明字，經傳皆以文爲之。」〔註141〕文有錯畫之意，加「彡」表紋飾。 2、《說文》「𡩡，亂也。」按絲之錯亂也。
陵 高也。高上當有陵字，轉寫奪之耳。高者，崇也；陵者，陟高也。凡屾上曰陟。陵从陵則義與陵同。同一高而有危高、陵高、短而高、巍高、大而高之別…从山陵聲。此舉形聲包會意…	陵 峭高也。	顯性「此舉形聲包會意」	本義	陵陵	「高」	1、詞義具有抽象性、概括性的特點，然而，表意的漢字喜歡加注形符以明確詞義所指，這是漢字的一大個性。這些分別字很多後來消失了。陵有「高」義，山之高則加「山」。

〔註140〕孟廣道：《亦聲字詞的遺傳信息》，《古漢語研究》，1997年第1期。

〔註141〕朱駿聲：《說文通訓定聲》，中華書局，1998年12月，第785頁。

例字、說解	亦聲聲符	表述方式	意義關係	諧聲同源	同源線索	疏　證
蟁 齧人飛蟲。齧人而又不善飛者。从䖵民聲…蟁或从昏。昏从氐省。氐者，下也。俗沾一日民聲。而蟁篆上亦沾蟁篆矣。以昏時出也。說會意之旨，而形聲在其中。俗蟁从虫从文。蟲部曰，秦晉謂之蚋，楚謂之蚊。	昏　日冥也。	顯性「說會意之旨，而形聲在其中」	本義	昏蟁婚閽惛	「昏時」	1、此例爲或體亦聲。蚊子一般在黃昏時候頻繁活動，古人的這一認識貯存於字形中的一個生動例證。 2、《說文》「婚，婦家也。禮，取婦以昏時。婦人陰也，故从婚。从女从昏、昏亦聲。」「婦人陰也」受到了陰陽五行學說的影響，以昏時嫁娶乃與古代搶婚風俗有關。「閽，常以昏閉門隸也。从門从昏、昏亦聲。」與蚊子得名頗相似。「惛，不憭也。」「昏」引申有「不明」之意。
輥 轂齊等皃也。等者，齊簡也。因爲凡齊之稱。齊者，等也。輥者，轂勻整之皃也。戴先生曰：齊等者，不橈減也。輮木圜甚。从車昆聲。昆者，同也。此舉形聲包會意也。周禮曰望其轂欲其輥…	昆　同也。	顯性「此舉形聲包會意也」	本義	昆輥混	「相同」	1、昆有同義，與齊等之意相通。段《注》「輥者，轂勻整之皃也。」車轂齊等故曰「昆」，加「車」旁。
醺 醉也。謂酒氣薰蒸。从酉熏聲。聲字當刪。許舉會意包形聲耳。詩曰公尸來燕醺醺。今詩作來止熏熏。	熏　火焰上出也。	顯性「許舉會意包形聲耳。」	引申義	熏醺薰	「薰蒸」	1、熏字金文作「●」，林義光認爲「（古文）从黑，象火自窗上出形。」〔註142〕 2、「酒氣薰蒸」故加「酉」旁；草之香氣薰蒸則加「艸」。

第二十四部　支部

情況分析 例字、說解	亦聲聲符	表述方式	意義關係	諧聲同源	同源線索	疏　證
柴 燒柴燎祭天也…柴與柴同此聲，故燒柴曰柴。《釋天》曰：祭天曰燔柴…从示此聲。	柴　小木散材也。	隱性「故燒柴曰柴」	本義	柴柴	「木柴」	1、段《注》利用省聲推求語源，但很謹慎，此字依通例，則應分析爲「从示从柴省、柴亦聲。」按柴柴同此聲，柴祭即用柴，故段《注》「柴與柴同此聲，故燒柴曰柴。」
啙 窳也闕…其形則从此从吅，此亦聲…許以訾入言部，以啙入口部，惟啙不入吅部，入此部，許必審知其說…	此　止也。	顯性「从此从吅，此亦聲」	引申義	此啙訾疵	「止、惡」	2、按此聲有「病惡」之意。段《注》根據《說文》歸字通例，認爲「許以訾入言部，以啙入口部，惟啙

〔註142〕《漢語大字典》，湖北辭書出版社、四川辭書出版社，1992 年 12 月，第 932 頁。

骴 鳥獸殘骨曰骴，骴，可惡也。釋骴字音義也，以其歾穢可惡，人所不欲見，故從骨從此，此亦聲。從骨此聲。		顯性「从骨从此，此亦聲」				不入叩部，入此部。」《說文》「窳，汙窬也。」有凹陷、粗劣之意。骴爲可惡之物。按皆有低劣之意。段《注》據亦聲補充了毗的形義。
茋 薂也。是謂轉注。從艸支聲…（荷下「薂之言棱角也；茋之言支起也…」）	支 去竹之枝也。	隱性「茋之言支起也」	形象義	支茋枝跂	「傾斜」	1、金文支作「（古文字形）」，與小篆一致，按從字形分析，非從竹，金文竹作「（古文字形）」，上部象半草形。支聲字多歧別義。〔註143〕
薾 華盛。㲋部曰：麗爾猶靡麗，薾與爾音義同。從艸爾聲。此於形聲見會意。薾爲華盛；瀰爲水盛。《詩》曰：彼薾惟何。小雅文，今作爾，惟今作維。 鬤 髮兒。從髟爾聲。此字亦取爾會意，如華盛之字作薾。皆取麗爾之意也。 瀰 水滿也…從水爾聲。	爾 麗爾猶靡麗也。	顯性「此於形聲見會意」 隱性	引申義	薾瀰鬤	「盛」貌	1、爾字甲骨文作「（古文字形）」，金文作「（古文字形）、（古文字形）」。從字形來看，《說文》不確，在金文中繁簡體共存了。目前，人們還不清楚其構形理據。 2、爾聲有盛義，花草之盛則加「艸」；水盛則加「水」；髮盛之貌則加「髟」。
麗 艸木生著土。從艸麗聲。此當云從艸麗、麗亦聲。《易》曰：百穀艸木麗於地。此引《易》象傳，說從艸麗之意也…	麗 旅行也。鹿之性，見食急則必旅行。	顯性「此當云從艸麗、麗亦聲」	引申義	麗麗	「附麗」	1、麗字甲骨文作「（古文字形）」，李孝定先生認爲「『麗聲』之麗，諸家以爲即此字之古文也。「麗」既以古文爲聲，則從鹿必屬後起。竊謂麗之本義訓兩訓耦，麗字從鹿，當爲鹿之旅行之專字。」〔註144〕引申有附麗之意。
虋 黃華…從艸鼛聲。此舉形聲見會意…	鼛 鮮明黃也。	顯性「此舉形聲見會意」	本義	圭虋	顏色「黃」	1、鼛爲鮮明的黃色，黃色之花也稱「虋」，加「艸」表種屬。
刲 刺也。從刀圭聲。圭剡上，故從圭，形聲包會意。《易》曰：士刲羊。	圭 瑞玉也。上圓下方，以封諸侯。	顯性「形聲包會意也」	引申義	圭刲畦耕	「剡利」	1、圭之形制如⬠，上方三角形狀，故「圭剡上」，引申有刺、利之意。《說文》「耕，冊又可以割麥，河內用之。從耒圭聲。」按《廣雅·釋地》：「耕，耕也。」王念孫疏證「耕之
畦 田五十畮曰畦…按《孟子》曰：圭田五十畝。然則畦從圭		顯性「會意兼形聲興」				

〔註143〕沈兼士：《沈兼士學術論文集》，中華書局，2004 年 5 月，第 111、121 頁。

〔註144〕《漢語大字典》，湖北辭書出版社、四川辭書出版社，1992 年 12 月，第 1965 頁。

田，會意兼形聲與，又用為畦畛…从田圭聲。						言刲也。」〔註145〕我們認為圭有刺、利之意。从耒从圭圭亦聲。段《注》根據《說文》引經說字形的釋例，認為「按《孟子》曰：圭田五十畝。然則畦从圭田，會意兼形聲輿」劃田五十畝為一畦。 2、「閨」下朱駿聲認為「據說文則圭亦意。」 3、圭聲有「深」義。《說文》新附字「眭，深目也。亦人姓。从目圭聲」按亦「圭亦聲」。
閨 特立之戶，上圓下方，有似圭。从門圭聲…《釋宮》曰：宮中之門謂之闈，其小者謂之閨。上圓下方有似圭。从門圭。會意。圭亦聲。		顯性「圭亦聲」	形象義	圭閨	圭形	
娃 圓深目兒。窪，深池也；窐，甌空也。凡圭聲字義略相似。从女圭聲。		隱性「凡圭聲字義略相似」	假借義	圭娃窪眭窐	「深」	
婎 不說也。說者，今之悅字。心部曰：恚者，恨也。婎从恚聲，形聲中有會意。从女恚聲。	恚 恨也。从心圭聲。	顯性「形聲中有會意」	本義	恚婎	「厭恨」	1、恚有恨義，引申有不悅之意。按婎、恚為一字異體，《集韻叶韻》「婎，婎嬈，女態。」則為二字。 2、朱駿聲「婎，不說也。與恚略同，疑為恚之或體。」〔註146〕
智 識詞也。此與矢部知音義皆同，故多通用。从白亏知。鍇曰：亏，亦氣也，按从知會意，知亦聲。	知 詞也。从口从矢。	顯性「知亦聲」	本義	知智	「知道」	1、智金文作「（字）」，下部《說文》認為从「白」有誤，應从「曰」。隸變為「日」。智朱駿聲「按知亦聲。」 2、《說文》「知，詞也。」段《注》『詞也』之上有『識』字。」「此與矢部知音義皆同，故多通用。」按本為一詞分化，動詞作「知」，名詞作「智」。
齯 老人齒。《魯頌》「黃髮兒齒。」《釋詁》曰：黃髮齯齒，壽也。《釋名》曰：九十或齯齒。大齒落盡，更生細者，如小兒齒也。按毛詩作兒，古文他書作齯，今文也。从齒兒聲。此形聲包會意。	兒 孺子也。	顯性「此形聲包會意」	形象義	兒齯鯢	如「小兒」	1、段《注》吸收了《釋名》的有益成果。「《釋名》曰：九十或齯齒。大齒落盡，更生細者，如小兒齒也。」抓住了老人「大齒落盡，更生細者，如小兒齒也。」的特徵，从聲符「兒」探求了「齯」的得名緣由。 2、歷來訓詁學家們強調，訓詁要重視實踐、聯繫實踐，段《注》對事物得名之由的探求，反映了該主導思想的正確性。「形與聲皆如小兒，故从兒」，這是其對事物的細緻觀察。
鯢 刺魚也…从魚兒聲。形與聲皆如小兒，故从兒，舉形聲關會意也。		顯性「舉形聲關會意也」				

〔註145〕《漢語大字典》，湖北辭書出版社、四川辭書出版社，1992 年 12 月，第 1157 頁。

〔註146〕朱駿聲：《說文通訓定聲》，中華書局，1998 年 12 月，第 533 頁。

鬩〔註147〕 恒訟也。恒，常也。故小兒善訟，會意。《詩》曰兄弟鬩於牆…从門兒。兒亦聲。		顯性「兒亦聲」	本義	兒鬩	「小兒」	3、「鬩」下朱駿聲也認爲「按兒亦聲」。
茨 茅蓋屋。俗本作以茅葦蓋屋。見《甫田》鄭箋，《釋名》曰：屋以艸蓋曰茨。茨，次也，次艸爲之也。从艸次聲。此形聲包會意。	次 不前不精也。	顯性「此形聲包會意」	假借義	次茨髮坎㱅赼	「次第」	1、次字甲骨文作「𣚣」，象跪人，口垂涎之形。2、「次」有次第之意。茨者茅蓋屋，「次艸爲之也」；髮者用梳比也，使毛髮有次序、順理也；坎者以土增大道上，「以土次於道上」；「謂之㱅者，次於死也。」《說文》「赼，赼趄不前也。」按皆有「次第」之意。
髮 用梳比也。比者，今之篦字，古只作比。用梳比謂之髮者，次第施之也，凡理髮先用梳，梳之言疏也，次用比，比之言密也。《周禮·追師》「爲副編次。」注云：次者，次第髮長短爲之。疑次即髮。从髟次聲。此舉形聲包會意也。		顯性「此舉形聲包會意也」				
坎 以土增大道上。增，益也。此與茨同意，以艸次於屋上曰茨；以土次於道上曰坎。从土次聲。		隱性「以土次於道上曰坎」				
㱅 戰見血曰傷…亂或爲惛…死而復生爲㱅。此謂戰傷又重於惛也，謂之㱅者，次於死也。三言皆謂戰，蓋出《司馬法》等書。从死次聲。形聲包會意也。		顯性「形聲包會意也」				
賣 出物貨也。《周禮》多言賣價，謂賣買也。从出从買。出買者，出而與人買也。《韻會》作買聲，則以形聲包會意也	買 市也。从网貝。	顯性「則以形聲包會意也」	本義	買賣	「買賣」	1、買、賣爲同源分化，漢語中有「施受同詞」這種現象，猶「受、授，學、教」等歷來訓詁學家都有提及。2、此爲會意類亦聲。
寔 正也。正各本作止…按許云正者，是也。然則正與是互訓。	是 直也。从日正	顯性「此舉形聲包會意」	本義	是寔	「正、直」	1、段《注》「寔與是音義皆同。」因此改《說文》「寔，止也。」爲「正也。」音

〔註147〕上古，「鬩」爲錫部字，爲了與同聲符的「鬩、鯢」排列在一起，更清楚地反映出聲符的孳乳情況，故放於支部。

例字、說解	亦聲聲符	表述方式	意義關係	諧聲同源	同源線索	疏證
寁與是音義皆同。次云寁，正也，即穀公毛鄭之寁，是也…从宀是聲。此舉形聲包會意。						義相同，那麼它們是異體字的關係。
庳 中伏舍…从廣卑聲…一曰屋卑…引申之凡卑皆曰庳。《周禮》其民豐肉而庳。	卑 賤也。執事者。	隱性「引申之凡卑皆曰庳」	引申義	卑庳猈埤婢陴俾鵯婢	「卑小」	1、卑者，賤也，有卑小、低下之意。「一曰屋卑」，屋之卑則加「广」；「短脛犬」則加「犬」；《說文》「婢，女之卑者。从女从卑卑亦聲。」 2、段《注》深刻理解詞義運動是辯證的統一。「卑」爲低下之意，「凡从卑之字皆取自卑加高之意。」按《說文》卑聲之字有30個，只有「埤」有「增」義，7個含「卑下」義。段《注》表述不確。 3、《說文》「陴，城上女牆俾倪也。从阜卑聲。」「俾，益也。从人卑聲」「鵯，益也。从會卑聲」「婢，短人立婢婢貌。从立卑聲。」
猈 短脛犬。犬當作狗，今正。說解中例云犬也。 猈之言卑也。从犬卑聲。		隱性「猈之言卑也」				
埤 增也。《詩·北門》曰：政事一埤益我。傳曰：埤，厚也。此與會部「鵯」，衣部「裨」音義皆同。凡从曾之字皆取加高之意。會部曰：曾者，益也，是其意；凡从卑之字皆取自卑加高之意。所謂天道虧盈益謙，君子捊多益寡也。凡形聲中有會意者例此。从土卑聲。		顯性「凡从卑之字皆取自卑加高之意。」「凡形聲中有會意者例此。」	反義			
廌 解廌獸也，似牛一角，古者決訟，令觸不直者…象形，謂象其頭角也。从豸省。此下當云豸亦聲。	豸 獸長脊行豸豸然，欲有所司殺形。	顯性「此下當云豸亦聲。」				1、廌甲骨文作「＿」，豸作「＿」，兩者皆爲兩種動物的象形。小篆豸作「＿」，廌作「＿」，下部有些象从豸，我們知道甲骨文其爲象形的，無聲符，到了小篆演變象从豸。上古廌豸皆爲支部定紐，廌在形體演變中可能變形音化了，這是古文字形體演變中的一種常見現象，其順應著形聲化的趨勢。我們小篆即使廌从豸省，音形關係可以成立，但二字無意義聯繫。段《注》「豸亦聲」不可信。

第二十五部　錫部

情況分析 例字、說解	亦聲聲符	表述方式	意義關係	諧聲同源	同源線索	疏　證
眂 目財視也。財當依《廣韻》作邪，邪當作衺。此與辰部「覛」音義同。財視非其訓也。辰者，水之衺流別也…从目辰聲。形聲包會意。	辰 水之斜流別也。	顯性「形聲包會意」	引申義	辰眂衇覛紙	「斜」	1、《說文》5個從辰聲之字皆有「斜」意。《說文》「派，別水也。从水从辰辰亦聲。」 2、段《注》依據聲符糾正《說文》之誤，「財當依《廣韻》作邪，邪當作衺。此與辰部覛音義同。財視非其訓也。」我們認爲段《注》十分正確；「此與辰部覛音義同。」那麼，「眂、覛」爲一字之異體，形符「目、
衇 血理分衺行體中者。理分猶分理。序曰：見鳥獸之蹏迒之跡，知分理之可相別		顯性「重辰也。辰亦聲」				

說文條目	聲符釋義	顯隱性	義類	字對	義	注
異。衺行體中,而大侯在寸口,人手卻十分動脈爲寸口也。从辰从血。會意不入血部者,重辰也。辰亦聲。						見」意義相通,可以互用。對於「衈」的入部,可見許慎對聲符表意的覺察。
覜 衺視也…从辰从見。會意,辰亦聲。俗有尋覓字,此篆之訛體。		顯性「辰亦聲」				
紷 散絲也…散,分離也。水之衺流別爲辰,別水曰派,血理之分曰衈,散絲曰紷。《廣韻》曰:未緝麻也。从糸辰聲。		隱性類推歸納				
辥 法也…从辟井。刑字下引《易》曰:井者,法也。辟亦聲。周書曰:我之不辥。許所據壁中古文也,蓋孔安國以今字讀之,乃易爲辟字…	辟 法也。	顯性「辟亦聲」	本義	辟辥	「法」	1、段氏認爲聲符與亦聲字是古今字的關係,已經意識到了聲符與亦聲字歷時關係的複雜性,並推斷「許所據壁中古文也」,「辟」字金文多見,至今未發現「辥」,我們認爲此二字爲異體字,蓋「辥」通行區域較小。
淅 汰米也…从水析聲。	析 破木也。	隱性「澗,淅也。从簡者,束擇之意;从析者,分析之意。」	引申義	析淅	「分析」	1、「澗」下注「澗,淅也。从簡者,束擇之意;从析者,分析之意。」 2、「析」字甲骨文作「▨」象用斤砍木之形,引申有分析之意。
溢 器滿也…从水益聲。以形聲包會意也。	益 饒也。从水皿。	顯性「以形聲包會意也」	本義			1、益字甲骨文作「▨」、「▨」皆象器皿中盛水上溢之形,引申有增益之意。後造溢專制本義「水溢」。從靜態的構形分析,溢後加形符「水」以強化字義的表義性;從歷時的角度來看,溢爲後起本字。〔註148〕
𠼢 陋也…从𨸏。按舉形聲包會意,如人之咽喉也。𦧇籀文嗌字…	嗌 咽也。	顯性「按舉形聲包會意」	比喻義	嗌隘	「狹小」	1、段《注》「如人之咽喉也」分析十分精確,隱約理解了同源孳乳中的比擬思維。詞義的引申分化烙印著民族思維的特徵。我們知道古代華夏民族具有很強的具象性、我向性,這可以從許多聲音相同相近的人體部位名與山水草木名有同源關聯中得到反映,例如,顚-巓、元-岸、領-嶺、嗌-隘等都是遠古華夏先民以「我」

〔註148〕裘錫圭:《文字學概要》,商務印書館,2003 年 5 月,第 155 頁。

						爲參照觀察自然界的地理情狀。〔註 149〕
系　縣也…从糸，糸，細絲也，縣物者不必粗也。厂聲。厂，抴也，虒字从之，系字亦从之，形聲中有會意也。	厂　抴也。	顯性「形聲中有會意也」	1、系字甲骨文作「」，象一隻手抓著兩束絲。本不从「厂」聲，《說文》據小篆而誤釋。 2、《漢語大字典》認爲「羅振玉《增訂殷墟書契考釋》『卜辭作手持絲形與許書籀文合。』按：應作从爪（又、手）系絲形。丿爲爪省變之形，《說文》誤解爲丿聲，非是。」〔註 150〕			

第二十六部　耕部

情況分析／例字、說解	亦聲聲符	表述方式	意義關係	諧聲同源	同源線索	疏　證
命　使也。从口令。令者，發號也。君事也，非君而口使之，是亦令也，故曰命者，天之令也。令亦聲。	令　發號也。	顯性「令亦聲」	引申義	命令	「使喚」	1、「令命古本一字」甲骨文作「」，金文開始分化「、」，加「口」的爲命。〔註 151〕
呈　平也。今義云示也、見也。从口壬聲。壬之言挺也，故訓平。	壬　善也。	隱性「壬之言挺也」	引申義	壬呈	「挺立」	1、「壬」字甲骨文作「」，象一個站立之人站在一土丘上。金文壬旁作「」，小篆演變作「」。《說文》並非本義。
裎　但也。但各本作袒，今正。裎之言呈也、逞也。《孟子》「袒裼裸裎。」裎亦作程。《士喪禮》注「倮程。」从衣呈聲。	呈　平也。	隱性「裎之言呈也、逞也」	「袒，衣縫解也。」《說文》「裎，袒也。」是正確的。《孟子》「爾爲爾，我爲我，雖袒裼裸裎於我側，爾焉能浼我哉。」段《注》「改袒也爲但也。」不甚正確，呈與裎之間意義牽強。			
延　正行也。《釋言》、毛傳皆曰：征，行也。許分別之，征爲正行。邁爲遠行。从辵正聲。形聲包會意…	正　是也。	顯性「形聲包會意」	引申義	正證整政定寍延	「正」	1、「正」字甲骨文作「」，腳趾象城邑進發之形。 2、《說文》「整，齊也。从攴从束正亦聲。」「寍，正視也。从穴中正見也，正亦聲。」「證，諫也。」「政，正也。从攴正聲。」「定，安也。从宀从正。」按皆有「正」義。朱駿聲「定，安也。从宀从正正亦聲。」〔註 152〕
甯　所願也。此與於部寧音義皆同。許意寧爲願詞、甯爲所	寧　願詞也。	顯性「以形聲包會意」	引申義	寧甯	「願意」	1、「此不云寍省聲，云寧省聲，以形聲包會意。」段《注》充分認識到了《說

〔註 149〕張博：《漢語同族詞的系統性與驗證方法》，商務印書館，2003 年 7 月，第 295 頁。

〔註 150〕《漢語大字典》，湖北辭書出版社、四川辭書出版社，1992 年 12 月，第 1400 頁。

〔註 151〕高明：《古文字類編》，中華書局，2004 年 7 月，第 7 頁。

〔註 152〕朱駿聲：《說文通訓定聲》，中華書局，1998 年 12 月，第 864 頁。

願,略區別耳。…從用寧省聲。此不云窵省聲,云寧省聲,以形聲包會意。						文》省聲對探求語源的重大意義,形體分析可以是多樣的,許慎的省聲例有從語源角度而言的。
瞑 翕目也。《釋詁》、毛傳皆曰:翕、合也。《莊子》「畫瞑」「據槁梧而瞑」,引申爲瞑眩,從目冥。《韻會》引小徐曰會意。此以會意包形聲也。俗作眠,非也。	冥 幽也。	顯性「此以會意包形聲也。」	引申義	冥瞑覤溟幎	「合、蓋」「小」	1、「冥」有「幽暗、相合」之意,引申有「小」之意,如「覤溟」。引申有「蓋」義,《說文》「幎,幔也。」爲古代頭之蓋飾,段《注》「古者覆巾謂之幎,鼎蓋謂之鼏。」
覤 小見也。如溟之爲小雨,皆於冥取意。《釋言》曰:冥、幼也。從見冥聲…		隱性類推歸納				
溟 小雨溟溟也…從水冥聲。						
鷖 鳥有文章兒…鷖鷖猶熒熒也,兒其光彩不定。故從熒省,會意兼形聲。自淺人謂鷖即鷖字,改《說文》爲鳥也,而與下引《詩》不貫於形聲,會意亦不合,不可以不辨也。《詩》曰:有鷖其羽。從鳥熒省聲…	熒 屋下燈燭之光也。	顯性「會意兼形聲」	引申義	熒鷖 / 熒榮嫈嫈警瑩	「光彩」 / 「小」	1、段《注》「兒其光彩不定。故從熒省,會意兼形聲。」,「按塋之言營也,營者,币居也,經營其地而葬之,故其字從營。」注重從聲符探求得名之由。 2、熒聲有「小」義,《說文》「滎,絕小水也。」「嫈,小聲也,」「瑩,小言也。」「榮,桐木也。」沈兼士利用聲符考證字義,「榮爲桐木,即榮爲小木矣,以知桐木之當爲童木而非梧桐也。」「至於熒聲字含有小義,陳氏已言之矣…是罌應訓長頸瓶,罃應與瓵同器,《說文》互誤,《方言》爲長矣。」〔註153〕
塋 墓地。地各本作也,今正。…按塋之言營也,營者,币居也,經營其地而葬之,故其字從營。從土營省,會意。亦聲。此從小徐也。	營 币居也。	顯性「從土營省會意亦聲」	引申義	塋營	「經營」	
耕 犁也。牛部曰:犁,耕也。人用以發土,亦謂之耕。從耒井,會意包形聲。古者井田,故從井。此說從井之意。	井 八家一井。	顯性「會意包形聲」	引申義	井耕 / 井阱刑㓝	耕制「井田」 / 「陷阱」	1、井字甲骨文作「井」,象陷阱之形(俯瞰)。上古音,「井耕」皆爲耕部。此字遺留著井田這一耕制的信息。 2、阱刑㓝,此三字《說文》皆「井亦聲」
笙 十三簧…象鳳之身也。笙,正月之音,物生故謂之笙…大者謂之巢,小者謂	生 進也。象草木生出土上。	顯性「舉會意包形聲也」	引申義	生笙姓	「生長」	1、「生」字甲骨文作「㞢」,《說文》說解頗確。 2、傳統性認識「正月之音故從生」,這一認識作用於

〔註153〕沈兼士:《沈兼士學術論文集》,中華書局,2004年5月,第158、165頁。

之和…从竹生。列管故从竹，正月之音故从生，舉會意包形聲也。《韻會》本無聲字爲長…						詞的派生並進而反映在孳乳字中的遺傳信息。「姓」字也如此，反映了母系社會「只知其母、不知其父」，子隨母姓的社會習俗。
盛 黍稷在器中以祀者也。盛者，實於器中之名也，故亦呼爲盛…《左傳》「盛服將朝」，盛音成，本亦作成。从皿成聲形聲包會意也，小徐本無聲字，會意兼形聲也。	成 就也。	顯性「形聲包會意也」	假借義	成盛城	「容納」	1、成聲有「容納」義，「盛者，實於器中之名也，故亦呼器爲盛」，實於器則加「皿」。 2、《說文》「城，所以盛民也，从土从成、成亦聲。」
鼏 鼎覆也。从鼎冖，冖亦聲…从鼎从冖，冖、覆也，冖亦聲者，據冥字之解知之。古者覆巾謂之帔，鼎蓋謂之鼏。而禮經時亦通用…	冖 邑外謂郊…林外謂之冖，象遠界也	顯性「冖亦聲」	假借義	冖鼏冥	「覆蓋」	1、冖聲有「覆蓋」之意，「古者覆巾謂之帔，鼎蓋謂之鼏。」
駉 牧馬苑也…从馬冋。各本有聲字，今刪。此重會意，冋亦聲…詩言牧馬在冋，故稱爲从馬冋會意之解…	冋 古文冋从口，象國邑。坰冋或从土。	顯性「。此重會意，冋亦聲」	形象義	冋駉 冋迥	象「冋」之形 「遠」	1、《說文》「冋古文冋从口，象國邑。」牧馬之苑似馬之國邑，加形符「馬」。 2、《說文》「迥，遠也。」按「冋」有遠義，加「辶」，強化字義，表道路之遠。
骿 骿脅，并幹也…从骨并聲。形聲包會意也… 併 竝也。《十篇》曰：竝者，併也，與此爲互訓…禮經注曰古文並，今文作併，是古二字同也。从人并聲。此舉形聲包會意。 駢 駕二馬也…併、駢皆从并，謂并二馬也。…駢之引申，凡二物并曰駢。从馬并聲。 姘 除也…从女并聲…漢律齊民與妻婢姦曰姘。此別一義也。…此姘取合併之義。	并 相從也。	顯性「形聲包會意也」「此舉形聲包會意」 隱性詳說聲符之意	引申義	并骿併駢姘	「並列」	1、并字甲骨文作「𠈌」，象兩人並列之形。引申凡兩物並列皆稱「并」，人雙肋並列稱「骿」，二馬并駕乘「駢」，兩人通姦稱「姘」。按皆取「合併」之意。
彭 清飾也。清飾者，謂清素之飾也。…从彡青聲。按丹部曰：彤者，丹飾也，从丹，彡、其畫也。疑此當云彭，青飾也。从青，青	青 東方色也。	顯性「从青、青亦聲」	本義	青彭	顏色「青色」	1、「清素之飾」謂之「彭」，顏色、義象相同，則名稱一樣，加「彡」。（彡、其畫也。）

例字、說解	聲符	表述方式	聲符意義關係	諧聲同源	同源線索	疏　證
亦聲。蓋謂以青色飾畫之文也，彡不入彡部，彭不入青部者，錯見也。						
娙　長好也。體長之好也，故其字从巠。上文曰：秦晉謂好爲娙娥…从女巠聲。	巠　水脈也。	隱性「體長之好也，故其字从巠」	引申義	巠娙陘經頸鋞莖徑脛	「細長」	1、「巠」字金文作「𤣥」，郭沫若《金文叢考》「余意巠蓋經之初字也。觀其字形…均象織機之縱線形。从糸作經，字之稍後起者也。」〔註154〕
陘　山絕坎也…凡巠聲之字皆訓直而長者…陘者，一山在兩川之間，故曰山絕坎。絕如絕流而渡之絕，其巠理互於陷中也。从𨸏巠聲。		隱性「凡巠聲之字皆訓直而長者」				2、巠爲縱線，引申有細長之意。加「糸」表本義；頭之頸，細長，植物之莖細長；《說文》鋞，溫器也，圓而直上。徑爲小直路，脛爲膝下踝上之直骨。按皆有「細長」之意。
磬　車堅也。堅者，剛也。从車殸聲。殸籀文磬，此形聲中有會意也。	殸　樂石也。	顯性「此形聲中有會意也」	引申義	磬聲	「堅硬」	1、段注「石」有「堅」義。

第二十七部　緝部

例字、說解	聲符	表述方式	聲符意義關係	諧聲同源	同源線索	疏　證
祫　大合祭先祖親疏遠近也。春秋文「二年八月丁卯，大事於太廟。」公羊傳曰：「大事者何？大祫。大祫者何？合祭者。」毀廟之主陳於大祖。未毀廟之主皆升，合食於大祖。兼上二者，五年而再殷祭。鄭康成曰：魯禮三年喪畢而祫於大祖，明年春禘於群廟。自此之後，五年而再殷祭。一祫一禘。春秋經書，祫謂之大事…从示合。會意，不言合亦聲者，省文，重會意也…	合　合口也。	顯性「不言合亦聲者，省文，重會意也」	本義	合祫詥輪翕輪給敆迨祫佮恰匌	「相合」	1、「合」字甲骨文作「⿱亼口」，朱芳圃認爲「字象器蓋相合之形。」〔註155〕按有相合之意。
詥　諧也。詥之言合也。从言合聲。		隱性「詥之言合也」				2、「祫」字《說文》諧聲爲訓。段《注》引用《公羊傳》「大祫者何？合祭者。」證明古代有合祭之制。
						3、詥，諧也。蓋指言之和諧、與事理、情理相符。《集韻》「詥，會言也。」《六書統》「詥，从言从合、合眾意也。」〔註156〕亦聲之意更明確。
						4、沈兼士認爲「合有閉義，故从合聲者亦有蘊藏之義。輪，防汗也。鹽鐵論謂合汗。蓋防馬汗汗，以輪蔽之。按實蘊藏之義與相合之義相通。並且認爲

〔註154〕《漢語大字典》，湖北辭書出版社、四川辭書出版社，1992年12月，第173頁。

〔註155〕參見《漢語大字典》，湖北辭書出版社、四川辭書出版社，1992年12月，第244頁。

韐 防汗也…从革合聲。當云，从革合合亦聲。		顯性「从革合合亦聲」				「案以右文之義推之，《說文》『袷，衣無絮。』恐非本訓。」其本義當爲「交領曲領」義。〔註157〕
翕 起也。《釋詁》、毛傳皆云，翕，合也。許云起也，但言合則不見起。言起而合在其中矣。翕从合者，鳥將起必斂翼也。从羽合聲。		隱性「翕从合者，鳥將起必斂翼也。」				5、「翕从合者，鳥將起必斂翼也。」故起與合義相因相承。
韐 士無市有韐。制如榼，缺四角。爵弁股其色韎，賤不得與裳同。从市。亦市也，故从市。合聲。鄭云：合韋爲之，則形聲可兼會意…		顯性「則形聲可兼會意」				6、《說文》「敆，會也。」「迨，行相及也。」「佮，合也。」「柉，劍枊也。」「匌，匝也。」按皆有「合」義。
紿 相足也。足居人下，人必有足而後體全，故引申爲完足。相足者，彼不足，此足之，故从合。从糸合聲。形聲亦會意也。		顯性「形聲亦會意也」				
眔 周人謂兄曰眔…从弟眔。眔者，逮也；鰥下曰：从魚眔聲。則此亦眔聲，合韻也。	眔 目相及也。	隱性	眔眔			1、按「眔」《玉篇》「古昏切」上古屬文部。「遝諜」屬緝部，具體音韻待考。對此字音義皆不甚清楚。
遝 迨也。《廣韻》「迨、遝，行相及也。」《文賦》「紛葳蕤以馺遝」《方言》「迨、遝，及也。東齊曰迨，關之東西曰遝，或曰及。」《公羊傳》「祖之所逮聞也。」漢石經作遝聞。从辵眔聲。目部云：眔，目相及也。是遝亦會意…		顯性「是遝亦會意」「此形聲包會意。」	假借義	眔遝諜	「相及」	1、眔字甲骨文作「（圖）」，象流眼淚之形。假借有「相及」之意。 2、「眔，目相及也。」「迨，行相及也。」故加「辵」表行走相及，語相及則加「言」，義皆相通。
諜 諜諜。語相及也。此依《玉篇》訂，隸，及也。眔，目相及也。然則此从遝訓語相及無疑。从言遝聲。此形聲包會意。	遝 迨也。					

〔註156〕同上，第 1651 頁。

〔註157〕沈兼士：《沈兼士學術論文集》，中華書局，2004 年 5 月，第 150 頁。

呐 言之訥也。…此與言部訥音義皆同，故以訥釋呐。从口內。內，入也，會意，內亦聲…	內 入也。	顯性「內亦聲」「內亦聲」	引申義	內訥訥呐喬汭	「相入」	1、內甲骨文作「𠕹」，金文作「𠆢」林義光認爲「金文从宀从入，象入屋中之形。」〔註158〕
訥 言難也。與訒義同，與呐音義皆同。《論語》「君子欲訥於言而敏於行。」苞曰：訥，遲鈍也。从言內。內亦聲。						2、「此與言部訥音義皆同，故以訥釋呐。」音義相同則形體異構，我們認爲此二字爲異體字的關係。古文字「言、口」可互換。軜字《說文》諧聲爲訓，段《注》「是則軜之言內，謂內轡也。」《說文》「汭，水相入也。」按有「入」義。
軜 驂馬內轡系軾前者。系各本作繫，繫見糸部，非其義也，今正。驂馬兩內轡爲環系諸軾前，咖禦者只六轡在手。《秦風》毛傳曰：軜，驂馬轡也。是則軜之言內，謂內轡也…从車內聲。		隱性「是則軜之言內，謂內轡也」				3、朱駿聲「呐，言之訥也。从口从內會意、內亦聲。」〔註159〕喬呐皆由內之引申孳乳。
喬 以錐有所穿也。从矛呐。呐者，入意。小徐作呐聲，會意兼形聲也。一曰滿有所出也。喬云蓋取此義。	呐 言之訥也。	顯性「會意兼形聲也」	引申義		「入」	
什 相什保也。族師職曰：五家爲比，十家爲聯。五人爲伍，十人爲聯，使之相保相受。鄭云：保猶任也。…从人十。此舉會意包形聲。	十 數之具也。	顯性「此舉會意包形聲」	假借義	十什	數目「十」	1、十甲骨文作「丨」，于省吾認爲「十字初形本爲直畫，繼而中間加肥，後則加點爲飾，又由點孳化爲小橫。」〔註160〕
						2、「五人爲伍，十人爲聯，使之相保相受。」依據古代的保甲制度。
碴 舂已復搗之曰碴。碴之言沓也，取重沓之意。《廣雅》「碴，舂也。」从石，以石舂。沓聲。	沓 語多沓沓也。	隱性「碴之言沓也，取重沓之意。」	引申義	遝碴揸錔諧	「重沓」	1、沓爲語多之意，「諜諜，語相及也。」諜爲其後起本字。碴字王筠《句讀》「沓者，重沓也，兼意。」《說文》「舂已復搗之」，重沓之意已明，以石舂，故加「石」。「揸之言沓也，射鞲亦謂之臂揸。」「錔取重沓之意，故多借沓爲之。」按皆有「重沓」之意。
揸 縫指揸也。縫指揸者，謂以鍼紩衣之人恐鍼之契其指，用韋爲箝韜於指以籍之，揸之言重沓也，射鞲亦謂之臂揸。从手沓聲。讀若眔。一曰韋韜。謂如射鞲韜於臂者。		隱性「揸之言遝也，射鞲亦謂之臂揸」				

〔註158〕《漢語大字典》，湖北辭書出版社、四川辭書出版社，1992年12月，第41頁。

〔註159〕朱駿聲：《說文通訓定聲》，中華書局，1998年12月，第600頁。

〔註160〕于省吾：《甲骨文字釋林》，中華書局，1999年11月，第100頁。

銛 以金有所冃也。冃各本作冒。凡覆乎上者，頭衣之義之引申耳。輨下曰：轂耑銛也。銛取重沓之意，故多借沓爲之⋯從金沓聲形聲包會意。		顯性「形聲包會意」				
馭 馬行相及也。以疊韻爲訓。《西京賦》薛解曰：馭娑，駊騀，枌詣承光皆臺名。按馭娑，駊騀皆以馬行皃皃臺之高也。從馬及及亦聲⋯	及 逮也。	顯性「及亦聲」	本義	及馭汲跋	「相及」	1、「及」字甲骨文作「ᄀ」，象用手从後抓住某人，有逮義。「馭」《說文》諧聲爲訓，朱駿聲「按及亦聲。」〔註161〕 2、《說文》「汲，引水於井也。」朱駿聲「按及亦聲。」〔註162〕「跋，進足有所拮取也。」按皆有「相及」之意。
悒 不安也。《大戴禮》曰：君子終身守此悒悒。盧注：憂，念也。《蒼頡篇》曰：悒悒，不暢之皃，其字古通作邑，俗作唈。《爾雅》云：懯，唈也，謂憂而不得息也。從心邑聲。邑者，人所聚也，故凡鬱積之義从之。	邑 國也。	隱性「故凡鬱積之義从之。」	1、朱駿聲「《素問》『刺瘧，腹中悒悒。』注：不暢之貌。亦重言形況字。」我們認爲這種分析很正確。段《注》「邑者，人所聚也，故凡鬱積之義从之。」是望文生義的。《說文》从邑者5字，皆未見鬱積之義。			
纖 合也。合者，亼口也。因爲凡兩合之稱，衆絲之合曰纖。如衣部五采相合曰襍也。從糸集。集當作雥，會意亦形聲也。讀若捷。	集 群鳥在木上也。	顯性「會意亦形聲也」	本義	集纖襍	「集合」	1、「集」字甲骨文作「ᄀ」，說文解釋正確。 2、「因爲凡兩合之稱，衆絲之合曰纖。」《說文》「襍，五采相合也。」按皆有「合」義。

第二十八部　侵部

情況分析 例字、說解	亦聲聲符	表述方式	意義關係	諧聲同源	同源線索	疏　證
蔭 艸陰也。《左氏傳》曰：若去枝葉，則本根無所庇蔭矣。《楚語》「玉足以庇蔭嘉穀。」引申爲凡覆庇之義也。《釋言》曰：庇庥，蔭也。《說文》曰：庇，蔭也。休，止息也。	陰 暗也。山之北、水之南也。	顯性「此以會意包形聲」	本義	陰蔭	「陰暗」	1、上古，「陰、蔭」皆爲侵部、影紐，聲韻相同。 2、陰陽相對，本義爲地理上的山北、水南，皆爲背陽的陰暗面。樹下的草蔭澤加「艸」，此爲會意類亦聲，段《注》改《說文》「从艸陰聲」，已經有意

〔註161〕朱駿聲：《說文通訓定聲》，中華書局，1998年12月，第115頁。

〔註162〕朱駿聲：《說文通訓定聲》，中華書局，1998年12月，第115頁。

从艸陰。依韻會無聲字.此以會意包形聲。《詩・桑柔》以陰爲蔭。						識分別重會意之亦聲。
犙 三歲牛。从牛參聲。	參　商星也。	顯性	假借義	參犙驂	數目「三」	1、此字「亦聲」據「犻」下注：「犻二歲牛…按犙字从參故爲三歲牛…」 2、參字甲骨文作「」，朱芳圃認爲「象參宿三星在人頭上，光芒下射之形。或省人，義同。」〔註 163〕假借作數目「三」，「犙，三歲牛。」「驂，駕三馬也。」
監 血醓也。以血爲醓，故字从血。从血肬聲。肬聲當作从肬，此以會意兼形聲也。肉部：肬，肉汁滓也。按醓多汁則曰肬醓，以血爲醓則曰監醓。其多汁汪即相似也，故从肬，而肬亦聲。	肬　肉汁滓也。《禮》有醓，以牛乾脯粱麴鹽酒也。	顯性「而肬亦聲」	本義	肬監	「肉汁」	1、段《注》「《禮經》、《周禮》皆云『醓醢』…『醓』即『肬』之變。」肬爲肉汁滓，有血、用酒鹽製成，故加「血、酉」旁。此爲加形符增強表意性。
今 是時也…从亼乁會意，乁，逮也，乁亦聲。乁古文及。	1、「今」字甲骨文作「、」，裘錫圭先生認爲：「今」从倒「口」，字形所要表示的意思應是閉口不出氣… 在獨立成字時，倒「口」所象徵的意思當是「閉口」，這應該就是「今」字的本義，不出氣只是閉口的一個後果。〔註 164〕 2、「今」的小篆作「」。《說文》依小篆而誤釋形體。段《注》附會《說文》。					
覃 長味也。此與酉部「醰」音同義近。醰以覃會意也，引申爲凡長皆曰覃。《葛覃》傳曰：覃，延也。凡言覃及覃思義皆同。經典《葛覃》字亦假蕈爲之。从㫗鹹省聲。當作鹹省，鹹亦聲。以从鹹故知字本義爲味長也…	**鹹** 北方味也。	顯性「鹹亦聲」	引申義	鹹覃嘾撢醰瞫	「長」	1、覃字金文作「」，《說文》省聲探求語源了。段《注》闡明「以从鹹故知字本義爲味長也」。 2、覃聲有「長」之意。《說文》「嘾，含深也。」「撢，探也。」「瞫，深視也。一曰下視。」「醰，酒味苦也。」沈兼士認爲「當訓長味…今以右文之說衡之，覃訓長味，嘾訓含深，瞫訓深視，潭訓淵，撢訓探。是从覃聲字應訓長味，不當訓不長明矣。」〔註 165〕 3、潭本義爲水之名，今義爲深淵之水，从覃取意。
潭 潭水。出武陵鐔成王山，東入鬱林…从水覃聲。按今義訓爲深，取从覃之意也，或訓水側與潯同也。	覃　長味也。	隱性「按今義訓爲深，取从覃之意也。」				
亩 宗穀所振入也廟粢盛。蒼黃㐭而取之，故謂之㐭。从水	稟　賜穀也。	顯性「會意也稟亦聲」	本義	稟㐭	「糧倉」	1、「稟」字金文作「、、」，爲收穀於倉㐭之意。穀物爲禾屬，倉㐭爲

〔註 163〕參見《漢語大字典》，湖北辭書出版社、四川辭書出版社，1992 年 12 月，第 163 頁。

〔註 164〕裘錫圭：《說字小記》，氏著：《裘錫圭學術文集・金文及其他古文字卷》，復旦大學出版社，2012 年 6 月，第 420 頁。

从回。象屋形中有戶牖。廩，或从广稟。會意也，稟亦聲。						屋，故有的加「禾、宀」，皆爲增加形符增強表意。
緘 堅持意，堅各本作緘，今依篇、韻正。从緘者，三緘其口之意。口閉也。从欠緘聲。口閉說，从欠緘之意。當云从欠緘緘亦聲，此舉形聲包會意耳。	緘 束篋也。	顯性「此舉形聲包會意耳」	引申義	緘緘	「束縛」	1、緘爲束篋也，有束縛之意。「口閉說，从欠緘之意。」段《注》據「亦聲」改《說文》「堅各本作緘，今依篇、韻正。」
碞 磛碞也…積石高峻之貌…从石品。品象石之嵒礸，品亦聲也。	品 眾庶也。	顯性「品亦聲也」	引申義	品碞	「眾多」	1、品爲眾庶，从三口會意，有「眾多」之意。上古，品碞同爲侵部。「磛碞也，積石高峻之貌」按有「眾多」之意。
飌 馬疾步也。馬之行疾於風，故曰追奔電，逐遺風。从馬風聲。此當云从馬風，風亦聲。或許舉聲包意，或轉寫奪漏，不可知也…	風 八風也。	顯性「此當云从馬風，風亦聲」	引申義	風蘴飌	「大風」	1、「馬之行疾於風，故曰追奔電，逐遺風。」段《注》分析了古人的類比思維，馬之疾步似風，故稱「風」，加「馬」旁。 2、《說文》「蘴，艸得風貌。从艸風、風亦聲。」
霖 霖雨也。南陽謂霖霖。俗本作謂霖雨曰霖，全書多類此者，今不可盡正矣。其字从眔，眔者，眾立也，故雨多取之，是可以證霖雨爲霖，而非小雨矣。淫雨即霖雨之假借。从雨眔聲。舉形聲關會意。	眔 眾立也。	顯性「舉形聲關會意」	引申義	眔霖	「眾多」	1、眔爲眾立也，从三人會意，有眾多之意。 2、段《注》「其字从眔，眔者，眾立也，故雨多取之，是可以證霖雨爲霖，而非小雨矣。」大雨謂之「眔」，加「雨」旁。
銜 馬勒口中也…銜以鐵爲之，故其字从金。引申爲凡口含之用。从金行，會意蓋金亦聲。銜者，所以行馬者也。所以字今補，凡馬提控其銜以制其行止，此釋从行之意。	金 五色金也。	顯性「會意蓋金亦聲」	本義	金銜	「金屬物」	1、上古，金銜同爲侵部。段《注》「銜以鐵爲之，故其字从金。引申爲凡口含之用。」以物指稱動作。 2、沈兼士認爲「凡从今聲、金聲者，多有禁持蘊含之意…《白虎通》《釋名·釋天》均訓金爲禁，是金之得名，由於埋蘊於土中之故也。」〔註166〕從語源來看，銜鐵於口中，禁止牛馬不聽人之使喚，銜从金聲，有禁持之意。

〔註165〕沈兼士：《沈兼士學術論文集》，中華書局，2004 年 5 月，第 164 頁。

〔註166〕沈兼士：《沈兼士學術論文集》，中華書局，2004 年 5 月，第 145～146 頁。

第二十九部　葉部

情況分析 例字、說解	亦聲聲符	表述方式	意義關係	諧聲同源	同源線索	疏　證
腜　薄切肉也。云薄者，取从枼之意。《少儀》曰牛與羊魚之腥，聶而切之爲膾。注，聶之言腜也。先藿榦切之，復報切之，則爲膾。《醢人》注引少儀聶皆作腜，《臘人》注云，亦腜肉之大，按如許鄭說，腜者，大片肉也。从肉枼聲。	枼　楄也。枼薄也。	隱性「云薄者，取从枼之意。」 隱性「腜之言枼也、葉也。」「枼者，薄也。禪衣故从枼」「按从葉者，如葉之薄於城也。」	本義	枼腜 牒褋 堞葉	「枼薄」	1、「枼」之本義爲薄木片，樹葉之薄則加「艸」，薄牘則加「片」，片爲判木，牘以判木爲之；薄禪衣則加「衣」；薄切肉則加「肉」；城上女垣，「按从葉者，如葉之薄於城也。」人們看到事物如「枼」之薄，則名之「枼」，加形符以確定其類屬。
牒　札也。…按厚者爲牘，薄者爲牒。牒之言枼也、葉也。竹部箑義略同。《史記》假諜爲牒。从片枼聲。						
褋　南楚謂禪衣曰褋…从衣枼聲。各本作葉，而篆體乃作褋，是改篆而未改說解也。枼者，薄也。禪衣故从枼…						
堞　城上女垣也。女之言小也。阜部陣下曰：城上俾倪女牆也。堞與陣異字而同義。《左傳》「堙之，環城傳於堞。」杜曰：堞，女牆也。古之城以土，不若今人以專也。土之上加以專牆，爲之射孔，以伺非常，曰俾倪，曰陣亦曰堞。从土葉聲。按从葉者，如葉之薄於城也，亦有會意焉。今字作堞。						
盍　覆也。皿中有血而上覆之。覆必大於下，故从大。艸部之蓋，从盍會意，訓苫，覆之引申耳。今則蓋廢矣。曷，何也。凡言何不者急言之亦曰何。是以釋言云曷，	大　天大、地大、人亦大，象大人形。	顯性「此以形聲包會意」	引申義	大盍 盍牽	「大」	1、大字甲骨文作「大」，王筠《釋例》「此謂天地之大，無由象之以作字，故象人之形作大字，非謂大字即人也。」〔註167〕大字即象一個站立的大人之形，後表抽象之大義。 2、段《注》「皿中有血而上

〔註167〕《漢語大字典》，湖北辭書出版社、四川辭書出版社，1992年12月，第998頁。

盍也。鄭注《論語》云：盍，何不也。盍古音在十五部，故爲曷之假借。又爲蓋之諧聲……今入七、八部爲閉口音，非古也。从血大聲。此以形聲包會意。					覆之。覆必大於下，故从大。」有些望文生義，大字引申有誇大、覆蓋之意。「艸部之蓋，从盍會意。訓苫，覆之引申耳。」段《注》分析頗有道理。
俠 俜也。荀悅曰：立氣齊、作威福、結私交以立彊於世者，謂之游俠……按俠之言夾也。夾者，持也。經傳多假俠爲夾，凡夾皆用俠。从人夾聲。从二人之夾，非从二八之夾也。	夾 持也。从大挾二人	隱性「按俠之言夾也。」	本義	夾俠挾鋏	「夾持」	1、夾字甲骨文作「」，象二人相向夾一人，有夾輔之意。2、段《注》通過聲訓「按俠之言夾也。」「則以此物夾而出之，此物金爲之，故从夾。」推求聲符之意。俠者俜也，幫助、夾輔他人者；挾者俜持也，亦爲夾持別人者；鋏爲交叉形夾具，「冶器者鑄於鎔中，則以此物夾而出之，此物金爲之，故从夾。」分析非常正確。2、現代漢字中一些从夾聲之字，仍含有夾持、相合之意，豆莢之莢，蓋其兩片肉相夾而得名。頰爲臉之兩側，蓋亦从夾取意。
挾 俜持也。俜持，謂俜夾而持之也。亦部夾下曰：盜竊裏物也，俗謂蔽人俜夾。然則俜持正謂藏匿之持，如今人言懷持……从手夾聲。各本作夾聲。篆體亦从二人，今皆正。从二入。以形聲中有會意也。		顯性「以形聲中有會意也。」				
鋏 可以持冶器鑄鎔者也。冶器者鑄於鎔中，則以此物夾而出之，此物金爲之，故从夾。从金夾聲。讀若漁人夾魚之夾。夾二徐作莢，非，今正。《周禮》「井夾取矢」。一曰若挾持。謂讀若挾持之挾。		隱性「則以此物夾而出之，此物金爲之，故从夾。」				
鬣 髮鬣鬣也。囟部巤下曰：毛巤也。象髮在囟上，及髮髦鬣鬣之形。鬣鬣，動而直上兒。所謂頭髮上指，髮上衝冠也……从髟巤聲。此舉形聲包會意。	巤 毛巤也。	顯性「此舉形聲包會意」	本義	巤鬣	「毛髮」	1、巤者，毛巤也，本爲毛髮之意。依段《注》鬣爲髮上指貌。从形體來看，增加「髟」形，以強化頭髮之意。
輒 車网輢也。网各本作兩。今正，車网輢謂之輒。按車必有网輢，	耴 耳垂也。从耳下垂，象形。《春	隱性「按車必有网輢，	比況義	耴輒	似「耳垂」	1、朱駿聲「輒，謂車兩旁可依處。」〔註168〕按爲古代車廂的左右兩板。

〔註168〕朱駿聲：《說文通訓定聲》，中華書局，1998年12月，第149頁。

例字、說解	亦聲聲符	表述方式	意義關係	諧聲同源	同源線索	疏 證
如人必有兩兩耳,故從耴。耴,耳垂也。此篆在輨篆之先。故輨篆下但云車旁,而不言兩。凡許全書之例,皆以難曉之篆先於易知之篆。…從車耴聲。	秋傳》曰:『秦公子輒者,其耳下垂,故以爲名。』	如人必有兩兩耳,故從耴。				2、段《注》「按車必有兩輨,如人必有兩兩耳,故從耴。耴,耳垂也。」從聲符闡明得名之由。

第三十部　談部

情況分析 例字、說解	亦聲聲符	表述方式	意義關係	諧聲同源	同源線索	疏 證
苷 甘草也。所謂藥中國老。安和七十二種。石一千二百種艸者也。從艸甘聲。此以形聲包會意也。	甘 美也。	顯性「此以形聲包會意也」	本義	甘苷 曆酣 甛	「甘美」	1、甘有甜美之意,艸味甘甜,故稱之「甘」,加「艸」旁。《說文》「甛,美也。從甘從舌。」「曆,和也。」兩字朱駿聲皆「甘亦聲。」〔註169〕「酣,酒樂也。從酉從甘、甘亦聲。」
箝 籋也。拑,脅持也。以竹脅持之曰箝,以鐵有所劫束曰鉗,書史多通用。從竹拑聲。	拑 脅持也。	隱性「以竹脅持之曰箝」	本義	鉗拑 箝	「鉗取」	2、甘聲假借有「鉗取」之意,《說文》「鉗,以鐵有所劫束也。」「拑,脅持也。」段《注》類推出「拑,脅持也。以竹脅持之曰箝,以鐵有所劫束曰鉗。」
㲃 下平缶也。下當作不,字之誤也,凡器無不平者。以從乏之意求之,當是不平缶,反正爲乏也。又以讀若晜求之。晜與替雙聲,替者一偏下也。《集韻》、《類篇》皆引《說文》「瓨也。」二書引《說文》皆用大徐本,何以乖異若是。《廣雅》「㲃,瓶也。」從缶乏聲。讀若簿引晜。	乏 《春秋傳》曰:反正爲乏。	隱性「以從乏之意求之,當是不平缶,反正爲乏也。」	引申義	乏㲃 貶	「不、損」	1、《廣雅》「㲃,瓶也。」《集韻》「㲃,器下平也。」〔註170〕與《說文》一致;朱駿聲「㲃,不平缶也…按尖底缶,用以汲。」〔註171〕與段《注》的觀點相符合。段《注》不僅利用聲符,還認爲「晜與替雙聲,替者一偏下也。」可見段《注》已經明瞭聲符假借,用讀若求聲符本字。這是矛盾的兩種解釋,可見,「亦聲」的複雜性,也表現了段《注》對「亦聲」的審慎態度和多維思考。
貶 損也。從貝從乏,損也。從貝乏聲。形聲包會意也。鉉本作從貝從乏。		顯性「形聲包會意也」				2、上古,貶爲談部幫紐、乏爲葉部並紐,談葉對轉、皆爲唇音。按聲韻關係很近,皆有「損」義。

〔註169〕朱駿聲:《說文通訓定聲》,中華書局,1998年12月,第140頁。

〔註170〕《漢語大字典》,湖北辭書出版社、四川辭書出版社,1992年12月,第1224頁。

〔註171〕朱駿聲:《說文通訓定聲》,中華書局,1998年12月,第152頁。

罨 罕也。《蜀都賦》曰:罨翡翠。从网奄聲。奄,覆也。此舉形聲包會意。	奄 覆也。	顯性「此舉形聲包會意」	引申義	奄罨閹淹掩俺晻裺黶醃韔	「覆蓋、禁制」	1、沈兼士認爲「奄,覆也。故从奄聲者亦有蘊藏之義:韔,車具也。徐鍇曰,有所掩覆處也。晻,不明也;裺,褾也,徐鍇曰,謂衣領偃曲。黶,青黑色也。醃,漬肉也。淹,水浸也。掩,斂也。俺,大也。」〔註172〕按皆由「覆蓋」之義,引申孳乳而出。
閹 門豎也…宮中奄昏閉門者。昏各本作闇,今正。《周禮》注曰:奄,精氣閉藏者,今謂之宦人,他豎不必奄人,此豎則奄人也,故从奄。一說當依小徐做閹闇,閉門者,一說當作宮中掩門者。从門奄聲。此當言从門奄奄亦聲。		顯性「此當言從門奄奄亦聲」				2、黃生《字詁》認爲「宮人謂之奄人,言其精氣斂閉於內,故以奄爲名。鄭注《周禮·酒人》引《月令》,其器閔以奄,得其旨矣。奄人之閹,一作闇,以司闇故。」〔註173〕與段《注》基本一致,閹之得名於司闇,皆由「覆蓋」引申有「昏暗」之意。
獫 犬吠不止也。从犬兼聲。讀若檻。一曰兩爭也。于謙犬取意。	兼 并也。从又持秝。	隱性	本義	兼獫縑	「並」	1、兼字金文作「𥫔」,手持二禾,會意并義。
縑 并絲繒也。謂駢絲爲之,雙絲繒也。《呂氏春秋》「昔吾所亡者,紡緇也,今子之衣襌縑也。以襌縑當紡緇,子豈有不得哉?」任氏大椿曰:襌緇即單緇也。余謂此紡即方也。竝絲曰方,猶併船曰方,此紡非紡之本義。《後漢書·輿服志》及古今注竝云:合單紡爲一系者同,此方絲所謂兼絲也。从糸兼聲。形聲中有會意。		顯性「形聲中有會意」		嗛謙歉嫌慊鼸	「禁持蘊含」	2、沈兼士認爲「兼,并也。从又持秝。兼持二禾,秉持一禾。故从兼聲者,亦有禁持蘊含之義:嗛,口有所銜也。謙,敬也。案从兼聲者有兼併之義,而謙、歉則有虛受之義,亦猶从襄聲之讓、攘有侵犯與卻謝二義相反適相成也。」「歉,食不滿也。」鼸,《爾雅》郭注「以頰裏藏食者。」沈兼士認爲「《說文》『慊,疑也。』不滿故疑。嫌,不平於心也。」〔註174〕義皆相因相成。
惔 憂也。从心炎聲。此以形聲該會意。詩曰憂心如炎…炎者,火之光上也,憂心如之,故其字作惔。	炎 火光上也。从重火。	顯性「此以形聲該會意」	比況義	炎惔	似「火」	1、炎字,徐灝注箋「炎、焰,古今字。」炎之本義爲火苗升騰。惔字朱駿聲「此字後出,即炎字也。若訓憂,則《詩》兩如字不可通,後人

〔註172〕沈兼士:《沈兼士學術論文集》,中華書局,2004年5月,第149頁。

〔註173〕同上,第149頁。

〔註174〕同上,第148頁。

					正因《節南山》『憂心』而加心旁耳。」〔註175〕 2、朱駿聲認爲「惔」爲後起區別字，並說明了《說文》引經證字形。段《注》分析了聲符中蘊藏的比況思維。
揜 自關以東取曰揜…从手弇聲。一曰覆也。弇，蓋也。故从弇之揜爲覆。凡《大學》「揜其不善。」《中庸》「誠之不可揜皆是。」	弇 蓋也。	隱性「弇，蓋也。故从弇之揜爲覆。」	本義	弇揜婣黬鞥	「覆蓋」	弇，蓋也。段《注》「此與奄、覆也，音義同。」〔註176〕沈兼士「故从弇聲者亦有蘊藏之義：鞥，轡鞥。一曰龍頭繞也。按即靷之重文。黬，果實黬黭黑也。」「婣，女有心婣婣也。按謂密意深情，含而不露，故云有心。」〔註177〕

〔註175〕朱駿聲：《說文通訓定聲》，中華書局，1998 年 12 月，第 133 頁。

〔註176〕段玉裁：《說文解字注》，上海古籍出版社，1981 年 10 月，第 104 頁。

〔註177〕沈兼士：《沈兼士學術論文集》，中華書局，2004 年 5 月，第 150 頁。

參考文獻

1. 許慎：《說文解字》，中華書局，1963 年。

2. 段玉裁：《說文解字注》，上海古籍出版社，1981 年。

3. 朱駿聲：《說文通訓定聲》，中華書局，1998 年。

4. 王筠：《說文釋例》，中華書局，1998 年。

5. 徐鍇：《說文解字繫傳》，中華書局，1998 年。

6. 漢語大字典編輯委員會：《漢語大字典》，湖北辭書出版社、四川辭書出版社，1992 年。

7. 王力：《同源字典》，商務印書館，1997 年。

8. 徐中舒：《甲骨文字典》，四川辭書出版社，1989 年。

9. 沈兼士：《沈兼士學術論文集》： 中華書局：2004 年。

10. 于省吾：《甲骨文字釋林》，中華書局，1999 年。

11. 張博：《漢語同族詞的系統性與驗證方法》，商務印書館，2003 年。

12. 黃德寬、陳秉新：《漢語文字學史》，安徽教育出版社，2006 年。

13. 何琳儀：《戰國文字通論》，江蘇教育出版社，2003 年。

14. 唐蘭：《中國文字學》，上海古籍出版社，2003 年。

15. 唐作藩：《上古音手冊》，江蘇人民出版社，1982 年。

16. 陸宗達、王寧：《訓詁與訓詁學》，山西教育出版社，1994 年。

17. 王寧：《漢字構形學講座》，上海教育出版社，2002 年。

18. 劉又辛：《漢語漢字答問》，商務印書館，2000 年。

19. 洪誠：《中國歷代語言文字學文選》，江蘇人民出版社，1982 年。

20. 梁東漢：《漢字的結構及其流變》，上海教育出版社，1959 年。

21. 何添:《王筠說文六書相兼說研究》,吉林文史出版社,2000 年。

22. 高明:《古文字類編》,中華書局,2004 年。

23. 高明:《中國古文字學通論》,北京大學出版社,1996 年。

24. 曾昭聰:《形聲字聲符示源功能述論》,黃山書社,2002 年。

25. 李國英、章瓊:《〈說文〉學名詞簡釋》,河南人民出版社,1994 年。

26. 張標:《20 世紀說文學流別考論》,中華書局,2003 年。

27. 党懷興:《宋元明六書學研究》,中國社會科學出版社,2003 年。

28. 裘錫圭:《文字學概要》,商務印書館,2003 年。

29. 李克勤:《古代漢語詞彙學》,商務印書館,1994 年。

30. 王念孫:《廣雅疏證》,中華書局,2004 年。

31. 楊樹達:《積微居小學金石論叢》,中華書局,2007 年。

32. 王鳳陽:《漢字學》,吉林文史出版社,1989 年。

33. 黃永武:《形聲多兼會意考》,文史哲出版社,1964 年。

34. 王貴元:《說文解字校箋》,學林出版社,2002 年。

35. 呂俐敏:《〈說文〉亦聲字的考察》,山西大學 2005 年碩士畢業論文。

36. 盧新良:《〈說文解字〉亦聲字研究》,陝西師大 2005 年碩士畢業論文。

37. 張秋霞:《徐鍇〈說文〉形聲字、亦聲字爲會意字及形聲字爲亦聲字考辯》,陝西師範大學 2004 年碩士畢業論文。

38. 馬瀟瀟:《〈說文釋例〉六書理論研究》,内蒙古師範大學 2009 年碩士學位論文。

39. 劉恒友:《〈說文〉亦聲字研究》,江西師範大學 2011 年碩士學位論文。

40. 王丹:《〈說文句讀〉亦聲字研究》,寧夏大學 2013 年碩士學位論文。

41. 裘錫圭:《戰國文字中的「市」》,《考古學報》,1980 年第 3 期。

42. 陸宗達、王寧:《淺論傳統字源學》,《中國語文》,1984 年第 5 期。

43. 王寧:《漢語詞源的探求與闡釋》,《中國社會科學》,1995 年第 2 期。

44. 王寧:《關於漢語詞源研究的幾個問題》,《漢語詞源研究》(第一輯),吉林教育出版社,2001 年。

45. 黃德寬:《漢字構形方式的動態分析》,《安徽大學學報》,2003 年第 4 期。

46. 劉又辛:《「右文說」說》,《語言研究》,1982 年第 1 期。

47. 劉又辛:《談談漢語詞源研究》,《漢語詞源研究》(第一輯),吉林教育出版社,2001 年。

48. 曾昭聰:《黃永武〈形聲多兼會意考〉述評》,《語言研究》,2000 年第 3 期。

49. 孟廣道:《亦聲字詞的遺傳信息》,《古漢語研究》,1997 年第 1 期。

50. 黃易青:《同源詞義素分析法》,《古漢語研究》,1999 年第 3 期。

51. 董蓮池:《字形分析和同源詞系聯》,《古籍整理研究學刊》,1999 年第 6 期。

52. 李敏辭:《「省聲」說略》,《古漢語研究》,1995 年第 2 期。

53. 尹黎雲：《〈説文解字〉「从某，某亦聲」辯正》，《陸宗達先生百年誕辰紀念文集》，中國廣播電視出版社，2005 年 8 月。

54. 季素彩：《論亦聲》，《河北師院學報》，1996 年第 3 期。

55. 李蓬勃：《亦聲字的性質與價值》，《語文建設》，1998 年第 7 期。

56. 吳東平：《〈説文解字〉中的「亦聲」研究》，《山西師大學報》，2002 年第 3 期。

57. 吳東平：《〈説文解字〉中的省聲研究》，《中南民族學院學報》，2001 年第 4 期。

58. 吳澤順：《〈説文解字〉亦聲字論》，《吉首大學學報》，1986 年第 1 期。

59. 馮玉濤：《〈説文解字〉省聲字分析》，《寧夏大學學報》，2006 年 3 期。

60. 張仁立：《從思維角度分析同源詞的產生》，《山西師大學報》，1995 年第 1 期。

54. 薛克謬：《論〈説文解字〉的亦聲部首》，《河北大學學報》，1990 年第 4 期。

55. 任勝國：《〈説文解字〉亦聲字說略》，《煙臺師範學院學報》，1994 年第 1 期。

56. 賀永松：《〈説文〉不少用作「某聲」的與「亦聲」無別》，《懷化師專學報》，1991 年第 3 期。

57. 沈林：《〈説文解字〉「亦聲字」讀若探求》，《重慶教育學院學報》，2002 年第 5 期。

58. 嚴和來：《〈説文解字〉「省聲字」中的非形聲字》，《南方文物》，2003 年第 3 期。

59. 郭小武：《〈説文解字〉「八法」疏證》，《文字學論叢》（第一輯），吉林文史出版社，2001 年 8 月

60. 李添富：《段玉裁形聲名義辨》，《漢字與文化國際學術研討會論文集》，1998 年 8 月。

61. 白兆麟：《論傳統「六書」之本原意義》，《安徽大學學報》，2003 年 3 月。

62. 劉雅芬：《形聲字多元構造論析評》，漢字文化國際學術研討會論文集。1998 年 8 月。

63. 王作新：《〈説文〉會意字中的「亦聲字」考》，《學術交流》，2009 年第 12 期。

64. 胡娟 鍾如雄：《〈説文〉四大家的「亦聲」觀》，《燕趙學術‧2012 年秋之卷‧語言學》。

65. 孫建偉：《20 世紀以來的「亦聲」研究綜述》，《寧夏大學學報》，2012 年第 2 期。

附錄：段《注》亦聲字頁碼

亦聲字	頁碼	亦聲字	頁碼	亦聲字	頁碼	亦聲字	頁碼	亦聲字	頁碼
祐	3	医	637	拯	603	楺	695	櫟	268
祀	3	鮏	577	隍	732	脂	422	轢	721
茱	40	醫	635	層	401	勺	433	醮	423
諰	94	得	77	增	689	馗	738	噍	559
鰓	185	劧	89	菜	37	軌	728	絞	495
睞	134	札	252	賕	282	胐	744	浚	540
親	408	防	731	蘇	41	祮	4	藒	28
聏	182	渤	559	讎	90	誥	92	嫋	619
饎	219	葡	128	爨	51	梏	270	猶	626
市	228	雉	143	道	75	礜	53	垗	693
志	502	植	255	孚	113	艫	210	斜	719
鼐	319	置	356	幼	158	覆	357	糴	224
肅	319	悳	502	殘	163	嘁	411	穛	275
災	484	福	269	籥	190	燠	486	瀑	557
宦	338	昃	305	匋	224	豐	338	酌	748
獄	478	暱	307	包	434	濃	559	醯	749
侗	369	穡	321	麃	276	禮	393	藕	34
迥	73	轖	723	裹	392	多	571	愚	509
洞	549	襋	390	胞	434	降	732	跔	84
駉	467	悭	508	匏	434	溁	553	狗	139
偫	371	驚	460	枓	250	薻	38	胸	174

亦聲字	頁碼	亦聲字	頁碼	亦聲字	頁碼	亦聲字	頁碼	亦聲字	頁碼
麩	425	熄	482	梟	333	芼	39	鳧	121
肜	454	寒	505	冒	354	氂	53	桓	207
轜	730	繹	659	悆	513	髦	426	厚	229
滋	552	弘	339	媪	615	表	389	樹	248
孳	743	夢	315	嫂	615	釁	111	構	253
態	509	癆	374	綏	653	號	204	媾	616
灸	483	憟	510	埽	687	杚	249	柱	253
軀	388	蔥	45	斎	3	俏	383	薈	39
驅	468	總	647	剤	181	衫	389	噲	54
漏	566	鎗	709	齋	211	軫	723	熊	223
娶	613	聰	592	稽	325	汛	565	體	167
堅	690	縼	655	儕	372	電	572	繪	649
軐	729	酥	747	竆	317	齜	78	玠	12
樸	244	蠓	668	醴	80	貨	279	髻	427
纀	654	鐘	709	覜	409	奇	204	界	696
柄	255	輈	728	羿	139	齮	79	癹	68
楃	257	噴	56	雖	143	觭	185	嵗	58
麓	271	越	64	艷	208	橢	250	逮	72
穀	326	齰	80	鬃	429	詖	91	衛	78
秃	407	壹	496	娣	615	議	92	諫	317
欲	411	殪	163	貳	281	睡	134	說	93
漱	563	懿	496	樲	244	杈	249	敗	125
叢	47	即	216	岯	387	槎	269	腎	133
虤	51	皀	441	阰	430	賀	280	胞	176
驦	462	遲	72	禛	2	駕	367	剝	182
叢	47	稃	321	愼	502	蒙	316	厥	447
虤	51	室	638	衙	78	隊	430	鱖	185
驦	462	荎	585	咽	54	炒	485	糧	333
逢	71	姪	616	恩	504	鬢	428	懷	509
訟	100	邺	431	靪	109	縈	515	察	339
空	344	馱	461	緊	118	也	627	賓	344
椌	265	馴	465	堅	118	池	557	瀓	412
腔	301	馹	468	鑒	702	匜	636	駕	467
挈	610	軼	728	敗	126	地	682	滅	566
覯	409	戌	752	囂	148	繪	7	寠	622
輟	728	瀎	566	懼	506	腳	170	鱷	580
綴	738	攘	594	與	105	蛐	667	氓	627

亦聲字	頁碼	亦聲字	頁碼	亦聲字	頁碼	亦聲字	頁碼	亦聲字	頁碼	亦聲字	頁碼
緱	652	奸	625	趣	65	箬	189	纕	655
絬	656	鍊	703	旗	310	婼	623	雒	234
曳	747	漱	123	禦	77	樸	257	旺	306
叛	50	緜	130	諸	90	椰	270	鍠	709
判	180	膓	130	署	356	客	341	璜	15
輀	110	瞀	132	雇	143	窓	505	嚞	30
個	376	嫛	621	枒	246	泝	556	櫖	261
盆	211	鞍	235	梳	258	緥	654	藁	241
宛	341	碗	449	華	275	珩	13	欑	267
梡	269	鍛	703	稼	321	沆	554	絫	737
販	282	髖	165	嫁	613	葬	48	壘	737
晏	304	腨	170	伍	373	莊	22	榱	249
案	325	膳	172	袪	393	唐	58	機	18
倪	375	敝	176	裾	393	瀇	559	幾	696
倏	377	紉	648	魖	435	徬	76	譏	207
媛	625	蜎	671	庫	443	謗	97	辈	52
仚	383	鑾	712	瑕	15	傍	375	輩	728
襧	391	報	728	騢	461	騯	464	誹	97
顯	422	乾	740	鰕	580	斜	67	斐	425
醫	423	孨	742	鱻	634	釾	709	蜚	583
辯	425	芋	24	錮	703	仰	373	蹺	84
辮	647	雩	574	斸	738	卬	315	覠	407
蕙	512	苴	44	碧	17	朗	314	䚬	185
憓	515	蕰	214	魄	435	晃	303	楥	255
嫻	620	虖	62	莫	48	优	378	覽	408
瀄	561	衢	64	博	89	駃	464	矙	408
頼	421	盼	130	閨	586	裎	396	還	71
驪	463	棼	245	娃	623	延	70	諼	98
泗	556	刊	179	媟	624	甯	128	甶	88
婗	620	頼	184	歬	137	瞑	134	訥	95
媿	626	籔	196	覵	79	覿	408	軜	726
匯	637	畀	200	鯢	578	溟	557	甬	88
綏	662	娠	614	閲	114	鴬	155	什	373
類	476	晨	313	茨	42	塋	692	礎	452
襴	4	圂	277	髮	427	耕	184	揸	607
崇	8	魂	435	垈	689	笙	197	鐯	714
茁	37	暈	304	欯	164	盛	211	馭	466

亦聲字	頁碼	亦聲字	頁碼	亦聲字	頁碼	亦聲字	頁碼	亦聲字	頁碼	亦聲字	頁碼
齟	80	順	419	賣	273	鼏	319	悒	509		
崛	440	彣	425	寁	339	駒	468	纕	648		
殍	161	陵	440	庫	445	骿	165	蔭	39		
醉	750	蟲	675	猈	473	併	372	慘	51		
榴	251	輥	724	埤	689	駢	465	監	214		
暨	308	釄	750	鷹	469	姘	625	今	223		
鬊	429	紫	4	眅	132	彭	424	覃	229		
弼	642	呰	68	岷	570	娙	618	潭	530		
轛	722	骴	166	覸	570	陘	734	亩	230		
鑣	713	芰	33	紙	647	聲	729	纖	412		
軋	728	蘮	38	擘	432	祫	6	磼	451		
春	47	鬚	426	淅	561	詥	93	驄	466		
蠢	676	瀾	551	溢	563	鞈	110	霖	432		
君	57	麗	42	鬮	737	翕	139	衛	713		
論	91	薼	37	系	642	餄	363	牒	176		
輪	724	刲	181	命	57	給	647	牒	318		
攽	123	畦	696	呈	58	罬	236	裸	391		
壞	688										
盍	214										
俠	373										
挾	597										
鋏	703										
蠻	427										
輒	722										
昔	26										
箈	195										
鈶	225										
貶	282										
罷	355										
闔	590										
獥	474										
縑	648										
悇	513										
揙	600										
瑟	15										

後　記

　　本書寫於十年前，一眨眼，十年已逝，感慨萬千！這十年是我人生最重要的階段，娶妻生子，成家立業。小書可能並無多少發明；但對我來說，有著特別的意義，算作十年的回憶和總結吧！

　　首先感謝我的家人，這十年讓我明白家庭、生活比學術重要。家人是最大的財富。無論貧窮落魄、顛沛流離，「家」永遠是最溫暖的地方。感謝父母的養育之恩！感謝岳父岳母的幫助和支持！感謝我的愛人操持家中一切，付出太多太多！大學畢業後，她獨自擔負起還貸的壓力，打理一切，尊重我的每一步選擇，重塑我的人格，教給我太多太多！感謝我的愛人為我生下可愛的女兒。

　　這十年，讓我深刻體會到選擇的重要性。錯誤的選擇有時永遠無法挽回。博士畢業那年，承蒙楊軍老師推薦獲得應聘安徽師大文學院的機會，但被我婉拒，從此走上了奔波之路，體會和經歷了讓人無法言語的迷茫、無助和絕望。為了找到一個合適的平臺，我輾轉多省，應聘多所院校，期間的艱辛和堅持時常讓我自己感動；當然，這些都將是一筆寶貴的財富，通過多次的應聘，鍛鍊了授課技能。

　　感謝許征老師碩士階段的引導和啟發！感謝徐在國老師博士階段的培養和訓練！在我最迷茫的時候，感謝劉釗老師給予的幫忙！黃德寬老師是值得尊敬的學者，給了我很多鼓勵和指引！杜澤遜老師的無私幫助讓我來到濟南，找到

一個可以歸宿的團隊。蔡先金校長和張兵院長開創了出土文獻與文學研究基地，感謝提供平臺、指明方向！感謝張院長提供的各種便利和幫助！我有幸拜入党門，感謝党師懷興先生百忙之中賜序！太多的師友值得感謝！

　　我是一個極其簡單的人，算不上偉大崇高，但求眞向善！未來十年，希望家人、師友健康；未來十年，努力做一個溫暖的人，幫助關愛每一位學生；未來十年，努力做一個勤奮的人，多出一些令人滿意的論著！

2017-4-5

記於濟南